# Herrische Spiele

Zwischen Liebe und Lust

### #ZwischenLiebeUndLust

Don Ramirez

# Herrische Spiele

## Zwischen Liebe und Lust

Wahre erotische Erlebnisse

# Impressum

*Bibliografische Information der Deutschen Nationalbibliothek:*
*Die Deutsche Nationalbibliothek verzeichnet diese Publikation*
*in der Deutschen Nationalbibliografie; detaillierte bibliografische*
*Daten sind im Internet über http://dnb.dnb.de abrufbar.*

*Die automatisierte Analyse des Werkes, um daraus Informationen*
*insbesondere über Muster, Trends und Korrelationen gemäß §44b*
*UrhG („Text und Data Mining") zu gewinnen, ist untersagt.*

*© 2025 Don Ramirez*
*Ereignisse aus den Jahren 2011 - 2013*
*Titelbild: alenavlad / shotshop.com*

*Facebook: www.facebook.com/DonRamirezAuthor*
*Bsky: donramirezauthor.bsky.social*

*Verlag: BoD · Books on Demand GmbH, In de Tarpen 42,*
*22848 Norderstedt, bod@bod.de*
*Druck: Libri Plureos GmbH, Friedensallee 273, 22763 Hamburg*

*ISBN: 978-3-7693-2462-4*

## Vorwort

**"Komm an meine Leine und
ich werde dich führen"**

Don Ramirez

Nachdem ich meine ersten Erfahrungen im BDSM gesammelt hatte, war mein Interesse an der dominanten Seite geweckt und ich wollte noch viel mehr in diese Richtung erleben.

Ich war erst ganz am Anfang, daher darfst du in diesem Buch viel mehr erfahren.

Zwischendurch bleibt aber trotzdem Zeit für ein paar ruhigere Abenteuer.

Ich wünsche dir viel Spaß beim Lesen!

Dein Don

*Luciana, danke für die schöne Zeit
Mai, 2024*

# Prolog

Ich bin Monique und habe mich bei Don beworben, um mit ihm ein paar Tage Urlaub zu verbringen. Seine Seite habe ich bereits öfter besucht und die neueren Geschichten mit den devoten Frauen gefielen mir ganz besonders, weil das meine Vorlieben trifft. Ich schrieb ihm, dass ich nur komme, wenn ich an der Story mitschreiben darf.

Also fange ich mal an, denn der erste Teil kommt von mir: Nachdem die Bewerbung verschickt war, dauerte es nicht lange und es kam eine E-Mail von ihm. Wir tauschten fix die ICQ-Nummern und schrieben einige Zeit im Chat. Anschließend tauschten wir die ersten Fotos und ich für meinen Teil war zufrieden. In einem Telefonat sprachen wir über den anstehenden Urlaub.

Er klang ziemlich süß am Telefon, ich konnte mir schon denken, dass man mit ihm bestimmt auch geilen Telesex haben konnte.

Als er mir endlich sagte, wo er wohnte, war ich schon am überlegen, ob ich nicht absage. Das waren über drei Stunden Fahrt. Ich dachte echt nur: *Nee, kannst du nicht machen.*

Denn mein Golf war nicht mehr der Jüngste. Aber ich war einfach zu neugierig! Ich hatte ihm zum Glück nichts von meinen Bedenken erzählt. Am Wochenende vor der dritten Augustwoche packte ich meine Sachen und schleppte alles zum Auto.

Dann ging es ab auf die Autobahn mit geiler Sommermucke - schön bei Kassel in den ersten Stau!

Ich schrieb Don gleich, dass es wohl eher Abend würde. Und so war es dann auch. Es war nach 20 Uhr, als ich bei ihm ankam. Ich war total scheiße drauf! Von Weitem konnte man jedoch schon den Teich, den Garten und das Haus sehen und ich dachte mir: *Das wird ein geiler Urlaub!*

Ich klingelte und Don öffnete. Zum Glück war alles wie erwartet, sonst wäre ich auf der Stelle zurückgefahren! Im Gegenteil, mein Gefühl meinte nur gleich: *Von dem lass ich mich gerne mal hauen. Am besten gleich frech werden und bestrafen lassen.*

Dieses Kopfkino!

Don schaute mich an und fragte mich: »Willst du wieder fahren oder warum sagst du nicht hallo?«

*Peinlich? Habe ich das überhört? Super, bin ich gleich ins Fettnäpfchen getreten.*

»Hey, sorry der Herr. Ich hatte hier einen Urlaub gebucht und eher ein Hotel erwartet«, entgegnete ich frech.

Ich streckte mich etwas, umarmte ihn und gab ihm einen flüchtigen Kuss.

*Freche Vorlage 1:0* dachte ich und sah in seinen dunklen Augen, um zu sehen, wie er sich schon eine Bestrafung dafür ausdachte.

»Dann kannst du deine Sachen ja alleine aus dem Auto holen, ein Portier gibt es hier nämlich nicht!«

*Fuck! War das schon meine erste Strafe?*

Ich guckte gerade bestimmt bescheuert aus der Wäsche. Aber er zog mich an sich.

»Mach den Mund zu, Süße. Das heben wir uns für später auf«, sagte er freudig grinsend.

Jetzt wurde er aber ganz schön frech! Freche Vorlagen 1:1.

Wenn das so weiterging, konnte ich mir damit keine Bestrafungen holen. Und den Mund hatte ich jetzt bestimmt momentan weiter auf als vorher!

Nach der Schockminute kam er doch mit zum Auto und half mir mit meinen Sachen. Das Haus war schön und für meine Sachen fand ich schnell einen Platz. Don bestellte uns eine Pizza, weil ich ebenfalls bisher nichts gegessen hatte. Im Wohnzimmer fiel als erstes das rote Sofa ins Auge.

*Wie viele Erlebnisse hatte er darauf …*

Ich schob den Gedanken beiseite.

Nach dem Essen kuschelte ich mich dort an ihn und wir schauten nebenher TV. Don küsste mich mit seinen zarten Lippen und ich war so begeistert, dass ich mehr davon wollte. Als wir mit den Zungenküssen anfingen, kam ich gar nicht mehr klar.

Ich ging ihm mit meinen Fingern unter das Shirt und hinterließ auf seinen Rücken mit meinen Fingernägeln eine Kratzspur, während er ganz frech über meine Brüste streichelte. Ich war schon total geil, sonst hätte ihn weggestoßen.

Eigentlich hätte ich ihn gerne zappeln lassen, aber meine Süße war selbst ganz feucht und wollte wissen, wie sich sein heißes Eisen in mir anfühlte. Ohne große Umwege ging es mit der Hand gleich zu seiner Hose.

*Die Knöpfe auf und anschließend mit der Hand über die Boxershorts … oh ja und er ist geil. Ziemlich!*

Ich übersprang das Ausziehen und landete gleich in der Boxershorts, um seinen harten Schwanz zu wichsen.

Die Größe fühlte sich gut an und in meinem Kopf spielte ein wilder Film im Schnelldurchlauf.

*Puuuuuuh, ist mir heiß!*

»Mhmm, da hat es wohl jemand eilig was?«, hörte ich nur von Don. »Habe ich dir erlaubt, so schnell so frech zu werden, Süße?!«

*Na bitte, geht doch! Aber "Süße" kann er sich schenken.*

*Aber wenn du mich Süße nennst, werde ich dir gar nicht gehorchen, werter Herr,* dachte ich.

»Nimm deine Finger da weg, du kleine Drecksau!«

Das beeindruckte mich nicht wirklich und würde mich nicht davon abbringen, weiterzumachen. Außerdem fühlte sich sein harter Schwanz nur geil an.

*Mhmm, ich hätte jetzt gerne seine Zunge an meiner Pussy und seinen feuchten Schwanz in meinem Mund.*

»Du hast auf mich zu hören, meine kleine Schlampe.«

Don zog mir die Hand weg, griff mir in die Haare und holte mich zu ihm, bis ich ihm in die Augen sehen konnte. Es war nicht zu hart, aber es schmerzte.

»Tut mir leid ...«, brachte ich reflexartig ein.

Er zog noch einmal. Wieder der ziehende Schmerz.

»Wie nennst du mich?«

*Jetzt war es soweit ...*

»Tut mir leid, werter Herr.«

Don ließ meine Haare los und schaute mich an. Anscheinend war er mit der Antwort zufrieden. Er strich mir dabei durch meine Mähne und ich erwartete, dass es in den nächsten Augenblicken erneut schmerzen würde. Mit einer Hand unter meinem Kinn gab er mir einen Kuss.

»Wenn du es so eilig hast, meine Hure, zieh dich aus. Dann sehen wir.«

»Ja, Herr«, wusste ich zu sagen und zog mein Oberteil und meine Hotpants aus.

Als nächstes folgten der BH und der Tanga und ich stand ganz nackt vor ihm.

»Knie dich hin«, befahl er und ich gehorchte bedingungslos.

Mein Herz klopfte wie wild vor Aufregung.

Er setzte sich auf den Rand des Sofas, die Hose hatte er bereits ausgezogen. Ich wusste, was ich jetzt erwarten konnte.

»Da du ja gerne den Mund so weit aufmachst und meinen Schwanz anscheinend so geil findest, kannst du dich jetzt mal darum kümmern.«

Ich rutschte nach vorne, bis ich zwischen seinen Beinen saß. Mit meiner Hand fing ich an seinen Schwanz zu wichsen.

»Ohne deine hübschen Finger, mein Miststück, ohne die Finger.«

»Ja, Herr.«

Ich spürte, wie er meine langen Haare um die Hand drehte und mich mit meinem Mund zu seinem harten Ständer führte.

»Hände auf dem Rücken, damit ich deine hübschen Finger sehen kann.«

Ich gehorchte, konnte aber schon gar nichts mehr sagen, weil ich seinen geilen Schwanz im Mund hatte. Und dieser Lolli war einfach geil. Don ließ meine Haare locker. Er war wohl zufrieden, denn ich nahm ihn mit meinen Lippen immer und immer wieder.

»Mhmmm, mhmm, weiter und wehe du guckst mit deinen hübschen großen Augen woanders hin als nach oben«, stöhnte Don.

Ich gehorchte, zog seinen Luststab etwas nach unten, um ihn besser mit meinem Mund nehmen zu können. Meine

Zungenspitze spielte zwischendurch mit seiner Eichel, was Don richtig laut stöhnen ließ. Dann fickte ich ihn ein weiteres Mal und jetzt drückte mir Don seinen Schwanz bis fast in den Rachen. Ich hustete und spuckte auf seinen Schwanz.

»Na, das ist meinem Miststück wohl doch etwas zu viel.«

»Ja, mein Herr«, brachte ich gerade noch heraus und hustete weiter.

»Leg dich aufs Sofa«, forderte er mich auf und ich tat, was er mir befahl.

Ich musste permanent husten, weil ich mich verschluckt hatte. Don kniete sich über mich und gab mir einen Kuss.

»Pssst... Schließe deine Augen.«

Mein Husten unterdrückte ich und versuchte mich auf die neue Situation einzulassen.

Ich gehorchte, spürte dabei seinen Atem auf meinen Brüsten und wenig später, dass seine Zunge über einen meiner harten Nippel leckte und sein Mund daran saugte, während er mit den Händen meine Brüste knetete.

Leise stöhnte ich auf.

»Habe ich dir erlaubt zu stöhnen, meine Schlampe?«

»Nein, Herr. Ich werde still sein, wie Ihr es wünscht.«

Ich wollte schließlich noch mehr spüren. Dons Hände streichelten unentwegt meinen Körper, sein Mund lutschte meine harten Nippel und anschließend bedeckte er meinen Oberkörper mit Küssen.

Danach eine Pause.

Zu lange, aber ich blieb still, wie mein Herr es mir befohlen hatte. Und wenig später eine Zunge an meiner Klit, kreisend, saugend. Die Zunge wanderte in meiner Pussy und fickte mich! Ich biss mir auf die Lippe. Wenn ich nur einen Pieps sagen würde, wäre es bestimmt sofort vorbei. Seine Finger strichen über meine weichen Lippen und begannen mich zu fingern.

*Arrrg. Sei still, Monique.*

Das war jetzt kaum noch auszuhalten. Don leckte und verwöhnte mich bestimmt 15 Minuten und hörte abrupt auf. Es dauerte nicht lange, da drang etwas anderes, größeres in meine weiche Pussy ein.

*Ja, sein Schwanz.*

Und der fickte mich nun richtig. Das vorher war zwar schön, aber jetzt gab es mehr zu spüren als ein paar Finger.

»Du darfst die Augen jetzt aufmachen und deinen Mund auch. Ich will dich hören, kleines Miststück«, stöhnte er, als er über mir war.

»Ja, Herr«, stöhnte ich voller Lust und konnte mich auch nicht mehr zurückhalten.

Ich zog die Beine nach oben, sodass er beim Eindringen gegen meinen Po klatschte. Mein Stöhnen war jetzt unüberhörbar. Seine Stöße wurden von Mal zu Mal härter und das spornte mich an, noch lauter zu werden.

»Gefällt es meiner kleinen Schlampe?«, stöhnte er.

»Jaaaa, Herr«, antwortete ich.

Don zog seinen Schwanz heraus.

»Dreh dich um, auf allen Vieren«, sagte er streng und ich gehorchte seinen Anweisungen.

Ich erwartete das Eindringen seiner Luststabs, meine Pussy tropfte und wollte ihn spüren. Aber es folgte nur ein Schlag auf meinen Po.

»Kaum stand meine Bitch vor der Tür, wurde sie schon frech. Das gehört bestraft, meine kleine Schlampe.«

*Nicht jetzt, doch nicht jetzt,* jammerte ich innerlich. *Das war einfach fies!*

Mit der flachen Hand bekam ich erneut einen Schlag.

»Tut mir leid, Herr. Ich werde mich bessern.«

Er stellte sich vor mein Gesicht.

Ich wusste schon was kam. Seinen Schwanz sollte ich auszusaugen. Vermutlich würde meine Pussy nass und einsam den Abend verbringen.

»Mund auf, deine Beteuerungen kannst du dir sparen.«

Nicht von ab mir ablassend stieß er ihn tief in meine Kehle, immer und immer wieder. Ich bemerkte das Zucken seines Schwanzes und wie er seinen Saft in meine Kehle pumpt. Don gab ein lautes Stöhnen von sich. Das, was ich nicht schluckte, leckte ich ab. Ich tat das gerne, nein ich liebte es sogar.

Mein Herr schaute mir dabei genau zu, als wenn er nur irgendetwas suchte, um mich zu bestrafen. Ich gab mir aber die größte Mühe, schließlich wollte ich ihn in mir spüren.

Aber anscheinend musste ich darauf warten.

Erst waren wir noch eine Zeit auf dem Sofa, kuschelten und küssten uns. Als es schon spät war, machten wir uns für das Bett fertig. Ich ließ ihm den Vortritt im Badezimmer.

Als ich darauf im Badezimmer war, überlegte ich, ob ich abschließen sollte und mir schnell eine Erleichterung verschaffen sollte.

*Das bekommt der doch mit. Dann muss ich noch länger warten.*

Ich änderte mein Vorhaben und setzte auf Verführung. Ich zog die schwarzen Dessous an: Einen leicht durchsichtigen BH, meinen Tanga, halterlose Strümpfe und Handschuhe.

Im Schlafzimmer schlüpfte ich unter seine große Decke und blickte ihn mit großen Augen an. Im Hintergrund lief der Fernseher und erhellte das Zimmer.

»Warum versteckt sich das kleine Miststück denn unter der Decke?«, wollte er wissen. »Du hast mich wohl erst zu fragen!«

»Ja, Herr«, antwortete ich knapp und machte mich auf, das Bett zu verlassen.

»Darf ich ins Bett kommen, Herr?«

Er schaute mich streng an. Vor dem Bett stehend bemerkte ich zu spät, ich hätte knien sollen.

»Nein!«, schrie er, sodass ich völlig erschrocken die Augen aufriss. Er grinste.

»Das gefällt mir, ich liebe deine großen Augen. Vor allem weit aufgerissen. In die Ecke, knie dich hin und die Hände auf den Rücken, mein Miststück«, raunte er mit tiefer Stimme.

Das kannte ich und hatte ich bereits bei meinem Ex gelernt. Zu oft hatte er mich unbeachtet in der Ecke sitzen lassen. Das war die wahre Strafe: Nicht beachtet werden! Lieber spürte ich den Schmerz als diese Demut. Fünf Minuten vergingen. Ich rutschte etwas mit den Strümpfen auf dem glatten Laminat herum, weil es unangenehm wurde.

*Wann wird er mich wohl aufstehen lassen?*

»Meine kleine Bitch kann jetzt zu mir ans Bett kommen«, unterbrach Don die Stille.

»Danke, Herr.«

»Auf allen Vieren.«

»Natürlich, mein Herr«, antwortete ich frech.

Ich kroch auf allen Vieren zu ihm. Mein Herr saß inzwischen auf der Bettkante. Ich erwartete seine Predigt.

»Frech bist du, kleine Schlampe. Das gibt fünf Schläge auf jeder Seite. Über meine Knie legen.«

»Ja, Herr«, entgegnete ich und kam seiner Aufforderung nach.

»Die Hände auf dem Nachttisch.«

Don schob meinen BH zur Seite. Meine Brüste hingen frei und würden bei jedem Schlag wippen.

Ich spürte drei schmerzende Schläge auf meinem Po.

*Das war nicht seine Hand! Das musste ein Holzpaddel sein, woher er das nur so schnell hatte?*

Zwei weitere Schläge trafen mich und die eine Pobacke hatte ihre Strafe abbekommen.

*Schmerzen am Po. Pussy feucht. Nippel hart.*

»Wirst du dich bessern, mein Dreckstück?«

Don zwirbelte meine harten Nippel.

»Ja, Herr«, stöhnte ich erregt und voller Lustschmerz. Abermals ein Schlag. Jetzt spürte ich einen ziehenden Schmerz auf der anderen Pobacke. Noch ein Schlag.

»Ich werde mich bessern, Herr!«

Keine Gnade. Drei weitere Schläge.

Don strich mir wortlos den Tanga vom Po, welcher mir die Beine entlang hinabrutschte. Es folgte ein fester Griff an meine Pussy, die nass wie ein vollgesogener Schwamm war.

*Nimm mich, fick mich bloß endlich!*

»Meine kleine Schlampe läuft aus«, sagte er trocken und zog mich auf sich.

Sein Schwanz sprang zwischen meine Beine und ich ließ ihn gleich in meine Pussy rutschen. Das fühlte sich gut an. Ich beugte mich nach vorne.

»Danke, Herr!«

»Wenn du dich bedanken willst, reitest du mich jetzt richtig wild, meine Schlampe.«

Das ließ ich mir nicht zweimal sagen. Der Schwanz sauste beständig mit voller Wucht im meine Pussy, weil ich mich jedes Mal fallen ließ.

Ich ritt Don bestimmt eine Stunde so und er knetete dabei meine Brüste. Meine Fingernägel fanden sich unaufhörlich auf seiner Brust und nachher sah er mit den ganzen roten Streifen aus, als hätte er einen Nahkampf mit einer Katze gehabt.

Zwischen meinen Schenkeln pulsierte es und bekam zwei Orgasmen hintereinander. Es folgte ein Gefühl, dass ich zu gut kannte. Ein Gefühl, was mich nicht mehr aufhören ließ, in der Hoffnung auf den nächsten Orgasmus.

Irgendwann konnte ich nicht mehr. Sein Phallus war aber konstant hart.

»Ich kann nicht mehr, Herr«, keuchte ich außer Atem.

»Du enttäuscht mich. Ich kann noch, meine Schlampe. Was machen wir denn da?«

*Oh Gott*, dachte ich. *Der fickt mich in der ersten Nacht schon halbtot. Wie soll das weitergehen?*

»Leg dich auf den Rücken. Und die Hände an die Brüste.«

Mit seinem Schwanz stieß er dazwischen und fing an meine Titten zu ficken. Sein Stöhnen wurde stetig lauter und dann sah ich, wie sein Schwanz zuckte und der Saft über meine Brüste floss.

Grinsend stieg er von mir.

Ich war kurz davor zu lachen, weil es das typische Grinsen eines Kerls in dieser Situation war: *Ich habe dir auf die Titten gewichst, jetzt musst du es wegmachen!*

»Geh ins Bad. Du darfst danach ins Bett kommen.«

»Zu gnädig ... Herr«, rutschte es mir heraus und ich begab mich ins Bad.

Ich nahm ein Finger und kostete, bevor ich alles wegwischte.

*Er hätte mir ihn lieber in den Mund schieben sollen. Naja, sein Pech.*

Am nächsten Tag frühstückten wir um 10 Uhr und fuhren etwas herum. Ich hatte mir meine Inlineskates eingepackt und so konnte ich mit Don ein wenig die Landschaft erkunden.

Gegen Abend waren wir bei McDonalds.

Ich achtete darauf, ihn als Herrn zu sehen und zu gehorchen. Das kannte ich von meinem Ex-Freund und Don hatte es mir früh morgens aufgetragen. Ich bestellte nicht vor ihm, ich trank nicht vor ihm, ich rührte mein Essen nicht eher an, bevor es nicht tat. Als wir wieder bei ihm zu Hause waren, setzten wir uns auf das Holzdeck am Teich und genossen die Abendsonne.

Auf dem Schoß von Don sitzend genoss ich seine Küsse. Seine Hände konnte er wie so oft nicht von mir lassen und sie erkundeten meine Brüste.

Gut, er hatte das Sagen und ich hatte mir natürlich auch das Top mit dem tiefsten Ausschnitt ausgesucht.

»Du bist aber frech heute«, wies ich ihn vorwurfsvoll in die Schranken.

Da kam nochmals sein Blick mit den großen Augen, und der sagte alles.

»Der werte Herr möchte wohl nicht mehr draußen bleiben oder was soll das bedeuten?«, fragte ich.

»Der Herr möchte mit seiner kleinen Schlampe eine Dusche nehmen. Schließlich waren wir heute unterwegs und sind ziemlich verschwitzt.«

»Klar, verschwitzt. Das sind wir nach der Dusche auch wieder«, entgegnete ich laut lachend.

»Hopp aufstehen, Miststück!«

Ich gehorchte und seine Hand gab mir einen ordentlichen Klaps auf meinen Po.

*Dieser Hengst*, dachte ich nur.

Unser Weg führte direkt in das Badezimmer und wir trennten uns von unserer Kleidung, um zu zweit in die Dusche zu steigen. Das lauwarme Wasser tat nach der Hitze draußen richtig gut. Don hielt mich in den Armen, während das Wasser weiter herunterprasselte. Er zog mich ganz zu sich und küsste mich.

Ich antwortete mit einem heißen Zungenkuss und bemerkte, dass es keine Minute dauerte und er einen Ständer hatte. Ihn mit meiner Hand wichsend schaute ich Don unschuldig an.

»Du bist so eine Sau«, kam es von ihm. »Los, hinknien und Mund auf!«

»Ja, mein Herr, gerne«, fügte ich hinzu und tat, wie er mir befahl.

Ich leckte seine Eichel mit meiner Zungenspitze, ließ den prallen Ständer in meinen Mund gleiten und fing an, ihn genüsslich zu lecken und zu ficken.

Das Wasser prasselte weiter und seine Hand strich durch meine nassen Haare.

Don begann leise zu stöhnen.

Bald nahm ich die andere Hand dazu und massierte seine Eier. Das würde er nicht lange durchhalten können. Nach ein paar Minuten zog er mich an den Haaren zurück.

»Komm raus aus der Dusche«, trieb er mich. »Umdrehen und ein Fuß auf die Toilette.«

Ich gehorchte und beugte mich nach vorne, in der Hoffnung seinen geilen Schwanz gleich in mir zu spüren. Aber weil ich unter der Dusche so frech war, klatschte es mit voller Wucht auf meinen Po.

»Autsch ...«, entglitt es mir.

»Bitte?!«, kam es streng zurück.

Und ich wusste, dass ich abermals den Bogen überspannt hatte.

*Kommt davon, wenn man immer so vorlaut ist.*

»Ich habe dir nicht erlaubt, etwas zur Unterhaltung beizutragen. Zeig mir die andere Seite von deinem Arsch, mein Miststück.«

Ich drehte mich etwas und reckte ihm den Po entgegen. Erneut ein harter Schlag. Dieses Mal konnte ich mich zusammenreißen. Die Belohnung dafür kam ein paar Sekunden später. Sein harter Ständer bohrte sich tief in meine nasse Pussy.

Und anschließend kam es, wie ich es gerne mochte: Dreckig, hart und von hinten. Mit harten Stößen nahm er tief und schnell. Ich biss mir auf die Lippen, um nicht zu stöhnen. Es gelang mir nicht. Unwentwegt rutschte mir ein »Mhmmmmmm« raus. Er stoppte.

»Was habe ich vorhin gesagt, du kleine Bitch?«

»Ich soll den Mund halten, Herr.«

»Und warum machst du es dann nicht?«

»Ich hab´s versucht, mein Herr.«

»Runter auf den Boden, Hände auf den Rücken und zur Wand schauen.«

Ich gehorchte. Don verließ das Bad.

*Toll*, dachte ich. *Meine Pussy läuft aus und ich sitze auf den Fliesen und darf schmollen. Er wird mich hier sitzenlassen. Ganz bestimmt. 10 Minuten? Eine Viertelstunde?*

Ich hörte, dass er wiederkam. Ich konnte nicht sehen, was er im Schilde führte.

»Mund auf, mein Dreckstück«, fuhr er mich an.

Und auf einmal wusste ich es: *Er wird mich knebeln!*

»Aufstehen und zur Wand schauen.«

Dann spürte ich abermals seinen Schwanz, der mich aufspießte und zustieß. Don stöhnte und seine Eier klatschten unaufhörlich an meine Pussy. Er fickte mich halb ohnmächtig und ich bekam kein Wort heraus. Dann, irgendwann, zuckte sein Schwanz und Don stöhnte laut auf. Er ließ ihn sanft herausgleiten.

»Dann steh mal auf meine Schlampe und komm mit.«

Er führte mich bis zur Heizung, an dem einige Handtücher hingen.

»Beine auseinander und Hände nach oben.«

Es dauerte ungefähr eine Minute und ich stand dort: Gefesselt, geknebelt, nackt und demütig an einer Heizung! Und Don verließ den Raum.

Es vergingen Minuten.

Er kam nicht zurück.

Es war bestimmt eine halbe Stunde vergangen und meine Handgelenke fingen an zu schmerzen.

*Woas für ein Bobbes*, fluchte ich innerlich.

Nach einer halben Ewigkeit kam er ins Badezimmer. Er nahm mir die Fessel und den Knebel ab.

»Ich habe etwas für dich«, verkündete er und grinste.

Mir wurde neue schwarze Wäsche auf das Waschbecken gelegt und er stellte mir meine schwarzen Stiefel hin.

»Das sollte dir passen. Ich habe uns etwas zu essen gekocht. Ich erwarte dich in fünf Minuten zum Essen.«

Überrascht ließ er mich im Badezimmer zurück. Natürlich zog ich mir die Sachen an, ich hatte ja nichts anderes. Nachdem ich noch die Stiefel übergestreift hatte, ging ich ins Wohnzimmer. Dort erwartete Don mich, romantisch mit vielen Kerzen und dem Essen auf dem Küchentisch.

*Ein Teller auf dem Tisch? Was ist das jetzt wieder?*

Ich ahnte da etwas.

»Meine kleine Drecksau sitzt auf dem Lammfell vor dem Tisch.«

»Und der werte Herr darf seine Drecksau beim Essen zuschauen?«, wollte ich in einem frechen Ton wissen.

»Du möchtest wohl nichts essen?«

»Ich bitte um Verzeihung, mein Herr. Natürlich möchte ich etwas essen.«

Der Nudelauflauf war gut, sehr gut. Der Nachtisch noch besser, weil mein Herr nach dem erotischen Essen mit mir einen harten Ständer hatte, um den ich mich erst einmal kümmern konnte. Als wir im Bett waren, gab es die Revanche. Don leckte mich, verwöhnte mich und fickte mich erneut!

Den nächsten Tag verbrachten wir die ganze Zeit im Garten am Teich. Da es heiß war, sprangen wir beide zwischendurch ins Wasser, um uns etwas abzukühlen. Wir lagen auf Handtüchern auf dem Holzdeck und kuschelten uns aneinander …

# Chapter 2 (Don)

Monique war nun zwei Tage bei mir. Als sie vor der Haustür stand, hatte ich bereits gewusst, dass es ein paar sehr schöne Tage werden würden. Wir lagen auf dem Holzdeck und ich beobachtete sie, während sie die Sonne genoss.

Ihre hellen, blonden Haare verteilten sich auf dem großen Handtuch und ihr schöner Bikini gab ihren geilen, kurvigen Körper einmal mehr Betonung. Das schmale Gesicht mit den weichen Lippen verführte mich permanent dazu, sie zu küssen.

Heute hatte ich mich etwas zurückgenommen, die letzten zwei Tage hatten wir uns so unserer Lust hingegeben, dass ich eine Auszeit benötigte.

Ich musterte sie weiter. Das Außergewöhnlichste verbarg sie unter der Sonnenbrille: Ihre großen, blauen strahlenden Augen, die mich schon am ersten Tag geflasht hatten. Wenn sie unterwegs war, schminkte sie ihre Augen so, dass sie noch mehr hervorstachen. Ich fand große Augen seit jeher anziehend, deswegen war ich mehr als begeistert.

Die ersten Tage mit ihr waren einfach wundervoll, denn wir verstanden uns ohne Worte. Mit unseren Sexspielen erging es uns ähnlich. Es schien so, als wenn wir uns bereits lange kannten und wussten, was der Andere wollte,

*Es ist aber nur ein Urlaub, ein kurzes Abenteuer,* sagte ich mir Mal für Mal, um mich nicht zu verrennen.

Als es Abend wurde, gingen wir ins Haus und kochten zusammen etwas. Gestern hatte sie sehr gelitten. Ich hatte sie eine ganze Stunde im Badezimmer gefesselt und allein gelassen, um in der Zeit zu kochen.

Oh ja, und nun durfte sie auf niedrigstem Niveau vor mir knien und dabei essen. Der Anblick war schon aufregend, vor allem mit den schwarzen durchsichtigen Dessous.

Nachdem ich die Kartoffeln aufgesetzt hatte, verschwand Monique kurz und kam in roten Dessous mit Strümpfen und High Heels zurück.

»Das gefällt meinem Herrn doch, oder?«

»Auf jeden Fall«, raunte ich und ahnte, dass es gleich um mich geschehen war.

Ich zog sie an mich und gab ihr einen langen Kuss, während ich über die Dessous strich und ihre Brüste knetete.

»Nicht mal beim Essen kochen bist du artig«, ließ sie keck verlauten.

»Wirst du schon wieder frech, was?! Wer kommt denn hier in Dessous an?«

»Ich bin unschuldig«, sagte sie und grinste.

Ich nahm den hölzernen Helferlein von der Spüle und holte einmal richtig aus, dass es ordentlich klatschte.

»Auuuuutsch ...«, stöhnte sie und versuchte, wie die Unschuld vom Lande zu schauen.

*Das muss die Stadtfrau aber noch etwas üben*, dachte ich.

»Du warst frech, mein Fräulein.«

»Das wird rot ...«, schnappte sie nach Luft.

Da hatte sie recht. Es passte zu den Dessous. Aber nur auf der einen Seite. Ich holte aus und dieses Mal traf es die andere Pobacke. Monique biss sich auf die Lippen.

»Jetzt sind beide Seiten rot, meine kleine Schlampe.«

»Danke, Herr! Ich fürchte aber etwas anderes ist jetzt feucht, Herr.«

»Ach, du bist schon ein kleines Dreckstück.«

»Darf ich es mir auch dem Sofa mit dem Helferlein machen, Herr?«

»So, dass ich meinem Miststück dabei zuschauen kann, mit den Beinen weit auseinander.«

Die Augen blitzten auf.

»Gerne, mein Herr!«

Monique ging ein paar Meter weiter in den angrenzenden Wohnbereich und legte sich auf das große Sofa, die langen Beine weit gespreizt in der Luft. Ich konnte genau auf ihren roten Tanga schauen, den sie zur Seite schob, um mit ihren langen Fingern ihre nasse Pussy zu bearbeiten.

Ihre Lippen glänzten, Sie begann sich zu fingern und nahm wenig später den Helferlein dazu. Er glitt mühelos in ihr Allerheiligstes.

*Sie ist einfach versaut,* stellte ich fest.

Stöhnend fickte sie sich und wurde dabei lauter. Ich schaute zwischendurch nach dem Essen, das nun fast fertig war. Aber meine Blicke wanderten sofort zu Monique und ihrer geilen Vorstellung.

Als das Essen fertig war, stellte ich die Kochfelder auf 0.

Ihr Stöhnen erfüllte den Raum und der Aufschrei ließ mich erkennen, dass sie einen Orgasmus hatte.

»Herr, ich bin so feucht, dass es gleich aufs Sofa läuft. Möchten Sie eine Vorspeise vor dem Essen?«

*Eine nette Einladung,* dachte ich. *Bevor sie gleich noch Ärger bekommt, weil das Sofa dreckig wird, würde ich mich wohl um sie kümmern.*

Ich zog ihr den roten Tanga über die Strümpfe und kniete mich vor ihrer Pussy, um sie zu lecken.

»Du hältst aber deinen Mund.«

»Ja, Herr«, seufzte sie enttäuscht.

Ich wusste, das würde ihr schwerfallen.

*Wenn sie sich benimmt, gibst du ihr zur Belohnung einen schönen Fick auf dem Küchentisch,* hörte ich mich sagen.

Meine Zungenspitze glitt über die nasse Spalte und leckte ihren süß-bitteren Saft. Monique hielt weiter ihre langen Beine mit den High Heels in der Luft. Ich fickte sie langsam mit der Zunge, saugte an ihrer Klit, um ihren Saft aufzunehmen. Ihr fiel es sichtlich schwer, keinen Ton herauszubringen.

Meine Finger schoben sich über ihre Lustgrotte und drangen in sie ein. Ich fingerte sie mehrere Minuten und merkte, wie ihr Körper dabei erbebte.

»Komm hoch und auf den Tisch mit dir.«

»Ja, mein Herr«, kam es trocken von ihren hübschen Lippen.

Sie setzte sich auf den Esszimmertisch. Mein Schwanz presste sich die ganze Zeit gegen die Boxershorts und ich ließ ihn frei. Inzwischen hatte Monique sich es auf dem Tisch bequem gemacht.

»Die Beine nach oben, kleine Drecksau.«

Ich stieß in ihren feuchten Schlitz, während sie meiner Aufforderung nachkam.

Sie gab keinen Laut von sich.

»Es ist dir erlaubt, den Mund aufzumachen. Ich wünsche es sogar!«

»Jaaaaa, Herr«, hauchte sie, wobei ich erneut zustieß.

Ich zog sie an mich, öffnete ihren roten BH und küsste ihre harten Nippel, die vor Erregung abstanden. Monique stöhnte mir mit jedem Stoß ins Ohr. Ich ließ sie auf den Tisch zurück und fing an, sie härter zu nehmen. Ihre Titten wippten bei jedem Stoß nach vorne und sie stieß unaufhörlich lautere Schreie aus.

»Mhmmm, jaaa, jaaa, tiefer, Herr, tiefer!«

Monique schloss die Augen und ließ ihn abermals eintauchen. Ihr Mund war leicht geöffnet, als sie stöhnte. Ein herrlicher Anblick.

Allmählich stieg in mir das Gefühl auf, dass meinen Orgasmus ankündigte. Nach wenigen Augenblicken wurde ich mit Glückshormonen überschwemmt.

»Mhmmmm ...«, brachte ich nur heraus und spritzte in ihrer warmen Pussy ab.

»Kleine Sau, pass auf, dass du den Boden nicht dreckig machst, sonst darfst du es ablecken«, sagte ich streng.

»Ich werde mich benehmen, Herr«, sagte sie etwas benommen.

Ich reichte ihr die Taschentücher. Das Essen war inzwischen kalt. Aber zum Glück gab es eine Mikrowelle. Nachdem wir gegessen hatten, kuschelten wir uns aneinander auf das Sofa. In Unterwäsche lagen wir unter der Decke, genossen die Wärme und die weiche Haut. Monique übersäte mich mit Küssen, was natürlich dazu führte, dass wir eine weitere wilde Nacht miteinander verbrachten.

Der Abschied am nächsten Morgen fiel uns sichtlich schwer. Ich hätte sie am liebsten noch ein paar Tage bei mir gehabt. Sie ließ mich mit einigen neuen Erfahrungen glücklich zurück.

Für sie war es ein aufregender Kurzurlaub.

# ❥ Luciana

Zwei Jahre und einige Erlebnisse später bekam ich eine Anfrage von Luciana über meine Facebookseite.

Nach meiner aufregenden Nacht mit Mia, die ich gerne wiedergesehen hätte, weitete ich meine Erfahrungen im Bereich BDSM aus. Es gab stetig neue Erlebnisse in meinem Blog und das war auch der Grund, warum Luciana Kontakt mit mir aufnahm.

Als ich ihre Nachricht las, musste ich ein wenig schmunzeln.

»Muss schon sagen, deine Geschichten haben schon etwas, aber sagt deine Freundin nichts dazu?«

*Meine Freundin? Wie lange habe ich jetzt keine feste Freundin mehr? Das ist schon Jahre her,* überlegte ich und schob den Gedanken zur Seite.

Direkt und ehrlich, wie ich war, schrieb ich zurück, dass es derzeit Niemanden in meinem Leben gab.

»Würdest du denn auch gerne so ein Erlebnis haben?«, fragte ich sehr direkt.

»Ich??? Ich weiß nicht, falle nicht so ganz in dein Beuteschema«, antwortete sie.

»Woran machst du das fest, dass du nicht dazugehörst? Was habe ich denn für ein Beuteschema?« wollte ich von ihr wissen.

»Das sagt mir mein Bauchgefühl, wenn ich die Erlebnisse lese.«

»Also, ich habe da keinen bestimmten Typ. Bei den Beschreibungen gibt es alles, von dünn bis pummelig, blond bis schwarzhaarig, kleine bis große Oberweite ...«

»Ja, das ist mir schon aufgefallen. Ich bin ganz zufrieden mit mir, vielleicht passt es ja doch.«

Wir schrieben einige Mal hin und her, bis wir unsere Handynummern tauschten. Wohin dieses harmlose Gespräch führen sollte, ahnte Luciana damals noch nicht.

Ihre unersättliche Neugierde würde sie nicht nur in meine Arme treiben, sie würde deswegen auch Grenzen übertreten, von denen sie nicht mal ahnte, dass es sie gab.

Aber beginnen wir von vorne. Es war ein paar Tage nach Weihnachten und ich hatte zwischenzeitlich unerwartet Besuch von Annika gehabt.

Auch in diesem Fall war meine Internetseite mit den Erlebnissen schuld.

## ❥ Naughty and hot

Annika wurde durch Isabel, eine Facebook-Freundin von mir auf mich aufmerksam. Mit Isabel schrieb ich bereits länger.

Es klingt sicherlich sehr unglaubwürdig, aber ich lernte damals nur devote Frauen kennen.

Auch in diesem Fall war es so und meine letzten Erlebnisse, über die ich geschrieben hatte, trugen hier ihren Teil dazu bei.

Mit ihr schrieb ich seit eineinhalb Monaten bei Facebook im Messenger. Zuerst war geplant, dass Isabel und Annika mich besuchten.

»Ihr könnt euch das ja mal überlegen. Ich nehme euch gerne auf, sorge natürlich für Verpflegung und Unterhaltung. Nur im Bett und auf dem Sofa wird es zu dritt etwas eng und wir müssen sehr eng aneinander liegen. Wenn es nicht passt, muss halt einer von euch vor dem Sofa und auf das Fell«, schrieb ich Annika als Einladung.

»Auf dem Fell kann Isabel ja bleiben, es sei denn wir brauchen sie mal. Hach, ich habe schon wieder böses Kopfkino«, antwortete sie auf meine Nachricht.

»Ich meine das übrigens ernst mit dem Treffen, das war nicht so daher gesagt. Isabel weiß das auch«, bekräftigte ich mein Vorhaben.

»Das habe ich mir fast gedacht.«

Ich musste grinsen.

»Ich bin auf das Geschriebene danach gespannt«, ergänzte sie noch.

*Da ist es wieder, nicht nur das Erlebnis – nein, das Schriftliche darf nicht fehlen. Aber das mache ich gerne.*

»Das kannst du auch sein. ein paar devote Erlebnisse gibt es bereits. Unsere Geschichte wird sicherlich noch interessanter. Wie ich gesehen habe, dich muss ich wohl auch an die Leine nehmen. Gut, dass ich zwei Halsbänder habe«, scherzte ich.

»Da bist du mit deinem Gedanken weiter als ich. Darüber reden kann man immer. Ich frage mich gerade, woran du das gesehen haben magst, oder hat Isabel nachgeholfen?«

»Ich habe mich nur erkundigt, ob du so dominant bist, weil mir das nicht so vorkommt. Du kommst eher devot rüber.«

»Tja, den Stempel hat Isabel mir aufgesetzt, aber ja es ist so. Also zwei Leinen und zwei Halsbänder, das würde mich ja sehr reizen.«

»Wie viel Erfahrung hast du eigentlich oder ist das Devote etwas Neues? Möchtest du es gerne mal ausprobieren?«, wollte ich wissen.

»In meiner letzten Beziehung habe ich den Ton angegeben, da war ich der führende Part. Devote Wünsche konnte ich da nicht ausleben. Das letzte Mal, wo ich devot sein konnte, war vor fünf Jahren. Meine Erfahrungen halten sich jedoch stark in Grenzen: Beißen, Arsch versohlen oder den Orgasmus verweigert zu bekommen. Jetzt bin ich am überlegen, dieses wieder aufzufrischen.«

»Und was magst du lieber? Den Ton angeben? Oder bist du sogar eine Switcherin?«

»Ich gebe lieber die Verantwortung ab«, gab sie preis.

»Also doch eher devot, auch wenn man zu dritt ist?«, wollte ich wissen.

»Ich kann auch beides, wenn die Stimmung gerade passend ist.«

»Also doch dominant. Ob du mir bei Isabel Hilfe leistest, wenn ich sie mal benötige, natürlich unter meiner Führung?«

»Unter deiner Führung? Ich glaube, das müssen wir noch ausdiskutieren«, kam es keck zurück.

»Na, du bist doch sehr frech. Kein Wunder, dass man dir den Arsch versohlen muss.«

»Frech ist mein zweites Gesicht. Hast du dich schon mal fesseln lassen?«

»Ja, ich lasse mich ja auch kratzen und beißen, also kann ich auch einstecken. Ich kann dir das nur nicht durchgehen lassen«, betonte ich.

Wir schrieben noch einige Zeit weiter, bis wir uns spät am Abend eine 'Gute Nacht' wünschten.

Am nächsten Morgen schrieb ich sie gleich an.

»Guten Morgen, ich hoffe die Dame hatte eine angenehme Nacht und schöne Träume.«

»Guten Morgen der Herr, ja hatte ich. Nur zu kurz und wie ist es mir dir? Ich hoffe, du hattest auch eine angenehme Nachtruhe.«

»Ja, die hatte ich. Ich wurde nicht gestört. Was jetzt positiv und auch negativ ist.

»Schon, wenigstens einer der nicht gestört wurde aber warum negativ zugleich?«

»Eine nette Frau dürfte mir gerne auch mal den Schlaf rauben«, neckte ich.

»So so, Kopfkino direkt wieder an oder erst gar nicht ausgeschaltet?«, wollte sie wissen.

»Oh das hatte ich heute Morgen schon an. Ich habe da ein Dauer Abo«, scherzte ich.

»Und was hast du heute so vor?«

»Ich habe aufgeräumt und etwas sauber gemacht.«

»Klingt, als würde Besuch kommen?«

»Ja, ich hoffe darauf. Sie sagte, sie kommt heute Abend aber gemeldet hat sie sich nicht mehr.«

»Dann drücke ich dir die Daumen, dass sie kommt aus welchen Gründen auch immer haha«.

»Die Wohnung ist auch entsprechen dekoriert und die Spielzeuge liegen am richtigen Platz.«

»Pass auf, dass ich nicht heute vorbeikomme«, scherzte sie.

»Das Fräulein weiß, was es erwarten kann, wenn es zu mir kommt«, sicherte ich ihr zu.

»Oh ja, der Herr spuckt ja nur keine Details aus, das Wissen vom Fräulein ist da noch lange nicht gestillt.

»Zu viel Details sind ja schlecht für das Fräulein. Dann ist die ganze Überraschung hin. Wenn sie alles erfahren will, muss sie das wohl selbst erleben. Soll angeblich gut sein ...«

»Der Herr kann sich glücklich schätzen, dass er sie am Donnerstag nicht erlebt hat. Das Fräulein war sehr frech.«

Ich sah ihr Grinsen direkt vor mir.

»Frech war das Fräulein also. Da würde ich ihr richtig ordentlich den Po versohlen.«

»Auf den Arsch ist sehr gut«, kommentierte sie meine Ansage.

»Letzte Woche saß meine Hand auch locker, das lag vermutlich am Sekt.«

»Ja, der liebe Alkohol. Lieblich oder trocken?«

»Lieblich.«

»Der Herr wird mir stetig sympathischer. Mein Wein fällt heute trocken aus. Am Donnerstag war es recht edelsüß. Dann wünsche ich dir mal Spaß heute. Ich muss nun offline.«

Mein Besuch sagte kurzfristig ab und vertröstete mich auf den Januar. Mit Annika schrieb ich unterdessen weiter und Weihnachten kam es in einem Chat erneut zu vielen Andeutungen.

»Hätte jetzt Lust auf Küssen und Sex, aber es ist ja niemand da«, warf ich ihr entgegen.

Sie antwortete darauf nur mit einem »Was soll ich denn sagen, habe das gleiche Problem.«

»Soll ich vorbeikommen?«, fragte ich frech und ich hatte wirklich die Absicht, dass ich mich bei einem ′Ja′ von ihr direkt ins Auto gesetzt hätte. Die zwei Stunden Autofahrt waren dafür nicht zu lang.

»Wenn du das früher gefragt hättest«, kam es unerwartet von ihr zurück.

»Wir können das ja auch die nächsten Tage machen«, schob ich nach.

Annika war nicht abgeneigt, wollte sich dieses aber in Ruhe überlegen und sich bei mir melden. Ich beließ es dabei, schrieb mit ihr normal weiter und wartete ab. In der Nacht ging mir Annika aber nicht aus dem Kopf. Ich war mir schon relativ sicher, dass sie zusagen würde. Irgendwann schaffte ich es doch einzuschlafen.

Am nächsten Tag schrieb sie mir, dass wir uns treffen könnten. Sie wollte aber zu mir kommen.

Ich grinste.

Das war mir auch recht, so konnte ich bei mir doch alles vorbereiten. Schließlich wollte ich ihr einen Einblick in meine dominante Seite geben. Ein Bestrafen sollte es nicht geben aber ein kleiner Vorgeschmack war sicherlich erlaubt.

Wir einigten uns auf den Freitagabend. An jenem Tag musste ich also einkaufen. Und das zwischen den Feiertagen! Aber ich hatte mir wohl die beste Zeit ausgesucht und kam ganz gut mit meinen Besorgungen voran. Im Einkaufswagen hatte ich extra einige Kerzen und Teelichter, weil ich wusste, dass sie das mochte.

Am Abend bereitete ich das Essen vor. Annika war schon mit dem Zug unterwegs. Der Auflauf verbrachte die Zeit im Ofen, bevor ich diesen ausstellte, um Annika abzuholen. Ich schaute mich um. Die Kerzen waren schon platziert und der Sekt im Kühlschrank.

Es war kurz nach 19 Uhr, als ich am Bahnhof war. Natürlich hatte der Zug Verspätung.

Ich schaute gebannt auf die Uhr und konnte es kaum erwarten. Nachdem der Zug eintraf und wir uns begrüßt hatten, gingen wir zusammen zum Auto und rauchten vor dem Bahnhofsgebäude eine Zigarette.

Ich musterte sie.

Ihre freche Art gefiel mir. Aber auch das Aussehen war mein Geschmack.

*Diese blauen Augen leuchten sogar im Dunkeln*, schwärmte ich innerlich.

Bei mir angekommen, gingen wir ins Wohnzimmer. Ich ließ den Backofen durchheizen und öffnete den Sekt. Annika saß entspannt auf ihrem Stuhl und wartete.

Sie beobachtete mich, was mich jedoch nicht irritierte.

*Will sie mich nervös machen?* Ich beobachtete sie, während ich die Gläser positionierte. Der Blick und ihre Augen ließen mein Blut pulsieren.

*Oh, ja! Ich hoffe, das wird aufregend. Sie schafft es, mich jetzt schon zu erotisieren,* dachte ich und versuchte meine Aufregung herunterzufahren.

Nachdem ich den Sekt eingeschenkt und wir angestoßen hatten, kümmerte ich mich um die Kerzen.

Als wir aßen, legte sich meine Nervosität und ich fühlte mich etwas wohler. Ich schenkte uns noch zweimal Sekt nach und wir redeten, bis wir zum Sofa wechselten.

Langsam setzte die Wirkung des Sektes ein. Ihren Körper musternd fiel mein Blick kurz auf ihren Oberkörper und die großen Brüste, bis mich ihre Augen erneut einfingen.

Sie bemerkte das und wurde frech. Mich zu ihr drehend küssten wir uns das erste Mal.

*Diese Lippen schmecken nach so viel mehr ...*

Sie forderten mich heraus und ich konnte den wilden Küssen nicht widerstehen.

Erst berührten sich nur unsere Lippen, dann spürte ich, wie sie unaufhörlich meine Unterlippe mit in ihre Küsse einbezog. Sie war also nicht nur frech, sie wollte immer das letzte Wort haben. Ich zog Annika weiter an mich und schließlich lagen wir komplett auf dem Sofa.

Unsere Zungenküsse waren so wild, dass sie meine Zungenspitze zu fassen bekamen, um daran zu saugen.

Aber auch ich spielte ihr Spiel mit und zog beim Küssen an ihrer Unterlippe. Ihr lasziver Blick und das Stöhnen trieb mich zum Äußersten.

Ich war nur vom Küssen bereits geil und hatte einen Ständer. Meine Hände massierten ihre großen Brüste durch das Oberteil. Das erregte mich umso mehr. Annikas nächster Kuss war erneut meiner Lippe gewidmet und dieses Mal versuchte ich nicht, ihre Lippe zu bekommen, ich biss ihr das erste Mal in den Hals.

Mein Biss hinterließ einen roten Abdruck und ohne lange zu überlegen, setzte ich noch einmal an.

Annika stöhnte auf.

Mein Bein lag zwischen ihren und massierte ihre Pussy. Ich hatte zwar realisiert, dass sie Strümpfe trug, aber erst jetzt sah ich, dass sie einen schwarzen Strapsgürtel unter dem Mini trug.

*Genau nach meinem Geschmack*, schwärmte ich innerlich.

Der kurze Minirock hatte sich durch meine Bewegungen bereits nach oben geschoben, sodass ihre Unterwäsche zu sehen war. Ihre Küsse wurden derart fordernd, dass sie mir nochmals auf die Lippe biss.

»Jetzt wird das Fräulein aber frech und das, obwohl sie sich nicht mal entschieden hat«, sagte ich verärgert.

»Noch kann ich mir das ja erlauben«, meinte sie vergnügt.

*Das werden wir noch sehen.*

Ich nahm das Lederhalsband, welches rechts neben mir auf dem Podest lag und legte es ihr an. Nachdem ich den Riemen durch die Schnalle gezogen hatte, hielt ich ihre Haare etwas zur Seite und zog es fest an. Das würde eng anliegen und ich sollte damit Recht behalten, denn wenig später fing Annika an, sich über das Halsband zu beschweren.

Ungehemmt knöpfte sie mir nach weiteren Zungenküssen mein Hemd auf und zog es mir aus. Mein T-Shirt fand ebenfalls den Weg auf den Fußboden.

*So ein Wildfang,* dachte ich und war selbst von ihrer Geschwindigkeit überrascht. *Jetzt bin ich dran.*

Mit zwei Fingern strich ich ihren String zur Seite und rutschte über ihre weichen Lippen zu ihrer Klit.

Ihre Lustgrotte war völlig nass vor Geilheit.

Annika zog mich zu sich und ließ ihre Zunge erneut in meinen Mund eintauchen, um mich mit einem heißen Kuss zu verwöhnen.

*Wollte ich nicht die Geschwindigkeit bestimmen?*

Sie riss mich einfach mit, taumelnd vor Euphorie war ich ihr ergeben. Das musste aufhören.

Ich schob sie am Halsband nach oben und kümmerte mich um ihr Oberteil, das wenig später auf dem Sofa landete. Beim Anblick ihres Dekolletés konnte ich nicht anders als ihre großen Brüste zu liebkosen. Ganz nebenbei zog ich mit einer Hand an den beiden Haken, die den schwarzen BH hielten und löste sie.

Meine Aufmerksamkeit galt jetzt nur noch der freigelegten weichen Haut ihrer Oberweite.

In meiner Hose pochte es, mein Herz raste und ich wollte keine Pause.

*Annika, ich will dich!*

Ich liebkoste, küsste und biss diese wunderschönen Titten und sie drückte meinen Kopf weiter in ihre Richtung. Ich saugte ihre Nippel, die sofort abstanden. Annika stöhnte vor Erregung und ich bemühte mich gar nicht darum aufzuhören.

Im Gegenteil - ich wurde frecher.

Dreimal biss ich in das weiche Fleisch ihrer Brüste, hinterließ auch hier meine Spuren. Meinen harten Schwanz drückte ich an ihre bedeckte Pussy. Ihr Becken bewegte sich im gleichen Rhythmus und wollte es genauso wie ich. Das konnte ich mit jeder Bewegung spüren. Ihre Finger öffneten hastig die Knöpfe meiner Jeans und schoben diese ein Stück herunter. Jetzt strich sie mit der Hand über die Boxershorts, die sie mit der nächsten Bewegung herunterzog.

*Ja, sie wollte meinen Schwanz und ich musste nun mal zeigen, wer hier die Zügel in der Hand hatte.*

Sie hatte ihn gerade in der Hand und wollte ihn wichsen, als ich ihre Hand wegzog.

»Ganz schön frech! Erst die Jeans ausziehen«, sagte ich streng und setzte mich hin, um sie auszuziehen.

Annika hatte die Boxershorts aber so weit heruntergezogen, dass sie mich direkt von beiden Kleidungsstücken befreite.

Sie verlor keine Zeit, als ich nackt auf dem Sofa lag, legte gleich Hand an und wichste meinen Phallus.

*Wenn du es so nötig hast, kannst du es gleich richtig machen,* dachte ich und zog sie am Halsband zum Schwanz.

Sie wusste, was zu tun war und umschloss meinen Schaft zärtlich mit ihren Lippen. Dann begann sie ihn mit Druck zu ficken. Ich beobachtete sie dabei und musste vor aufkommender Geilheit laut stöhnen.

*Das machte sie wirklich unglaublich gut.*

Meine Hand krallte sich wegen dem Lustschmerz im Sofa fest.

»Mhhhmm, mhmmmm...«, stöhnte ich leise und schaffte es nicht mehr als diese Laute herauszubringen.

Während sie meinen Schwanz blies, spürte ich ihre Finger, die meine Eier massierten.

*Dafür würde ich sie später belohnen. Unglaublich! Ich würde sie lecken, bis sie nicht mehr konnte.*

Ihre Zungenspitze schlug meine Eichel, bevor sie meinen ganzen Schwanz abermals in ihren Mund verschwinden ließ. Ich rutschte ganz auf das Sofa und ließ Annika mitkommen, indem ich sie am Ring ihres Halsbandes leitete.

Sie kniete mit ihren großen Brüsten über mir, ließ meinen Phallus zwischen ihren Rundungen versinken und ich presste sie zusammen. Ihre Bewegungen und den Anblick genießend seufzte ich vor Erregung laut auf.

Nach einigen Minuten holte ich Annika noch weiter zu mir hoch, bis sie auf meinem Schwanz saß. Sie ließ mich gleich wissen, dass sie am Ziel angekommen war.

Uns küssend spürte ich wie ihr Becken meinen Schwanz massierte. Ihr Grinsen konnte ich sogar beim Küssen spüren.

*Was plante sie schon wieder Freches? Ich hatte die Kontrolle verloren, auch wenn ich sie zwischendurch zurückerlangte.*

Im nächsten Augenblick biss sie mir in den Hals und ihre Fingernägel verzierten meinen Oberkörper mit roten Streifen.

*So ein Biest.*

Ich holte aus und schlug ihr mit voller Wucht auf den Arsch. Meine Finger blieben auf ihrem Po und zahlten es ihr heim. Dabei glitten meine Nägel über ihre weichen Pobacken und hinterließen ihre Spuren in der weichen Haut.

*Sie wird es später schon merken, dass die Schläge mehr Schmerzen verursachen.*

Annika küsste mich, biss mir dabei leicht in die Unterlippe und ließ ihr Becken weiter kreisen. Es klatschte noch einmal auf ihrem Po. Mit der anderen Hand knetete ich ihre Titten.

*Ich wollte sie spüren. Jetzt. Mit der Leine würde ich ihr den Weg zeigen.*

»Du möchtest wohl?«, sagte sie dreckig grinsend.

Ich erhob mich und legte ihr die Leine an. Jetzt musste ich grinsen, weil sie so überrascht schaute. Und wiederholt gab es einen Schlag auf den Arsch.

»Du bist viel zu frech, Fräulein.«

»Ich weiß, mein Herr.«

»Du solltest deine Grenzen kennen.«

Ich dachte daran, dass ich sie später lecken wollte.

*Würde sie es halt nicht bekommen. Oder ich würde sie gleich einfach nicht ficken. Den Grundstein dafür hatte sie schon gelegt.*

Angesäuert und nicht mehr so geil, wie vorhin, hielt sich meine Geilheit in Grenzen. Zum Ficken reichte es nicht mehr. Ich zog sie an der Leine herunter und biss ihr nochmals in die Brüste. Annika stöhnte auf.

Ich wusste, was ihr gefiel. Ihre großen Nippel lutschend bekam ich gleich zwei weitere Seufzer von ihr. Mit meinen Fingern zog ich ihren String zur Seite und ließ meine Finger eintauchen. Dann versuchte ich es. Ohne Erfolg.

»Ich kann die Unterwäsche auch ausziehen.«

»Wäre wohl nicht schlecht«, meinte ich.

»Soll ich etwas anbehalten, mein Herr?«

»Die Strümpfe«, erwiderte ich.

Und mir rutschte danach fast »meine kleine Drecksau« raus. Noch war sie es nicht. Nachdem sie den Strapsgürtel und den String ausgezogen hatte, setzte sie sich mit ihrer nassen Pussy auf meinen Schwanz und massierte ihn erneut mit ihrem Becken. Ihre Hand wanderte zu meinem Schwanz und massierte meine Eier. Mit der anderen glitt sie sanft über meine Brust.

Ich knetete ihre Brüste, während mich ihre Berührungen und Liebkosungen permanent geiler machten. Als sie mit ihren Fingernägeln meine Brust streifte, war mein Schwanz kurz vor der Explosion.

Annika erhob sich einmal und setzte sich mit Schwung auf meinen Schwanz.

»Aaaaahh«, schrie ich und brachte danach vor Schmerzen kein Wort heraus.

*Wenn sie das mit Absicht gemacht hatte...*

»Tat es weh?«, fragte sie unschuldig.

»Jaaaa. Deine Schonfrist ist gleich vorbei, wenn du so weitermachst. Du willst wohl im Flur übernachten, Fräulein?«

Ich hatte ihr vorher erklärt, dass Subs, die trotz ihrer Strafen weiter frech waren, auf dem kalten Flur landeten.

Ich holte kräftig aus und meine Hand sauste zweimal auf ihrem Po nieder. Beide Male begleitet von einem lauten Klatschen.

Annika schwieg, setzte sich neben mich und massierte vorsichtig mit ihrer Hand meinen Schwanz. Ich wies sie mit der Leine an, meinen Schwanz mit ihrem Fickmaul zu blasen. Den Wunsch erfüllte sie gerne, beugte sich herunter und nahm ihn mit dem Mund auf. Die festen Züge genießend drückte ich ihren Kopf fester nach unten. Sie unterbrach.

»Deepthroat gibt's nicht.«, protestierte sie.

*Dann hätte ich dich bestimmt auch nicht so leicht mit dem Kopf heruntergedrückt,* dachte ich.

Annika rutschte weiter nach unten und lutschte an meinen Eiern, was mich laut aufstöhnen ließ. Ihre Fingernägel an meinen Oberschenkeln machten mich zwar wieder richtig geil, das Lutschen meiner Eier war aber kaum noch auszuhalten.

»Pass auf, dass du nicht zu frech wirst«, zügelte ich sie und zog sie an der Leine zu mir.

Über meinen Phallus knieend ließ sie ihn sachte in ihre Pussy eintauchen. Hastig begann sie ihn zu ficken, unablässig bis zum Anschlag und nur so weit, dass er fast herausrutschte.

*Ein absolut geiler Ritt.*

Ich genoss diese ausgefallene Stellung und schaute dabei zu, wie mein Schwanz sie stetig aufspießte. Aber Annika war in der kurzen Zeit so feucht, dass ich kaum etwas spürte.

Es dauerte nicht lange, da glitt mein Schwanz aus ihrer schmatzenden Pussy und war nicht mehr hart genug. In einer kleinen Pause legte sich Annika neben mich, kuschelnd und küssend.

Kurze Zeit später konnten wir nicht voneinander lassen. Ich liebkoste ihre großen Brüste und meine Hand ertastete ihre Lustgrotte. Mein Schwanz bekam Gesellschaft von ihrer Hand. Zärtlich wichste sie ihn, bis er hart war. Meine Finger waren mittlerweile in ihr angekommen. Ich fickte sie behutsam und spürte, dass sie beim Küssen schon wieder frech wurde.

Sie saugte an meiner Zunge. Damit konnte sie mich richtig geil machen. Ihre Schenkel spreizend öffnete sie mir den Weg, sodass mein Schwanz leicht in sie hineinrutschen konnte. Jede Bewegung ließ mich die Enge ihrer Lustgrotte spüren.

Das trieb mich voller Wollust an ihr nasses Allerheiligstes tiefer und fester zu erkunden. Annikas Stöhnen erfüllte das Wohnzimmer. Dieses Mal würde ich kommen. Ihre hübschen, großen Brüste wippten mit jedem Stoß auf und ab. Ich ließ etwas von ihr ab und gab ihr einen langen Kuss. Mit jedem noch so zarten Stoß kam ich meinem Höhepunkt näher.

Mich aufrichtend stieß ich in ihre nasse Fotze so hart ich konnte. Es dauerte keine Minute und ich kam laut stöhnend in ihr. Der Orgasmus überschüttete mich mit Glücksgefühlen und ich rutschte langsam aus ihrer tropfenden Pussy heraus.

»Wir hätten vielleicht doch etwas auf das Sofa legen sollen«, meinte sie und grinste.

Während ich unsere Gläser holte, legte sie einer meiner beiden Decken auf das Sofa. Nachdem wir etwas getrunken hatten, nahm ich sie an die Leine und wir kuschelten uns aneinander.

Annika schaute mich mit leuchtenden Augen an und verkündete, dass sie über Nacht bleiben würde. In meinem Kopf war ich schon viel weiter und so brauchte es nicht lange, dass ich sie an der Leine auf mich zog.

»Was hast du vor?«, fragte sie überrascht.

»Komm hoch, meine kleine Drecksau«, meinte ich und grinste sie an.

Sie setzte sich brav auf meinen Schwanz und massierte ihn mit ihrem Becken. Das wollte ich aber gar nicht. Ich fand, sie hatte für den geilen Blowjob und ihren Ritt eine Belohnung verdient. Die Leine nehmend zog ich sie nach oben und ließ sie breitbeinig vor meinem Gesicht knien.

Mit meiner Zungenspitze berührte ich ihren Venushügel und drang zu ihrer Klit vor. Annika stöhnte auf und ließ sich nach hinten fallen. Ihre Vulva war noch völlig nass. Ich umkreiste mit meiner Zungenspitze weiter ihre Klit und verstärkte den Druck. Ihr süß-bitterer Geschmack lief meine Zunge entlang. Das liebte ich. Ihr Stöhnen wurde lauter und sie schob ihr Becken dabei nach vorne.

Mit meinem Mund saugte ich, danach kreiste ich erneut um ihre harte Liebesperle. Dabei hatte sie Probleme sich in der Position zu halten.

»Das geht so nicht, wirklich nicht«, stöhnte sie völlig außer Atem und flehte darum, die Position zu wechseln.

Sie richtete sich auf, um sich neben mir aufs Sofa zu legen. Ich musste grinsen, hielt die Leine fest in der Hand und nahm zwischen ihren Schenkeln Platz. Meine Zunge berührte abermals ihre Perle und Annika gab einen Seufzer von sich.

An der Leine ziehend verstummte sie sofort.

*Braves Mädchen. Du willst bestimmt nicht, dass ich jetzt unterbreche.*

Ich leckte ihr weiches, zartes Fleisch mit kreisenden Bewegungen und Annika schob mir ihr Becken unentwegt entgegen. Sie hatte die Augen geschlossen und genoss es von mir aufgegeilt zu werden. Ich trieb mein Spiel weiter, setzte an und saugte ihre Klit in meinen Mund. Dieses hielt ich mehrere Sekunden, wobei ihr Stöhnen stetig lauter wurde. Ich entließ ihren Kitzler erneut und hob die Perle mit meiner Zungenspitze an. Dabei ließ ich sie auf und ab tanzen. Ihr Körper fing langsam an zu beben.

Von Minute zu Minute wurde es spürbarer. Ich trieb sie mit meinem Lecken von einem Orgasmus zum nächsten und ich hörte nicht auf. Ihr Stöhnen wurde unaufhörlich lauter und verstummte mit einem Mal. Ich küsste ihren Venushügel und musste frech grinsen, als ich nach oben blickte. Annika sah wundervoll aus, wie sie dort lag. Ihr Atem wog schwer und beruhigte sich allmählich wieder. Frech wie ich war, deutete ich an, sie weiter zu lecken.

»Wenn du weitermachst, kannst du was erleben«, protestierte Annika völlig außer Atem. Sie brauchte wohl eine Pause.

*Was für eine Frau*, dachte ich innerlich und wanderte mit meinen Blicken über ihren Körper.

Ich deutete erneut an, nach unten zu rutschen.

»Weheeee!«

Ich musste lachen, legte mich zu ihr und musterte sie. Das Halsband stand ihr wirklich gut. Ihre blauen Augen leuchteten. Ihr einen langen Kuss gebend strich ich mit meiner Hand über ihre großen Brüste und liebkoste sie. Eine kurze Pause würde uns guttun.

Wir setzten uns, tranken den restlichen Sekt und rauchten eine Zigarette. Normalerweise lief bei meinen Dates regelmäßig Musik oder TV im Hintergrund. Dieses Mal war es nicht so. Das war auch gar nicht schlimm, Annika und ich verstanden uns so gut, dass es keinen Zeitpunkt mit einer beängstigenden Stille gab. Und wenn es nichts mehr zu reden gab, hatten unsere Hände bereits den Weg zum anderen gefunden.

Es lag einfach ständig eine knisternde Spannung in der Luft und das ließ meinen Puls nicht zur Ruhe kommen. Mittlerweile hatte ich Annika an der Leine zu mir gezogen und konnte einfach nicht widerstehen, ihre großen Brüste zu liebkosen. Ihr Körper hatte so einen angenehmen Duft, dass ich einen Augenblick verharrte, um diesen tief einzuatmen. Meine Zunge wanderte weiter zu ihrem Nippel. Sie stöhnte unterdessen leise, weil ich mit meinen Fingern ihre nasse Pussy fickte.

Der Gedanke daran, meinen Phallus nochmals in sie zu stoßen, machte mich so an, dass ich mich nicht beherrschen konnte.

Ich spürte ihre Fingernägel an meinen Hoden.

»Mhmmmm, mach weiter«, stöhnte ich und ließ mich darauf ein, dass sie diejenige war, die mich gerade mit Schmerzen richtig geil machte.

*Ich werde dir schon gleich zeigen, was ich will*, schoss es durch meinen Kopf.

Ihre geöffnete Schenkel waren eine richtige Einladung für mein Vorhaben. Ich beugte mich über sie, mein Stab glitt sanft in sie hinein und ich nahm sie liebevoll.

Ihre Augen beobachteten mich.

Während ich sie unablässig fickte, rutschte Annika so weit, dass ihr Kopf vom Sofa hing. Ihre großen Brüste wippten dabei und ihr angenehmes Stöhnen wurde stetig lauter.

Nach einigen Minuten legten wir abermals eine Pause ein. Ich zog sie an der Leine zurück auf das Sofa. Annika sah mit ihrem unterwürfigen Blick so hinreißend aus, dass ich sie in meine Arme ließ und ihren verschwitzten Körper mit Küssen bedeckten.

Dieser betörende Duft ließ mich erneut ihre Lippen aufsuchen und sie ging sofort auf meinen Wunsch ein. Wir küssten uns, bis sie auf mir war und sie mich die fordernden Bewegungen ihres Beckens spüren ließ. Mein Schwanz konnte diesen Bewegungen nicht widerstehen und schwoll zu seiner vollen Größe an.

»Duuuuuu ... Drecksau...«, stöhnte ich leise und zog sie an der Leine herab, um ihre weichen Lippen zu küssen.

»Du bist viel zu frech, deine Schonphase ist vorbei.«

Ich holte aus und schlug ihr mit voller Wucht auf den Arsch. Sie rutschte etwas zurück und ließ meinen Schwanz zwischen ihre großen Brüste. Ich presste sie mit beiden Händen zusammen und sie schob ihn durch die geschaffene Lusthöhle.

»Mmmmm ...«

Ich musste laut aufstöhnen, weil das Gefühl so intensiv war.

Annika biss mir unterdessen in den Hals.

*So ein kleiner Vamp,* schoss es nur durch meinen Kopf und ich umfasste ihre Haare und zog sie weg.

»Du willst es wohl auf die Spitze treiben?«, fuhr ich sie an.

»Tut mir leid, ich bin halt immer so frech.«

Sie schaute mich dabei mit einem lasziven Blick an und widmete mich sich meinem Phallus. Sie wusste, wie sie mich schnell beruhigen konnte. Die Fingernägel ihrer anderen Hand ritzten meine Oberschenkel, bevor sie anfing meine Eier zu massieren. Es dauerte nicht lange, da war mein Schwanz so hart, dass ich Annika an der Leine zog.

»Aufsitzen, meine Drecksau«, sagte ich grinsend und ließ mich von ihrem Ritt richtig anheizen.

Sie beugte sie dabei nach vorne, küsste mich unablässig weiter.

»Lass uns tauschen«, stöhnte sie und wir wechselten. Annika spreizte ihre Schenkel, die noch von den schwarzen Strümpfen eingehüllt waren. Ich stieß dieses Mal fester zu und nahm sie härter. Das Stöhnen hallte durch das ganze Wohnzimmer und ich kam schnell und laut zum Höhepunkt.

Wir kuschelten uns mit unseren durchgeschwitzten Körpern aneinander und genossen ein Moment der Ruhe. Es roch nach Sex.

Und es roch nach ihr.

Unverändert dieser betörende Duft.

Irgendwann löschte ich die Kerzen und das Licht. Wir schliefen die Nacht auf meinem großen Sofa im Wohnzimmer.

Am nächsten Morgen wachte ich als Erster auf und kuschelte mich von hinten an sie, um ihren Nacken zu liebkosen. Ich spürte, wie sie atmete, sich langsam bewegte und aufwachte.

»Guten Morgen«, flüsterte ich und gab ihr einen Kuss in den Nacken.

»Guten Morgen«, kam es etwas verschlafen zurück.

Unter der roten Decke wanderten meine Hände zu ihren Brüsten und kneteten sie. Annika gab einen leisen Seufzer von sich. Ohne weitere Umwege war ich mit meiner Hand bereits zwischen ihren Beinen. Sie öffnete ihre Schenkel und ich massierte ihre Perle.

Als wenn das ein Aufruf gewesen war, hatte ich ihre Hand an meinem Schwanz. Ihr Griff war sehr fest, so wie ich es mochte. Zwischendurch bekam ich erneut ihre Nägel zu spüren.

Drei meiner Finger hatten den Weg in ihre Pussy gefunden und fingerten sie. Wir stöhnten leise und ich zog Annika von der Seite auf den Rücken. Ihre Pussy war einladend feucht vom Fingern. Ich dachte daran, wie ich sie am Tag zuvor geleckt hatte. Sie breitete ihre Schenkel aber so weit aus, dass es die Einladung zum Fick war. Meinen Schwanz über ihre Lustgrotte gleitend und reibend sorgte ich dafür, dass er richtig hart wurde.

*Ich werde dich nun einfach nehmen, denn was anderes willst du auch nicht.*

Ohne zu warten, versenkte ich ihn mit einem kurzen Stoß und begann sie hart zu ficken. Das laszive Stöhnen wurde jetzt lauter. Ich hingegen wurde langsamer, um sie zu küssen und an ihren Nippeln zu saugen. Sie hob die Beine an und ließ meinen Schwanz tief in ihr Allerheiligstes eindringen.

Nun begleitete ihr Stöhnen das laute Klatschen meines Beckens an ihrem Po. Schneller werdend bemerkte ich wie nass sie wurde und spürte dadurch kaum noch etwas.

Ich ließ von ihr ab, küsste sie und kuschelte mich an sie, um die wohlige Wärme ihres verschwitzten Körpers zu spüren.

*Das war eine sehr aufregende Nacht und ein wundervolles Jahresende. Schade, dass sie nicht einen Tag länger bleibt,* dachte ich mir.

Meine Liebkosungen bekam Annika am ganzen Oberkörper zu spüren. Ich zog sie auf mich und sie dankte es mir damit, dass sie erneut mit ihrer Lustgrotte meinen Schwanz massierte. Allerdings war dieser so trocken, dass es schon weh tat.

»Vorsichtig, meine Drecksau«, fuhr ich sie an und holte zweimal aus, um ihr mit voller Wucht auf den Arsch zu hauen.

Ihr Stöhnen wurde lauter. Ich holte mit der anderen Hand noch einmal aus, was ihre andere Pohälfte abbekam. Mein Schwanz war jetzt so hart, dass ich ihn aufrecht hielt und ich nichts mehr dazu sagen musste. Annika ließ sich davon aufspießen.

Wir stöhnten beide sehr laut auf. Mein Schwanz war trocken und sie nicht wirklich feucht. Meine Vorhaut wurde bis zum Äußersten zurückgezogen.

»Warte...«, flehte ich unter Schmerzen.

Nach ein paar Sekunden ließ der Schmerz nach und ich schlug ihr dafür noch einmal auf den Arsch. Ich zog sie an den Haaren zu mir.

»Das machst du nicht noch mal, Fräulein«, sagte ich und strafte sie mit einem bösen Blick.

Dann stieß ich von unten meinen Schwanz in ihre Pussy. Ich spürte jeden Millimeter, die mein Schwanz eindrang. Mein Gesicht in ihren Brüsten versenkend lutschte ich einen Nippel, bis er ab stand und biss in ihr weiches Brustfleisch. Annika stöhnte dabei auf und hielt inne.

»Weiter Fräulein«, befahl ich, nachdem ich Sekunden zuvor losgelassen hatte.

Annika setzte sich jetzt aufrecht hin, weil sie wohl ein weiterer Angriff von mir befürchtete und ritt mich richtig ab. Ich stieß von unten dagegen und versenkte so meinen Schwanz tief in ihr. Wir trieben unser Spiel noch etwas weiter, küssten uns unterdessen unablässig und sanken irgendwann erschöpft zusammen.

*Was für eine Nacht. Mit Abstand die beste Nacht in diesem Jahr,* dachte ich zufrieden und schaute ihr nach, wie sie im Bad verschwand.

Gegen Mittag brachte ich sie zum Bahnhof und wir gaben uns zum Abschied einen Kuss. Etwas traurig schaute ich ihr nach, aber Annika und ich hatten ausgemacht, dass wir uns Silvester sehen würden und die Nacht zusammen verbringen würden.

Nun stand Silvester vor der Tür und ich freute mich umso mehr darauf, weil Annika mich einen Tag zuvor eingeladen hatte. Es war mittlerweile Mittag und ich bereitete mich vor, denn in ein paar Stunden wollte ich losfahren, um die Silvesternacht mit Annika zu verbringen.

Dann kam jedoch eine Nachricht von ihr und sie sagte wegen Problemen in der Familie ab. Das war nun schon die dritte Silvesterabsage für dieses Jahr. Ich hatte wirklich keine Lust mehr.

Frustriert verbrachte den Abend allein, denn auf eine Party mit »glücklichen« Leuten hatte ich nun gar keine Lust.

Ganz allein war ich jedoch nicht: Luciana unterhielt mich und rief mich sogar nachts an, als ich mir auf einem naheliegenden Anhöhe das Feuerwerk anschaute.

»Hätte ich das gewusst. Dann hättest du zu mir kommen können«, sagte sie mir.

»Aber du hast doch Besuch«, meinte ich etwas überrascht.

»Der bleibt aber nicht über Nacht.«

»Das heißt, du hättest mich gerne über Nacht bei dir?«, wollte ich wissen.

»Ja, ich wüsste schon gerne mal, wie dieser Don so ist und warum er so auf devote Frauen steht.«

»Du bist aber nicht devot.«

»Nein, ich mag es ganz normal. Wenn dich das nicht stört.«

»Klingt verlockend. Und wann?«

»Vielleicht am nächsten Wochenende? Bin aber noch etwas angeschlagen. Ich könnte uns auch etwas Schönes kochen.«

»So eine Einladung kann ich ja nicht ausschlagen.«

»Auch wenn ich nicht dein Typ bin.«

»Das sagst du immer, ich werde mich da erst zu äußern, wenn ich dich kennengelernt habe«, meinte ich.

»Dann sehen wir uns am Wochenende«, kam als Antwort.

Das war für mich gleich ein schöner Lichtblick im neuen Jahr. Da die Arbeitswoche mitten in der Woche begann, war die Wartezeit noch kürzer.

# ● Aufgeweckt

Am Freitag ging es in der Firma alles sehr schnell. Ich verließ pünktlich das Gebäude und machte mich auf den Weg zur Autobahn. Natürlich war es schon dunkel. Ich war sehr gespannt darauf, was mich erwarten würde. Luciana wollte uns etwas kochen.

*Der erste Fick im neuen Jahr, da beginnt das Jahr richtig gut*, dachte ich mir und grinste vor mich hin.

Nach meiner Planung wollte ich um 19:30 Uhr bei ihr ankommen, aber es wurde ein paar Minuten später. Wie ich so etwas hasste.

*Erstes Date im neuen Jahr und gleich unpünktlich*, fluchte ich.

Aber es war halt Januar und es lag noch viel Schnee. Nach einigem Suchen fand ich am Straßenrand endlich einen geeigneten Parkplatz. Luciana betätigte den Türöffner und ich ging in den 2. Stock, wo sie mich bereits erwartete.

Wir begrüßten uns und ich stellte meine Tasche neben der Tür ab. Sie bereitete in der Küche das Essen vor und wir unterhielten uns.

Ich schaute mich um. Es war alles gemütlich eingerichtet. Teilweise war es recht spartanisch aber wie sie mir erzählte, hatte sie sich vor kurzem erst von ihrem Freund getrennt und musste sich nun ihr eigenes Leben aufbauen. Ich musterte sie und fand sie attraktiv. Ihre durchdringenden grauen Augen und die langen, pechschwarzen Haare waren nicht das einzig Aufregende an ihr. Ja, sie hatte Kurven, aber die an den richtigen Stellen. Da war es auch nicht schlimm, dass sie nicht sportlich schlank war. Im Gegenteil, so gefiel mir ihre Figur. Wir verstanden uns direkt und die Sympathie war sofort vorhanden, sodass alles für mich zusammenpasste. Der positive Eindruck vom Telefon war damit bestätigt und ich bereute nicht, den Weg auf mich genommen zu haben.

Nach einiger Zeit wechselten später ins Esszimmer und aßen.

Nach einer kleinen Raucherpause ging es ins Wohnzimmer auf das große, gemütliche Sofa. Wir schauten TV, lagen nebeneinander und hielten noch etwas Abstand zueinander. Es war schon etwas später als die Nachbarn anfingen zu saugen. Luciana und ich schauten uns an und mussten lachen. Ich zog sie in meine Arme und sie legte ihren Kopf auf meine Brust.

*So kann das ja nicht weitergehen,* dachte ich mir.

Sie drehte sich zu ihr. Mein erster Annäherungsversuch war ein Eskimokuss. Dann kam ich ihren Lippen näher und küsste sie das erste Mal. Unsere Lippen berührten sich zwar nicht lange, jecoch folgte gleich darauf der zweite Kuss. Ich drehte mich zu ihr und zog sie etwas zu mir.

Der nächste Kuss war vertrauter und das erste Mal spielten unsere Zungen miteinander. Luciana ergriff danach sehr schnell die Initiative. Während sie mir das Hemd aus der Hose zog, erkundeten meine Hände ihren großen Brüsten. Ich griff zu und knetete diese weichen Rundungen. Mit meinem Bein massierte ich ihre Pussy.

Nicht viel später schickte ich meine Hände auf Erkundungstour. Der erste Halt war ihre Beine, auf der ich ihre schwarzen Strümpfe spürte. Etwas höher spürte ich ihren Rock, unter dem es weiterging zu ihrer Lustgrotte.

Ich spürte ihre feuchte Lust an meinen Fingern. Das sie geil war, machte sie mir auch mit dem nächsten Kuss klar. Sie biss mir richtig in die Lippe und grinste mich an.

»Ganz schön frech«, meinte ich.

Ich gab ihr einen Kuss und massierte ihre weichen Brüste. Luciana wurde jetzt ungeduldig und knöpfte mir das Hemd auf. Ich musste grinsen, wäre es doch einfacher gewesen ein Sweatshirt anzuziehen, was sie mir über den Kopf hätte ziehen können. Aber für mich lief es nicht viel besser. Ihr Hemd hatte kleine Knöpfe und ich mühte mich ab, bis ich in dieses prachtvolle Dekolleté blicken konnte.

»Diese Knöpfe«, fluchte ich.

»Dafür ist es unten leichter«, hauchte sie lustvoll in mein Ohr.

Nachdem ich auch ihr Hemd ausgezogen hatte, setzte sie sich auf mich und fing liebevoll an, meinen Schwanz mit ihrem Becken zu massieren. Das heizte mich nun richtig an. Mein Phallus drückte sich voller Geilheit gegen die Jeans und bat um Ausgang. Luciana beugte sich zu mir herunter und bedeckte meinen Oberkörper mit Küssen. Und dann fing sie an zu beißen.

»Autsch«, ließ ich nur verlauten, als sie heftiger zubiss.

*Die Frau braucht wirklich Halsband und Leine*, drängelte meine innere Stimme.

Ich ahnte nicht, was für ein Vamp ich mir dort geangelt hatte. Während sie weiter zubiss, zog ich ihr Oberteil hoch. Anschließend rutschte es über ihren Kopf. Dann setzte ich zum Angriff an, biss ihr in das weiche Fleisch ihrer großen Brüste, die sie mir vor das Gesicht hielt. Ich wollte aber mehr, wartete gar nicht lange und löste die Haken ihres BH-Hemdes, um es ihr sofort auszuziehen. Endlich konnte ich alles sehen und machte mich gleich daran ihre harten Nippel zu saugen.

Luciana stöhnte auf und drückte mein Kopf auf das zarte Fleisch. Ihre großen Brüste waren ein schöner Anblick und ich konnte nicht davon ablassen, sie zu liebkosen. Ich biss abermals zu und schlug ihr dabei zeitgleich auf ihren Arsch. Leise aufstöhnend zog sie sich etwas mit dem Oberkörper zurück, um mich zu küssen.

»Du hast ja noch so viel an«, flüsterte mir Luciana ins Ohr. Ich führte ihre Hand zu meinem Hemd, damit sie die letzten Knöpfe öffnete. Sie zog mir das Hemd und das T-Shirt aus.

Ich stoppte sie danach, nahm ihr Gesicht in beide Hände und gab ihren weichen Lippen einen langen Kuss. Mit den Händen widmete ich mich nochmals ihren großen Titten. Man konnte einfach nicht genug davon bekommen. Sie musste erneut mitansehen, wie ich an ihrem Nippel saugte. Und wieder ein Biss in die Brüste.

Ich beobachtete sie dabei aus dem Augenwinkel. Sich auf die Unterlippe beißend ließ sie mich das erste Mal ihre Nägel spüren.

»Ich habe dir auch was für die Genesung mitgebracht«, unterbrach ich die Stille und wusste ganz genau, welche Reaktion ich zu erwarten hatte. Luciana riss ihre graublauen Augen weit auf und ich konnte alle Gedanken lesen.

*Der wird doch wohl nicht ein Halsband mitgebracht haben. Oder auch noch eine Leine. Das kann er schön vergessen. Nichts in die Richtung habe ich gesagt. Das kann er mit Anderen machen.*

»Was denn?«, fragte sie vorsichtig.

»Das musst du noch auspacken. Das Fieberthermometer ist noch eingepackt.«

Sie lächelte erleichtert und setzte sich neben mich.

»Ist aber etwas größer als die normalen.«

Luciana verwöhnte meinen Bauch mit Küssen und wanderte langsam nach unten. Nach meinem Kommentar spürte ich abermals ihre Zähne. Sie biss mir in den Bauch. Ich holte aus und gab ihr einen ordentlichen Klaps auf den Arsch.

Dann zog ich sie erneut nach oben und gab ihr einen Kuss.

Luciana hatte ihre Hand an meinem Gürtel und rutschte schnell nach unten, um mir die Hose und die Boxershorts auszuziehen. Sie strich mit ihrer Hand über meinen harten Schwanz und wichste ihn behutsam.

»Dann schau mal, wie groß das Fieberthermometer ist«, forderte ich sie auf.

Sie wanderte nochmals mit ihren Küssen weiter nach unten und leckte mit ihrer Zungenspitze über meine Eichel. Mein Schwanz zuckte jedes Mal vor Erregung, wenn ihre Zungenspitze darüber strich. Luciana nahm ihn richtig in den Mund und saugte lustvoll daran.

Ich spürte kaum etwas davon, aber sie ließ mich erst nur etwas zappeln. Wenig später zeigte sie mir, dass ich noch etwas mehr zu erwarten hatte.

Ich vernahm ihre Zähne, spürte wie sie mit dem Mund meinen Schwanz fest umschloss und ihn aussaugen wollte. Luciana ließ mich ihre Fingernägel spüren und ich wurde dadurch noch geiler. Meine Finger über ihren Rücken schiebend konnte sie mich nun ebenfalls spüren. Sie unterbrach die Lektion und verteilte erneut Küsse auf meinem Bauch. Ich wusste, dass das nicht das Einzige bleiben würden. Und schon biss sie zu.

*Sie benötigt auf jeden Fall ein Halsband!*

Ich schob ihren Kopf zu meinem Schwanz. Ohne Protest fing sie sofort an, ihn zu verwöhnen. Es schien so, als würde sie das unglaublich erregend finden, denn sie lag zwischen meinen Beinen und saugte an ihm ohne Unterlass.

*Vielleicht sollte sie doch ihre devote Seite ausleben. Ich bin gerade dabei sie aufwecken.*

»Komm hoch«, forderte ich sie irgendwann aus.

Ich war schon außer Atem.

Luciana rutschte aber nur etwas nach oben, bis mein Schwanz zwischen ihren großen Titten lag. Dann begann sie ihn damit zu ficken. Ich presste ihre Brüste mit den Händen zusammen und genoss das Gefühl, wie mein Prügel sich durch ihren Busen pflügte. Sie konnte es aber nicht lassen, frech zu werden und biss mir in die Brust. Ich schob ihr Fickmaul abermals zu meinem Schwanz. Daran konnte sie sich meinetwegen so lange auslassen, wie sie wollte.

»Ganz hinein passt er nicht«, gab ich zu bedenken und zog sie an den Haaren nach oben.

Wieder lag er zwischen ihren großen Brüsten und Luciana wusste, wie sie ihn massieren musste. Ich kassierte abermals einige Bisse von ihr. Sie war viel zu frech, schoss es mir durch den Kopf. Beim nächsten Treffen würde sich das ändern. Als es zu schmerzhaft wurde, drückte ich sie zurück auf meinen Schwanz. Sie nahm ihn so hart, dass ich nach Atem rang.

»Jetzt schauen wir mal, ob er auch in das große Loch passt«, stoppte ich ihre Leidenschaft und vergriff mich an ihrem Höschen.

Luciana kniete dabei neben mir auf allen Vieren.

*Wieder so eine devote Andeutung. Frech und unterwürfig, sie passte genau zu meinen Interessen.*

Es dauerte nicht lange, da hatte ich meine Finger in ihrer Pussy versenkt. Mit schmatzenden Geräuschen fickte ich sie und schickte sie wenig später auf meinen Schwanz.

Sie setzte sich auf mich und er drang sanft in sie ein. Ich spürte ihre Enge und musste mich sehr zurückhalten, damit ich nicht sofort kam.

Bevor sie mich ritt, gab ich ihr einen langen Kuss. Ihre Hüften bewegten sich rhythmisch auf und ab. Ich konnte davon aber nicht viel sehen, weil mein Gesicht mit ihren wundervollen Brüsten bedeckt war. Dieses Mal konnte ich zubeißen und ließ ihren Po meine Nägel spüren. Sie wurde langsamer. Ich holte zum ersten Mal richtig aus und schlug ihr mit voller Wucht auf den Arsch.

Ein *"Weiter, meine kleine Drecksau"* lag mir auf den Lippen.

Luciana stöhnte laut auf. Ihre schwarze Mähne bedeckte nun mein Gesicht und sie holte sich unentwegt einen Kuss ab. Sich aufrecht hinsetzend massierte sie mit ihrem Becken meinen Schwanz. Ich hielt von unten dagegen und legte bei jedem Stoß nach. Ihre Nägel hinterließen rote Streifen auf meinem Oberkörper.

Wieder ein Klaps auf ihren runden Po.

Sie beugte sich zu mir herunter und biss mich an mehreren Stellen.

*So ein Biest! Nächstes Mal wird das anders laufen.*

Das Reiten wurde noch wilder und mein Stöhnen lauter. Ich war kurz davor zu kommen. Dieses Mal hielt ich mich nicht mehr zurück. Mein Schwanz zuckte voller Geilheit und kam in ihrer Pussy.

»Jetzt haben wir ja die Nachbarn unterhalten«, keuchte ich völlig außer Atem.

»Oh ja, der Staubsauger ist zumindest aus«, sagte sie lachend.

Luciana gab mir einen Kuss und kuschelte sich in meinen Arm. Wir waren beide noch außer Atem und genossen zunächst die Glücksgefühle, die noch Überhand hatten. Der Fernseher war an und unterhielt uns im Hintergrund. Das wir aber lange artig blieben, war natürlich nicht zu erwarten. Sie wurde nach kurzer Zeit erneut frech und begann damit, mich zu kitzeln. Es stand nach dem ersten Mal fest, dass es nicht bei dem einem Mal bleiben würde. Erst wehrte ich mich, dann ließ ich es zu und zeigte ihr, dass ich mich beherrschen konnte und ihre Bemühungen umsonst waren. Eine Stelle erwischte sie trotzdem und ich musste lachen. So musste ich mich erneut wehren.

»Lass das«, sagte ich lachend.

»Soll ich lieber kratzen?«, wollte sie wissen.

Tief in die graublauen Augen schauend hielt ich ihre Hände auf Abstand. Ich lockerte den Griff und Luciana setzte gleich zum Angriff an. Erst kratzte sie mir den Rücken, anschließend fuhren ihre Nägel achtsam meinen Oberkörper herunter und es waren deutliche Spuren zu erkennen. Das machte mich geil. Die Zungenküsse von ihr gaben den Rest dazu.

Sie grinste.

*Sie weiß, wie sie dich geil bekommt und sie ist ein Nimmersatt.*

Kurz musste ich an Annika denken. Anscheinend hatte ich Glück mit meinem Gespür.

Ihre Hand lag auf meinem Schwanz, der einiges seiner wahren Größe angenommen hatte. Sie wichste ihn fordernd, bis er richtig hart war. Meine Finger massierten ihre Klit, drangen sanft in sie ein und fingerten sie.

»Ich will dich wieder spüren«, stöhnte sie.

Sie war so feucht, dass ich mich fragte, ob das noch von vorher war oder ob sie einfach dauergeil war. Luciana gab mir die Antwort, indem sie ihre Beine spreizte. Ich suchte ein neues Kondom, während sie mich mit ihrem Fickmaul verwöhnte. Jetzt wollte ich sie von oben. Ich kniete vor ihr, mein Schwanz tauchte in ihre glänzende Pussy ein. Sie war so eng, dass es nicht mal zehn Stöße brauchte, und ich kam zu einem glücksüberfluteten Orgasmus.

Luciana lächelte und ich tat das, was ich in diesem Moment immer tue: Ich rutschte zwischen ihre Beine und verwöhnte sie. Erst streichelte ich mit meiner Zungenspitze über ihre Klit und setzte mit kreisenden Bewegungen meine Massage fort. Sie wurde sehr schnell laut und ich konnte spüren, dass es ihr gefiel.

Also saugte ich, leckte sie und bemerkte, wie sie mir unablässig ihr Becken entgegen schob. Irgendwann konnte ich nicht mehr und legte mich zu ihr. Sie sah ebenfalls erschöpft aus und so kuschelten wir eine Zeit und gönnten uns eine Auszeit.

Erst später sollte ich erfahren, dass Lecken eigentlich gar nicht ihr Ding war, aber ich hatte sie wohl überzeugt.

Wir blieben nicht mehr lange auf und wechselten zu Luciana ins Bett, um dort zu schlafen.

Am nächsten Tag wachten wir erst gegen Mittag auf. Luciana machte uns Frühstück und wir unterhielten uns danach noch ein paar Stunden. Wir kehrten aber zum gleichen Thema zurück. Meist ging es um BDSM. Sie konnte nicht wirklich verstehen, warum es Frauen gab, die sich ein Halsband anlegen lassen, an der Leine auf allen Vieren durch die Wohnung krabbeln oder sich in der dieser Position den Arsch versohlen lassen. Und dann war da noch die Anrede mit »Herr« oder »Sir«.
Aber sie hatte mir in dieser Nacht schon gezeigt, dass genau diese Wünsche in ihr schlummerten. Also beschloss ich, die Erziehung einer neuen Schülerin aufzunehmen. Sie ahnte noch nicht, dass sie beim nächsten Treffen schon einiges von ihren wundersamen Erzählungen machen würde. Der Herr hatte seine nächste Sub gefunden.
Aber bis dahin sollte noch etwas Zeit vergehen und wir schrieben uns sehr viel, was mir Gelegenheit gab, sie für das nächste Date mit den richtigen Informationen zu versorgen und sie neugierig zu machen.

Mit Annika kam kein zweites Treffen zustande. Der Kontakt war endgültig abgerissen. Sie hatte ihren heutigen Ehemann kennengelernt, mit dem sie noch glücklich verheiratet ist.
Mehrere Wochen nach meinem Luciana-Date traf ich jedoch Claudia, die sich nach einiger Zeit bei mir zurückmeldete.

# ● Ueber Lustkiller & Leckfreuden

Claudia kannte ich schon etwas länger durch Twitter. Eigentlich wollten wir uns gar nicht treffen.

Eigentlich.

Aber eines Abends schrieben wir nach längerer Zeit etwas länger miteinander und, man könnte auch dem Alkohol die Schuld geben, denn sie sagte spontan für einen DVD-Abend am nächsten Samstag zu.

Am Samstagnachmittag machte ich mich auf den Weg zu ihr. Ich hatte einige DVDs ausgesucht. Das Haus hatte ich schnell gefunden, nur der Parkplatz stellte sich als Problem heraus. Ich parkte den Wagen einfach eine Straße weiter und ging zu Fuß. An der Tür angekommen, klingelte ich und Claudia machte auf.

»Hey!«

»Hey, na gut hergefunden?«, fragte sie.

»Bis auf den Parkplatz, ja.« sagte ich grinsend und trat ein.

Wir unterhielten uns und ich stellte meine Tasche im Wohnzimmer ab.

»Der Auflauf ist gleich fertig«, sagte sie lächelnd.

»Danke für die Einladung«, meinte ich und freute mich, dass wir das ganze Treffen mit etwas Smalltalk und einem Essen starteten. Denn ich kannte Claudia kaum. Das Schreiben verlief sehr oberflächlich. Es war anders als mit Luciana.

Nachdem wir den Auflauf gegessen hatten, wechselten wir in den Wohnbereich auf die Couch. Ich holte meine 20 DVDs aus der Tasche, weil ich nicht wusste, ob etwas Passendes dabei war. Kritisch sortierte sie die Auswahl aus, sodass nur noch kleine Anzahl zur Verfügung stand und wir zum Schluss bei drei Filmen landeten. Wir lagen auf dem Sofa unter einer Decke, während wir die Filme schauten. Das Eis wollte jedoch nicht richtig brechen und so blieben wir beide auf Abstand. Nach dem dritten Film war es schon spät und wir gingen ins Schlafzimmer. Als wir unter den Decken lagen und das Licht aus war, meinte ich nach ein paar Minuten nur »Wer kuscheln will, muss herkommen!«

Ich dachte nicht wirklich daran, dass sie sich zu mir drehen würde. Eher hatte ich damit gerechnet, das gar nichts passierte.

Das Treffen verlief komisch. Es war das Gegenteil von den letzten Dates und ich wusste bereits nach dem Essen, dass es nur eine Begegnung geben würde.

Nach kurzer Pause hörte ich jedoch ein »Dann komm her«. *Begeisterung klingt irgendwie anders*, dachte ich und schob den Gedanken schnell zur Seite.

Ich tastete mich in der Dunkelheit zur anderen Decke vor und rutschte bei Claudia mit hinunter. Mit meiner Hand umarmte ich sie von hinten und kuschelte mich an sie. Ich zog sie nach einer Zeit noch näher an mich und ließ sie meinen harten Schwanz an ihrem Po spüren.

Sie drehte sich zu mir. Wir tasteten uns liebevoll vor und irgendwann fanden unsere Lippen zueinander. Erst küssten wir uns sehr zaghaft, danach trafen unsere Zungenspitzen aufeinander und meine Hände hatten sich schon zu ihren Brüsten verirrt.

Auch sie wurde frecher, streichelte meinen Schwanz über der Boxershorts, jedoch noch etwas zaghaft. Küssend tasteten wir uns in alle Regionen vor, meine Hand kam irgendwann an ihrem Höschen an. Ich zog mit der anderen Hand meine Boxershorts herunter, damit sie so ungestört meinen Schwanz hart wichsen konnte.

Claudia hatte unterdessen ihr Höschen ausgezogen und meine Finger vergruben sich in ihrer feuchten Pussy, um sie zu fingern. Erst mit einem Finger, später nahm ich einen zweiten dazu. Ich nahm nur ein Rascheln war und bemerkte, dass sie mir ein Kondom geben wollte. Ich bekam die Verpackung erst gar nicht auf und fluchte schon innerlich, dass ich nicht zu meinen Gummis gegriffen hatte. Als ich es endlich geschafft hatte, war es mit der Lust schon vorbei und ich konnte das Gummi entsorgen.

*So etwas hatte ich ja auch noch nicht hinbekommen,* ärgerte ich mich innerlich weiter.

Claudia beugte sich über mich und wichste mir meinen Schwanz hart. Dann spürte ich, wie sie anfing meinen Schwanz zu blasen und ich versuchte mich fallenzulassen.

Ich genoss es, wie ihre Lippen meinen Schwanz umschlossen und ihn abermals groß werden ließen. Wir versuchten es ein zweites Mal.

Beim nächsten Versuch bekam ich nicht mal die Verpackung vom Gummi auf, weil meine Finger noch von ihrer Pussy feucht waren.

*Dann halt mit den Zähnen*, dachte ich und riss mit den Zähnen zwei Stücke von der Verpackung ab, ohne dass die Verpackung offen war.

*Wie kann man nur so einen Scheiß produzieren,* regte ich mich innerlich auf und war total frustriert.

Ein neuer Versuch.

»Ich hole eines aus meiner Tasche«, meinte ich nur, bevor sie das nächste holte. Dieses bekam ich sofort aufgerissen.

Meine Lust war aber praktisch nicht mehr vorhanden.

So wichste mir Claudia meinen Schwanz, während ich sie fingerte. Erst versuchte ich in sie einzudringen, was mir nicht gelang. Beim nächsten Mal saß sie auf mir, aber das funktionierte auch nicht.

Man hätte meinen können, wir hätten unser erstes Mal.

Innerlich regte ich mich auf, sodass ich die Lust verlor und aufgab.

»Dann soll es wohl nicht sein«, waren wir uns einig.

Wir ließen aber nicht voneinander ab und geilten uns weiter auf.

Deshalb wichste sie meinen Schwanz ohne Unterlass, während ich sie mit zwei Fingern fickte. Mein Stöhnen wurde lauter.

Ich konnte mich nicht mehr zurückhalten und brachte nur noch heraus »Ich komme«. In diesem Moment spritzte mein Schwanz schon den Saft über ihre Hand.

Mit schlechtem Gewissen rutschte ich nach unten zwischen ihre Beine und ließ meine Zunge über ihre Lustgrotte fahren. Meine Zungenspitze drang in sie ein, fickte sie und bahnte sich wenig später den Weg zu ihrer Perle, um an ihr zu saugen. Claudia begann leise zu stöhnen. Ich nahm einen Finger dazu und fickte damit vorsichtig ihre Pussy. Rhythmisch bewegte sie ihr Becken im Takt zu meinen Bewegungen und stöhnte unaufhörlich lauter. Ihren Kitzler saugend ließ ich meine Zunge danach abermals über ihre Pussy fahren.

»Das ist jetzt genug«, kam es überraschend von ihr und ich rutschte nach oben.

Wir schliefen ein und als ich am nächsten Vormittag gegen 11 Uhr aufwachte, lag ich allein im Bett. Sie war bereits aufgestanden und saß auf der Couch. Als ich im Bad fertig war, setzten wir uns zum Frühstück zusammen.

Mit einem bisschen Smalltalk ließen wir unser Treffen ausklingen. Auf dem Rückweg machte ich mir doch einige Gedanken, warum alles so katastrophal verlaufen war. Ich kam zu dem Entschluss, dass es einfach nicht gepasst hatte. Wir waren beim Schreiben schon oberflächlich und so verlief auch der Rest des Treffens. Auf der anderen Seite konnte ich glücklich sein, dass die anderen Treffen meistens gut verliefen. Ich startete am Wochenende gleich ein neues Date, um nicht im Nachdenken zu verharren.

# ● Sie ist ein wildes Ding

Ich saß auf meinem Sofa und überlegte, was am Abend zuvor geschehen war. Noch etwas müde von der Nacht, rieb ich mir die Augen und nahm den lieblichen Duft von Elena an meinen Fingern wahr.

Dieses ließ mich grinsen, hatte ich sie doch gestern anscheinend sehr geärgert.

Im Dezember lernte ich sie in einem Forum kennen. Wir wollten uns eigentlich schon viel eher treffen. Vor Weihnachten riss der Kontakt ab, sie reagierte nicht mehr auf meine Nachrichten. Ich kümmerte mich nicht weiter darum, weil ich sehr eingespannt war. So viele Dates und so viel zu schreiben hatte ich die letzten Monate noch nie.

Elena meldete sich überraschend in der letzten Woche und fragte mich, ob es am Wochenende passen würde. Ich überlegte kurz, weil ich an das letzte Wochenende denken musste.

Erst wollte ich doch ein Wochenende für mich haben, da ich in der letzten Zeit so viel erlebt hatte. Ich fragte sie, ob es nicht am nächsten Wochenende passen würde, aber sie verneinte es. Also ließ ich mich überreden und sagte für den Abend zu.

Meine Neugierde war einfach zu groß, weil ich sie optisch schon sehr attraktiv fand. Die neuen Fotos, die sie mir geschickt hatte, bestätigen nur meine Zustimmung. Sie hatte nicht nur ein hübsches Gesicht. Das Foto von ihrem Po verursachte in meinem Körper ein angenehmes Kribbeln.

Als es auf den Abend zuging, wurde ich etwas nervös. Ich hatte mir etwas zu essen gemacht und ging danach noch einmal duschen. Um 20 Uhr machte ich mich frisch gestylt auf den Weg zu ihr.

Ohne Hintergedanken nahm ich noch meine Handfesseln und ein Halsband mit. Sie hatte nicht danach verlangt aber ein Gefühl sagte mir, dass ich etwas davon heute Nacht gebrauchen konnte.

Bei ihr angekommen, musste ich in der Dunkelheit erst einmal die richtige Hausnummer finden.

*Hoffentlich fängt das nicht so an wie letzte Woche*, dachte ich und schob den Gedanken schnell beiseite.

Das mit der Hausnummer war gar nicht so einfach, wenn auch bei den Nachbarhäusern nichts zu sehen war. Ich parkte an der Straße und legte die letzten Meter zu Fuß zurück. Der Wind war eisig. Ich war froh, dass Elena schnell das Torschluss öffnete. Auf der Treppe kam mir ihr Nachbar entgegen. Ich konnte nicht anders und musste grinsen. Der würde heute Abend bestimmt noch etwas hören. Oben angekommen, hatte sie die Tür schon geöffnet und begrüßte mich. Wir gingen in die Küche, ich legte meinen Mantel ab und sie bot mir etwas zu trinken an. Ich saß mit ihr am Tisch und wir erzählten ein wenig.

»Tut mir leid, dass es hier nicht so aufgeräumt ist, entschuldigte sie sich und lächelte mich an.

Ich konnte aber beim Umschauen nichts entdecken, was es wirklich unaufgeräumt oder gar dreckig erschienen ließ.

»Das war ja auch alles ziemlich kurzfristig«, warf ich ein, blickte in ihre blauen Augen und lächelte ebenfalls.

Ich entdeckte zwei Babyfotos auf dem Schrank, was von ihr nicht unbemerkt blieb.

»Ja, die Kleine ist auch der Grund dafür. Die ist heute Nacht bei ihrer Oma.«

Sie schenkte mir noch etwas Wein nach.

»Hast du öfters solche Dates?«, fragte sie mich und wartete gespannt auf meine Antwort.

»In der letzten Zeit schon ziemlich häufig. Deswegen hatte ich eigentlich geplant, dieses Wochenende mal allein zu verbringen.«

»Und warum hast du dann doch zugesagt?«

Elena stützte ihr Gesicht mit den Händen ab und blickte mich fragend an.

*Das ist einfach sexy ...*

»Nun ja, du hast mich einfach zu neugierig gemacht. Da konnte ich nicht mehr widerstehen.«

Ihre Augen blitzten auf und die erotische Spannung in unserem Gespräch stieg gerade um 200 Prozent.

*Genau so musste ein Date laufen,* dachte ich.

Ich wusste zu dem Zeitpunkt, dass der Abend einfach großartig werden würde und zeigte ihr das mit einem sehr zufriedenen Lächeln.

Trotzdem unterhielten wir uns noch ein paar Minuten und rauchten noch eine Zigarette. Als wir damit fertig waren, ergriff sie die Initiative.

»Komm mal mit, in der Küche ist es echt viel zu kalt.«

Ihre eisigen Hände überzeugten mich und zogen mich gleich in das warme Schlafzimmer.

»Ja, hier ist es doch gemütlicher als in der Küche«, kommentierte ich die Situation.

Sie hatte einige kleine Lichter und Kerzen an. Ihr Bett war groß, hatte einen Metallgestell und sie hatte an den Metallstreben mehrere Handschellen befestigt. Elena stand mir mit funkelnden Augen gegenüber. Ein Blick in ihr Dekolleté verriet mir, dass ich gleich viel zu erwarten hatte. *Wow, da hat sie sich echt Mühe gemacht,* dachte ich und war beeindrucht.

Ich setzte mich und zog sie zu mir. Ein erster Kuss brach nun endgültig das Eis. Wir ließen uns vollkommen auf das Bett fallen und ich hatte das Gefühl, auf einmal in einem ganz anderen Film zu sein. Sie setzte sich auf mich und verwöhnte mich gleich mit wilden und fordernden Küssen. *Irgendjemand hatte bei ihr einen Schalter umgelegt. Oder hatte sie sich einfach nur so lange zurückgehalten?*

Sie konnte mir gar nicht mehr entweichen, denn ich hielt ihr Gesicht mit beiden Händen fest. Elena wanderte zu meinem Hals und bedeckte ihn mit Küssen.

»Mhmmm, du riechst gut«, schwärmte sie.

Das lag wohl daran, dass ich mich extra für sie frischgemacht und mein neues Parfüm aufgetragen hatte. Ihre Begeisterung spürte ich sogleich, als ihre Zunge sich in meinem Mund verlor und ich von ihrer wilden Art zu küssen mitgerissen wurde.

»Kratzen und beißen ist übrigens ausdrücklich erlaubt«, warf ich zwischenzeitlich ein und setzte zum nächsten Kuss an.

Ich warf sie auf die Seite. Ihre Begierde brannte noch heißer und sie verteilte ihre Küsse auf meinem Hals und biss zu.

Sie auf mich ziehend schob ich meinen Kopf in ihr großes Dekolleté. Elena stöhnte auf, als ich ihr an mehreren Stellen in die Brust biss. Ihr Becken drückte sie unterdessen unablässig auf meinen Schwanz. Der war natürlich mittlerweile bereits hellwach. Allein ihre Küsse ließen ihn schon zum Ständer werden. Das geknöpfte weiße Hemd, welches sie trug, zog ich ihr mit wenigen Handgriffen über ihre zarten Schultern. Dieses Mal verlor ich keine Zeit mit den Knöpfen.

Als ich das Hemd ausgezogen hatte, blickte ich auf ihre großen Brüste.

*Ein E-Körbchen und dabei so ein Körper,* schoss es durch meinen Kopf.

Aber Elena ließ mir keine weitere Zeit zum Nachdenken und verabreichte mir gleich den nächsten Kuss. Ihre Zunge spielte mit meiner dabei ein ganz wildes Versteckspiel. Das Hemd lag mittlerweile auf dem Boden.

»Jetzt brauchen wir aber mal Gleichberechtigung«, beschwerte sie sich und ich tat ihr den Gefallen und richtete mich auf.

Einige Augenblicke später war mein Oberkörper nackt und war ihren Angriffen völlig ausgeliefert. Ihre Fingernägel krallten sich in meiner nackten Haut fest. Das bekam sie aber sogleich wieder. Ich biss ihr beim Küssen auf die Unterlippe.

»Autsch«, kam es kurz von ihr. Ich grinste.

»Ich habe übrigens sehr kalte Hände«, sagte sie und versuchte mich dabei unschuldig mit den blauen Augen anzuschauen.

»Dann wärm die lieber erst mal auf, bevor du damit meinen Schwanz überraschst«, entgegnete ich ihr, »das mag er nämlich gar nicht.«

Sie legte ihre kalten Hände auf meinen Oberkörper und ich zog ihren Kopf mit beiden Händen zu mir, um sie küssen. So fühlte sich das ganze doch viel besser an. Als nächstes fiel ihr dunkelblauer BH, dessen Haken ich hinter ihrem Rücken geöffnet hatte. Noch während die Bügel über ihre Schultern glitten, vergrub ich mein Gesicht in ihren weichen Brüsten.

Ich liebkoste sie, saugte an ihren großen Nippeln und ließ mich nicht davon abbringen, ein paar Bissspuren zu hinterlassen. Elena stöhnte auf, schob mein Gesicht abermls zu ihrem Mund und gab mir einen innigen Kuss. Jetzt ging sie in die Offensive. Meinen Oberkörper mit Küssen bedeckend fuhr sie mit ihren Nägeln darüber. Ich stöhnte leise auf, hatte sie doch dabei sehr fest zugelangt und rote Striemen hinterlassen.

*Ganz nach meinem Geschmack*, schoss es durch meinen Kopf.

Meine Hände glitten die weiche Haut ihrer Beine entlang, mit meinen Lippen war ich bereits an ihren Nippeln angekommen. Derweil hatte ich den Minirock über ihren Po geschoben.

»Der Mini ist schon so weit nach oben gerutscht. Ich glaube ich ziehe ihn mal aus«, kommentierte sie das Geschehene.

Ich zog in der Zeit meine Jeans aus. Sie setzte sich derweil auf mich und massierte meinen Schwanz. Ihr an den Po greifend ließ ich sie meine Nägel spüren und gab ihr einen ordentlichen Klaps auf den Arsch.

*Ein richtig schönes Klatschen,* dachte ich mir und wiederholte das auf der anderen Seite gleich.

Als wäre es ein Startschuss gewesen, biss mir sie zärtlich in den Hals. Erst nur kurz, danach ein weiteres Mal und schließlich mussten auch noch meine Ohrläppchen daran glauben. Ihre kalte Hand war mittlerweile in meiner Boxershorts verschwunden und kümmerte sich um mein bestes Stück. Ich konnte nicht widerstehen und holte noch mal aus. Es klatschte mit dem gleichen Hall wie vorher.

*Lag das am Schlafzimmer?* Ich schob den Gedanken beiseite, weil ich im gleichen Augenblick einen Schmerz an meiner Hüfte bemerkte.

Elena hatte sich mit ihren Fingernägeln darin festgekrallt. Ich schlug ihr noch einmal auf den Arsch und wir rollten uns auf die Seite.

Sie grinste mich an.

*Du Biest,* dachte ich.

Während ich einen weiteren Kuss von ihr erhielt, schob ich mein Bein zwischen ihre und massierte ihre Pussy. Ihre Hand wanderte erneut in meinen Boxershorts und wichste meinen Schwanz. Ich zog sie herunter, damit sie mehr Platz hatte. Sie bedeckte meinen Oberkörper mit Küssen, knabberte an meinen Brustwarzen und rutschte mit ihrem Körper stetig weiter nach unten.

An meinem Schwanz angekommen, richtete sie sich auf allen Vieren auf und fing an meine Eichelspitze zu lecken. Ihre Zungenspitze verwöhnte meinen Schwanz mit gekonnten Schlägen, bis sie ihn ganz in den Mund aufnahm und ihn verwöhnte.

»Komm mal weiter rüber«, wies ich sie an und fasste ihr an den Po.

Sie drehte ihn weiter zu mir, sodass ihn besser zu fassen bekam und ihr mit meinen Nägeln ein paar Striemen auf dem Po verpasste. Elena verwöhnte mich weiter, leckte meinen Schaft, während ich ihr mehrere Male auf den Po schlug. Das irritierte sie aber nicht, denn außer einem kleinen Seufzer hörte ich nichts von ihr. Nach ein paar Minuten kam sie zu mir nach oben und küsste mich. Beim Küssen schmeckte ich den bitteren Geschmack meiner Vorfreude.

»Soll ich weitermachen?«, fragte sie und lächelte mich an.

»Gerne mehr davon bitte«, stöhnte ich.

Elena schob ihren Oberkörper erneut Richtung Schwanz und ich spürte, wie ihre Zungenspitze ihn berührte und verwöhnte. Ich stöhnte erneut auf. Sie bekam dafür noch einen Schlag auf ihren Allerwertesten.

*Dieses Geräusch war einfach perfekt.*

*Genauso musste ein Schlag auf den Arsch klingen.*

Ich holte ein weiteres Mal aus. Dann ließ ich meine Nägel über den Po fahren und zog ihr den String aus. Elena fickte meinen Schwanz weiter mit ihrem Mund und ich griff von hinten an ihre Pussy und massierte sie. Ihre Lippen waren schon völlig feucht und es gelang mir sofort, mit zwei Fingern in sie einzudringen. Ihr Becken konstant in meine

Richtung schiebend genoss sie es, wie ich es ihr mit den Fingern besorgte.

Beiläufig spürte ich ihre Fingernägel an meinen Eiern, bemerkte, wie sie sie bearbeitete, wobei ihre Zunge noch mit meinem Schwanz beschäftigt war. Ich stöhnte nun regelmäßig.

Elenas große Brüste wippten, während ich jetzt mit drei Fingern ihre Pussy bearbeitete. Ich zog meine Finger zurück, holte aus und gab ihr einen Klaps auf den Arsch.

Mein Blick musterte ihren Körper und ich konnte nicht widerstehen, ihre großen Brüste zu kneten, die durch ihre Hündchenstellung unaufhörlich vor und zurück wippten. Ohne Unterbrechung blies sie mir den Schwanz zum Abschluss richtig hart und tief, bevor sie sich aufrichtete und sich über mich beugte.

»Fesselst du mich jetzt?«, fragte sie.

»Nein, das kommt später. Ich habe noch was mit dir vor«, verkündete ich.

»Was denn?«, wollte sie unbedingt wissen und ließ nicht locker.

»Das verrate ich doch jetzt noch nicht. Reite mich erst mal«, wies ich sie an.

Elena holte mir ein Gummi und ich zog es über meinen Schwanz.

Dann setzte sie sich auf mich und ließ meinen Schwanz in ihre enge Pussy eintauchen. Sie ritt mich achtsam, dann immer schneller, wobei sie mich ihre Fingernägel spüren ließ. Ihr Becken massierte kreisend meinen Schwanz. Das Gefühl machte mich völlig verrückt und ich gab ihr einen Klaps auf den Po.

Laut stöhnend, weil das Gefühl so intensiv war, tauchte ich mit meinem Gesicht in ihren Titten ein, um nicht noch lauter zu werden. Elena ließ nicht locker und ritt mich weiter. Auch sie stöhnte und war langsam außer Atem.

»Lass uns mal wechseln«, forderte sie.

Sie legte sich auf den Rücken, winkelte ihre Beine an und ich stieß tief in ihre Lustgrotte. Ich nahm sie zunächst sehr sanft. Dann richtete ich mich auf und stieß fester zu. Währenddessen fuhr sie mit ihren Krallen über meine Brust und fügte mir neue Spuren zu.

Das machte mich nur noch geiler, mein Schwanz gelangte unentwegt bis zum Anschlag in ihre Pussy und es dauerte nicht lange, da kam ich tief in ihr. Völlig überwältigt legte ich mich neben ihr und musterte sie.

*Ja, dieses Date ist genau richtig. Gut, dass ich nicht Zuhause geblieben bin. Ich werde jede Minute auskosten.*

Wir waren etwas zur Ruhe gekommen, da holte ich die ledernen Handfesseln hervor, befestigte diese an ihren Handgelenken und am Bettgestell.

»Da kann ich nicht so einfach raus«, bemerkte sie völlig korrekt.

Mein Blick fiel auf ihre Plüschhandschellen am Bett.

»Nein, die bekommst du nicht so einfach auf, wie die Billigdinger.«

Voller Erwartung starrte sie mich an. Ich rutschte nach unten, küsste ihren Bauch und den Venushügel. Noch bevor ich anfangen konnte, hauchte Elena »Oh, ich liebe lecken«. Dann begann mein Spiel.

Mit kreisenden Bewegungen verwöhnte ich zuerst nur mit meiner Zungenspitze ihre Perle. Sie zog währenddessen an den Handfesseln und stöhnte leise. Ich begann ihre

Lustgrotte richtig zu lecken, an ihrem Kitzler zu saugen und Elena konnte sie nicht mehr zurückhalten.

»Was machst du nur? Ich habe keine Kontrolle darüber.«

Ihr Stöhnen wurde noch lauter. Ich konzentrierte mich wieder auf ihre Perle und leckte sie von oben nach unten. Sie schob ihr Becken dabei vor und zurück. Ihr Körper bäumte sie dabei auf und ihr Stöhnen verwandelte sich bedächtig in kurze drückende Schreie.

»Das ist schlimm, ich kann das gar nicht steuern«, stöhnte sie.

Sie war völlig außer sich.

Ich leckte sie weiter. Elena wandte sie und ihre Schenkel pressten mein Gesicht auf die Lustgrotte. Das Bett gab metallische Geräusche von sich, weil sie unentwegt an den Handfesseln riss.

»Weiter in die Mitte«, keuchte sie völlig außer Atem.

Ich kam ihrem Wunsch nach.

»Oh, ja... Genau da.«

Ich saugte an ihrer Klit und fingerte sie dabei mit zwei Fingern. Sie wandte ihren Kopf von einer Seite auf die andere und stöhnte. Als sie noch lauter wurde, stoppte ich. Ich konnte mir das Grinsen nicht verkneifen.

»Nein, nein, nein! Mach weiter«, protestierte sie lautstark und riss an ihren Fesseln.

Ich grinste.

»Oh nein, das ist mies. Du kannst mich nicht hier so liegen lassen. Bitte, weitermachen.«

»Soll ich das wirklich?«

»Jaaaahaa ... Bittteeeee«, flehte sie weiter.

»Wie oft kann ich das wohl mit dir machen?«, sagte ich böse.

»Ich warne dich«, grummelte sie und schaute mich dabei angesäuert an.

»Sonst was? Ich kann auch einfach gehen.«

Ein interessanter Gedanke. Ich könnte auch einfach zehn Minuten in die Küche gehen und sie warten lassen. Elena hob ihr Becken an.

»Leck mich weiter«, forderte sie trotz der Drohungen.

*Sie kann ja richtig böse werden. Das ist schon ein sehr geiles Treffen,* dachte ich und grinste amüsiert.

Ich ließ meine Zunge an ihrer Klit kreisen und stoppte nochmals.

»Bitte, was machst du mit mir? Mach weiter.«

Ich leckte ihre Pussy und meine Zunge gelangte in ihre Lustgrotte. Sie schmeckte einfach köstlich. Ich fickte ihr Loch ausgiebig, bevor ich mich wieder um ihre Perle kümmerte. Natürlich war mir klar, dass Elena es besser gefiel, wenn ich ihre Klit leckte und saugte. Ihr Stöhnen wurde gleich lauter. Meine Hände wanderten zu ihren Titten und kneteten diese. Sie wurde abermals unruhig, schob ihr Becken hin und her.

»Ich kann nichts steuern«, fluchte sie leise.

Meine Zungenspitze tanzte auf ihrer Perle auf und ab.

»Nichts kann ich steuern. Du machst mich wahnsinnig«, jammerte sie.

Ich trieb sie anscheinend damit fast zur Besinnungslosigkeit. Ihr ganzer Körper zuckte und bäumte sich auf.

»Was machst du mit mir, das bekommst du wieder«, keuchte sie völlig außer Atem.

Nach vielen Minuten der Gefangenschaft befreite ich sie von den Handfesseln und legte mich neben sie. Ihre Hand hatte den Weg zu meinem Schwanz gefunden. Aber das war nicht das Einzige: Ihre andere Hand kratzte mich, wie eine wild gewordene Katze.

*Ich hätte sie wohl doch besser gefesselt lassen sollen.*

»Ich habe ja gesagt, du bekommst es zurück«, sagte sie mit einem teuflischen Grinsen.

»Das mich das Kratzen auch immer gleich geil macht«, stöhnte ich.

Elena wichste mir meinen Schwanz, rutschte nach unten und leckte über meine Schwanzspitze. Dann spürte ich, wie sie meinen Schwanz mit dem ganzen Mund aufnahm und ihn genüsslich leckte. Sie hatte sich auf allen Vieren aufgerichtet und hielt mir den Po entgegen. Die Einladung verstand ich, holte aus und gab ihr einen ordentlichen Klaps auf den Po.

Als er richtig hart war, setzte sie sich auf ihn. Ich hatte erwartet, dass sie mich nun reiten würde, aber sie beugte sich nach vorne und massierte mit ihrem Venushügel grinsend meinen Schwanz.

Fasziniert von ihrem Anblick genoss ich das Gefühl, wie sie mich aufgeilte. Die Fingernägel fuhren über meine Haut, während sie mir in den Hals biss und als Entschädigung einen langen Zungenkuss gab.

»Jetzt reitest du mich aber noch mal«, stoppte ich sie nach ein paar Minuten.

Sie rutschte noch einmal nach unten, während ich ein Kondom suchte. Als ich es auspackte, wichste sie mir den Schwanz und saugte mir dabei an den Eiern.

Ich musste laut aufstöhnen.

»Du wildes Ding«, brachte ich nur heraus.

Elena setzte sich auf mich, ritt mich und kratzte mich dabei. Mein Oberkörper war von den Striemen mittlerweile knallrot. Wir wechselten ein weiteres Mal die Positionen. Ich kniete vor ihr, blickte auf ihre nasse Pussy, die ich mit zwei Fingern fickte, während sie meinen Schwanz wichste.

»Jetzt lass ich dich mal fallen«, kommentierte sie mein Vorhaben, als ich meinen Schwanz in sie stoßen wollte.

Das hielt sie aber nicht lange durch, denn keine Minute später ließ sie mich weitermachen. Ihr Blick verriet mir, dass sie es kaum erwarten konnte, noch einmal meinen Schwanz zu spüren. Ich stieß ihn in ihre Fotze und nahm sie richtig hart.

Elena kratzte mit ihren Fingern alles auf, was sie zu fassen bekam. Ich nahm sie noch schneller. Ihre Finger krallten sich in meinem Po fest und schoben ihn unablässig auf ihr Becken. Ihre großen Titten wippten und das Bett gab ein unregelmäßiges Knatschen von sich. Es dauerte nicht lange und ich kam noch einmal.

Wir sanken erschöpft zusammen und sie holte uns ein paar Minuten später etwas zu trinken. Aneinander gekuschelt lagen wir noch eine Zeit im Bett, bis ich mich tief in der Nacht auf den Weg nach Hause machte.

*Das war ein wirklich aufregender One-Night-Stand,* dachte ich mir auf dem Rückweg und war sehr glücklich darüber, dass dem kurzfristigen Treffen zugestimmt hatte. Sonst hätte ich wirklich ein sehr aufregendes Abenteuer verpasst.

# ● Dinge, die sie nie wollte

»Das werde ich niemals tun, niemals«, sagte Luciana beim ersten Treffen. Von solchen Aussagen lasse ich mich ja gerne anstacheln. Meine eigenen Ziele für das nächste Treffen mit ihr waren klar: Sie würde Halsband und Leine tragen. Aber nicht genug, ich wollte es auch schaffen, dass sie mich mit »Herr« anredet.

Ihre Schwäche kannte ich: Sie war zu neugierig. Hierüber würde ich mir alles holen, was ich brauchte. Ich brauchte nur auf den passenden Moment zu warten und die Falle würde zuschnappen.

Wir schrieben uns in den letzten Wochen kontinuierlich und sie bekam von mir nebenbei mitgeteilt, dass ich mit ihr als letztes Date eine ganz besondere Zahl erreichte. Der erste Krümmel für die Fährte war gelegt. Ich sollte damit voll ins Schwarze treffen.

Luciana wollte natürlich unbedingt die Antwort auf die Frage wissen. Ich verneinte auf die Frage, ob ich es ihr erzählen könnte.

»Bitte.«

»Nein«, schrieb ich knapp.

»Ich werde wahnsinnig. Nicht mal für eine Belohnung deiner Wahl?«, wollte sie wissen.

»Da würde ich etwas wählen, wo es dir graust. Sei vorsichtig mit solchen Wünschen«, antwortete und grinste.

»Ich wusste, dass meine Neugierde mich irgendwann in Schwierigkeiten bringen wird. Das wäre wohl irgendwas mit dem Halsband und der Leine?«

»Richtig. Nicht, weil ich darauf stehe, sondern weil du dich so angestellt hast.«

»Also gut, Deal. Du sagst mir das und darfst mir dafür das blöde Halsband anlegen.«

Ich grinste.

»Von mir aus auch noch die Leine aber das war's. Ich werde dich nicht Herr nennen oder auf allen Vieren herumkriechen«, schob sie noch hinterher.

Ich schrieb ihr die Antwort.

»Wow, wirklich? Jetzt bin ich aber überrascht.«

»Was hast du denn heute noch so vor?«, wollte ich wissen.

»Ich schaue Fernsehen, weil mir langweilig ist«, schrieb sie.

»Das klingt wirklich sehr langweilig.«

»Ja, mit mir beschäftigen wäre natürlich viel toller. Das ist ja auch schon etwas her.«

»Wir könnten telefonieren, wenn du schon nicht bei mir bist«, schlug ich vor.

»Wenn ich bei dir wäre, hätte ich schon längst ein Halsband, glaube ich«, kam es von Luciana.

»Das wäre sehr wahrscheinlich«, meinte ich und musste grinsen.

»Wir müssen noch einmal wegen einem Termin gucken.«

»Einen Termin? Erzähl mir mehr«, tat ich ahnungslos.

»Ja ein Termin für Treffen, Hase. So mit Halsband und so. Klär mich mal auf, was da so auf mich zukommt. Ich richte mich da aber nach dir wegen der Arbeit. Auf jeden Fall freue ich mich schon auf dich«, schrieb sie.

»Das bekommen wir schon hin.«

»Und jetzt noch mal: Was blüht mir nun?«, bohrte sie nach.

»Was dir blüht? Halsband, Leine und eine lange Nacht mit Sex.«

»Das klingt ja nicht schlecht. Mal sehen, wie das abgeht. Dieses Mal halte ich dich aber die ganze Nacht wach. Das weißt du, ne?!«

»Dann komme ich nicht freitags«, stellte ich fest.

»Nee, dieses Mal kommst du samstags, dann hast du auch nicht so Stress nach der Arbeit.«

»Werde ich wieder bekocht?«, wollte ich wissen.

»Aber sicher doch, das versteht sich ja von selbst. Irgendwas Leckeres fällt mir schon ein.«

»Das hört sich sehr gut an. Ich mache mir ein paar Gedanken, machen was ich so mit dir vorhabe.«

»Ja, das kannst du gerne tun. Ich habe da aber auch schon Ideen. Manchmal bin ich halt doch etwas zu frech. Ich versuche mich zu bessern«, schrieb sie.

»Ja, das Fräulein gibt sich Mühe.«

»Aber eigentlich bin ich doch perfekt. Es gibt dauernd einen Grund mich zu bestrafen«, erkannte sie völlig richtig.

»Ja, irgendetwas findet der Herr immer«, schrieb ich provokant.

»So soll es doch auch sein, mein Herr oder nicht?«

*Das war das erste Mal, dass sie »Herr« schrieb. War es ihr nur herausgerutscht oder ein Spaß?*

»Natürlich soll es so sein. Wenn das Fräulein stetig brav ist, muss der Herr versuchen Kleinigkeiten zu finden, die ihm nicht passen«, antwortete ich.

»Das stimmt. Zu finden gibt es immer etwas, aber ich mache es dir ja leicht mit meiner großen Klappe.«

Ich musste grinsen.

In den nächsten Tagen verabredeten wir uns für ein weiteres Treffen. Eigentlich wollte ich zwei Wochen später kommen, aber Luciana überredete mich, schon am nächsten

Wochenende zu ihr zu fahren. In meinem Kopf trug sie bereits ihr Halsband und ich war sehr gespannt darauf, wie es real aussehen würde.

In unseren Chats rutschte ihr auch schon ab und zu ein weiteres Mal das »Herr« heraus. Beim letzten Treffen hatte ich mich mit meiner dominanten Art etwas zurückhalten. Dieses Mal würde ich ihr einen ersten Einblick in meine Welt geben.

Auf der Autobahn war wenig los und so war ich früher als erwartet bei ihr. Ich stellte meine Tasche absichtlich im Wohnzimmer ab. Schließlich hatte ich darin meine Mitbringsel versteckt, die ich später am Sofa benötigte. Ich ging zu ihr in die Küche und schaute ihr beim Kochen zu. Wir redeten über die letzten Wochen, rauchten und gingen ins Esszimmer, um etwas zu essen. Sie sah mich mit ihren strahlenden Augen an und ich hatte das Gefühl, als wollte sie mich gleich anspringen.

Vermutlich war sie schon aufgeregt, was alles passieren würde.

Nachdem wir gegessen hatten, ging es ohne Umwege ins Wohnzimmer.

*Irgendwann werden wir wohl selbst das Essen überspringen,* dachte ich bei mir und musste grinsen.

Wir setzen uns aufs Sofa und Luciana saß mir schräg gegenüber. Ich musterte sie und bemerkte, dass sie wieder halterlose Strümpfe zu ihrem schwarzen Mini trug. Dazu kamen ihre Stiefel.

*Ob sie wusste, wie sehr ich darauf stand? Klar, sie kannte meine Geschichten!*

Eine Zigarettenlänge später waren die Stiefel und meine Sneakers ausgezogen und wir lagen auf dem Sofa und kuschelten. Es dauerte nicht lange, da fanden unsere Lippen zueinander. Ihre Hand war bereits unter meinem Sweatshirt und ich knetete ihre weichen Titten durch ihr Oberteil. Ich ließ mich aber nicht lange aufhalten und begann damit, ihr Hemd aufzuknöpfen. Die kleinen Knöpfe hielten mich bei dem Vorhaben jedoch gewaltig auf.

»Diese Knöpfe... Hast du das extra gemacht?«, knurrte ich.

Luciana grinste nur.

Die Antwort bekam ich mit ihren Fingernägeln. Sie kratzte mich.

*So ein Biest. Das würde sich später noch ändern.*

Ich schob mein Bein zwischen ihre und massierte ihre Pussy. Luciana hatte mir mittlerweile das Sweatshirt ausgezogen. Als sie sich an meiner Hose zu schaffen machte, bekam ich auch nur ein »Diese Knöpfe an der Hose« zu hören.

»Die sind aber nicht so klein und es sind weniger«, kommentierte ich ihre Anmerkung.

Nachdem sie die Hose etwas heruntergezogen hatte, massierte sie meinen Schwanz durch die Boxershorts. Aber daran hielt Luciana sich nicht lange auf. Sie zog die Boxershorts zur Seite und begann ihn einfach zu wichsen.

»Erst einmal ganz auszuziehen«, schimpfte ich und warf ihr einen scharfen Blick zu.

Sie gehorchte und zog mir die Hose und die Boxershorts aus. Ihre Hand war danach abermals an ihrem Lieblingsspielzeug. Ich folgte ihrem Beispiel und tastete mich zu ihrem Rock vor. Als ich darunter griff, um ihren String beiseite zu ziehen, lag meine Hand direkt auf ihrer feuchten Lustgrotte.

Sie hatte einfach aufs Höschen verzichtet.

Ich schob meine Finger etwas höher und massierte ihre Perle. Sie umfasste meinen Ständer noch fester und wichste ihn schneller. Mit der anderen Hand über den Rücken fahrend löste ich die Haken des BH-Hemds. Dann zog ich ihr das Hemd über den Kopf. Ihr großen Brüste lagen frei und ich machte mich gleich daran, sie zu liebkosen. Luciana stöhnte leise auf, beugte sich zu mir herüber und biss mir in die Brust.

Erregt ließ ich einen lauten Seufzer los.

Unterdessen bedeckte sie meinen Bauch mit Küssen. Ich schaute ihr dabei zu und wusste ganz genau, was als nächstes kam. Sie biss mir in den Bauch!

*Das wird sich aber gleich ändern*, dachte ich bei mir.

Luciana war mit ihrem Mund an meinem Schwanz angekommen, fuhr mit ihrer Zungenspitze über meine Eichel und begann ihn hastig zu blasen. Ihre Lippen umfassten meinen Schwanz so fest, dass ich laut aufstöhnen musste. Dabei blieb es aber nicht, denn sie nahm ihre Finger zu Hilfe und hinterließ auf meinem Oberkörper mit ihren Nägeln rote Streifen.

»Damit ist jetzt Schluss«, verkündete ich.

Mit einer Hand holte ich das Halsband aus meiner Tasche, die neben dem Sofa stand. Ich öffnete es, legte ihr es um den Hals und zog es fest zu. Sie kümmerte sich in der Zwischenzeit weiter um ihr Lieblingsspielzeug - meinen Schwanz.

Sie nahm es gelassen hin und so zog ich noch die Leine aus der Tasche und ließ sie im O-Ring einrasten. Langsam spürte ich, wie sie den Druck auf meinen Schwanz verstärkte und ich war kurz vor einem Orgasmus. Das wollte ich jedoch nicht und zog an der Leine, sodass sie mich anschauen musste und von meinem Schwanz abließ. Ich strich ihr durch die schwarzen Haare. Das Halsband stand ihr wirklich gut.

»Komm auf alle Vieren und zeig mir deinen Po.«

Sie gehorchte und schob mir ihren Po etwas entgegen. Ich ließ die Leine etwas locker und sie wusste, dass sie ihrer Lieblingsbeschäftigung nachgehen durfte. Ihre Lippen umschlossen erneut meinen Schwanz und ich genoss das Gefühl, wie sie mich befriedigte. Meine Hand auf ihrem Po platziert begann ich damit, ihn zu kratzen. Luciana schien mich in den Wahnsinn treiben zu wollen.

Ich riss nochmals an der Leine, um durchatmen zu können. Dann holte ich mit der Hand aus und gab ihr einen ordentlichen Klaps. Dabei lockerte ich die Leine etwas und sie legte ihren Kopf auf meinen Oberschenkel.

*Wollte sie jetzt selbst eine Pause?*

Im Gegenteil, sie biss zu. Dafür klatschte es auf ihrem Arsch. Sie stöhnte leise auf, als meine Hand auf dem Po auftraf.

Ich zog sie zu meinem Schwanz und sie verstand ihre Aufgabe. Ich beobachtete sie beim Blasen, schaute auf ihre langen schwarzen Haare und ihre großen Brüste.

Sie trug nun das Halsband und die Leine.

*Niemals werde ich das machen. Ich trage kein Halsband und erst recht keine Leine,* hörte ich ihre Stimme aus der Ferne.

Ich grinste.

*Sag niemals nie.*

Aber sie biss mich erneut. Dafür holte sie sich noch einen Schlag ab.

»Jetzt reicht es«, fauchte ich streng und zog sie an der Leine zu mir hoch.

Luciana jammerte leise, wollte sie doch gerne weiter meinen Schwanz mit ihrem Mund ficken. Aber das hatte sie sich verspielt.

»Komm aufsitzen, meine kleine Schlampe«, befahl ich und zog sie auf mich.

Sie setzte sich auf meinen Schwanz und begann ihn mit ihrem Venushügel zu massieren. Auch damit brachte sie mich innerhalb kürzester Zeit soweit, dass ich kurz vor einem Orgasmus stand. Für ihre Ungeduld bekam sie erneut einen Schlag auf den Allerwertesten. Dieses Mal klatschte es richtig laut.

Luciana stöhnte auf.

Ich zog sie hoch, damit ich ein Kondom über meinen Schwanz rollen konnte. Das wartete sie brav ab und setzte sich danach breitbeinig auf mich, um meinen harten Schwanz in ihrer Pussy zu versenken. Sie beugte sich nach vorne und ritt mich. Ich bekam ihre großen Titten ins Gesicht und liebkoste sie mit Küssen und einigen Bissen.

Meine Hände lagen auf ihrem Po und kratzten ihn auf, damit die nächsten Schläge noch schmerzhafter wurden. Ihre Bewegungen wurden permanent schneller und ihr Mund verirrte sich an meinem Hals und biss kurz zu. Dafür kassierte sie dieses Mal zwei Schläge auf den Arsch. Aber es würde für sie noch schlimmer kommen.

Unser Stöhnen wurde beständig lauter. Es klatschte noch weitere Male auf ihrem Po und ihre Pussy brauchte nicht mehr lange, bis mein Schwanz noch einmal tief hineinstieß und ich kam. Sie ritt mich umsichtig weiter, aber ich zog sie von meinem Schwanz herunter.

»Das reicht jetzt!«

Luciana legte sich neben mich, war aber an diesem Abend kaum zu beruhigen. Sie fing wieder mit dem Kratzen und Beißen an. Ich zog sie zuerst weg, das half aber nichts.

»Die kleine Schlampe lässt das mit dem Beißen!«

Das akzeptierte sie und verhielt sich ein paar Minuten ruhig. Dann versuchte sie mich zu kratzen, sie war ja schließlich nicht dumm und hatte genau zugehört.

»Kratzen ist auch verboten«, sagte ich streng.

Ich ließ sie einige Minuten liegen, konnte meine Erregung jedoch nicht zurückhalten. Meine Hand streichelte ihren Venushügel und verirrte sie wenig später zu ihrer Perle, die ich ausgiebig massierte.

Luciana stöhnte laut auf und als ich an ihren Nippel saugte, war es ganz vorbei. Es war für sie nicht mehr auszuhalten und ihre Erregung stieg Minute um Minute.

»Darf ich bitte kratzen?«, fragte sie freundlich.

Ich biss ihr in die Brust.

»Wie heißt das?«, fragte ich und wusste meinen nächsten Triumph schon in der Tasche.

»Ich werde dieses böse Wort nicht sagen«, protestierte sie.

Ich ignorierte es und meine Finger rieben weiter ihre Klit.

»Darf ich kratzen?«

»Nein. Frag mich vernünftig.«

Sie grummelte leise. Das kostete sie doch einiges an Überwindung.

»Darf ich bitte kratzen, mein Herr?«, fragte sie und der letzte Teil des Satzes ging ihr wirklich schwer über die Lippen. Für das erste Mal hatte ich sie aber genug gequält.

»Es ist dir erlaubt.«

*Und ich werde dich bestimmt nie mit Herr anreden*, hallte es in meinem Kopf. *Doch, du hast es gerade getan.*

Ihre Nägel, die über meine Brust fuhren, rissen mich aus meinen Gedanken. Ich verging mich erneut an ihren großen Brüsten, wobei ich ihre Nägel dieses Mal auf dem Rücken spürte.

Das erregte mich. Sie zu meinem Schwanz ziehend verwöhnte sie ihn mit ihrer Zunge und ihrem Mund. Mein Ständer wuchs zu voller Größe heran. Sie blies ihn brav weiter, bis er richtig hart war und ich schickte sie erneut zum Reiten auf meinen Schwanz.

Dieses Mal wurde der Ritt noch wilder. Sie ließ meinen Schwanz fast ganz aus ihrer Pussy gleiten und stieß abermals zu. Ich stöhnte laut auf, während sie mich so weiter ritt. Sie beugte sich mit dem Oberkörper einige Male nach unten um, mich zu beißen.

»Du kleine Drecksau«, kommentierte ich das und gab ihr erneut ein Klaps auf den Arsch.

Sie ließ aber nicht von mir ab, kratzte mich beim Reiten und geilte mich noch mehr auf. Dann kam ich zum zweiten Mal mit lautem Stöhnen. Ich bemerkte, dass wir bei ihrem wilden Ritt fast das Kondom verloren hatten. Aber Luciana hatte keinesfalls genug. Als sie neben mir lag, wurde sie erneut frech. Sie biss und kratzte. Ich zog sie an den Haaren zurück.

»Gibt's nicht. Du hörst auf damit, Fräulein.«

Es dauerte keine Minute und sie fragte »Darf ich bitte beißen?«

»Wie heißt das?«, fragte ich energisch und gab ihr einen Klaps.

»Darf ich bitte beißen, mein Herr?«

»Nein!«

»Boar, jetzt frag ich schon und sage das H-Wort und du sagst trotzdem nein.«

Ich grinste.

»Das ist mein gutes Recht. Ich bin der Herr.«

»Darf ich denn wenigstens eine Zigarette rauchen?«

»Ja. Wir sollten auch mal den Sekt trinken, wenn wir das noch wollen«, brachte ich zur Erinnerung noch einmal vor. Luciana holte uns die Flasche Sekt, die ich öffnete.

Nachdem wir etwas getrunken hatten und auch eine Zigarette geraucht hatten, kuschelten wir uns zusammen auf das Sofa. Nach einigen Minuten Ruhe wollte Luciana wieder Aufmerksamkeit.

*Wie eine kleine Katze,* dachte ich.

Das durfte ich auch gleich spüren. Ich konnte sie nicht abhalten und sie kratzte, biss und sorgte dafür, dass ich erneut geil wurde. So frech, wie sie war, zog ich sie an der Leine zu meinem Schwanz. Sie kniete gleich auf allen Vieren, wie ich es gerne hat. Lustvoll nahm sie meinen Schwanz in den Mund und ich gab ihr einen ordentlichen Klaps auf den Po.

Luciana musste kurz Luft holen.

Der Schlag hatte gesessen.

Nachdem sie sich weiter um meinen Schwanz kümmern durfte, massierte ich ihre Perle und ließ nacheinander mehrere Finger in ihre Pussy eindringen. Zwischendurch zog ich diese heraus, um ihr mit der flachen Hand auf den Arsch zu hauen. Sie genoss es natürlich meinen Schwanz zu wichsen und zu blasen. Sie liebte es einfach.

»Jetzt ist gut«, meinte ich und zog sie von meinem Schwanz weg.

Eigentlich wollte ich sie nun von oben nehmen aber für meinen Schwanz war das ein bisschen zu früh. Also rutschte ich herunter und fuhr mit meiner Zunge über ihre Perle. Sie stöhnte leise auf.

Ich liebkoste ihre Perle, leckte und saugte daran, sodass sie richtig laut wurde. Dann unterbrach ich mein Spiel, schaute zwischen ihren Schenkeln nach oben, um zu sehen, wie sie reagierte.

»Bitte mach weiter«, bettelte sie.

»Wie heißt das, meine kleine Schlampe?«, fragte ich streng.

»Nein, ich sage das nicht.«

Sie zierte sich also.

»Dann halt nicht«, erwiderte ich.

Da blieb ich konsequent und legte mich zu ihr. Luciana schaute etwas deprimiert. Aber sie sollte es lernen. Es gehörte dazu. Je eher sie sich daran gewöhnte, um sie besser für sie. Wir kuschelten und sie hielt sich längere Zeit zurück.

Nachdem wir etwas getrunken hatten, war ihre Entdeckungslaune erneut geweckt. Es dauerte nicht lange und sie wichste meinen Schwanz, dieses Mal bis zur vollen Größe. Da sie etwas unterhalb von mir lag, rutschte sie über mich und ließ meinen harten Ständer in ihrem großen Busen versinken. Ich ließ mir ihr Angebot nicht entgehen und presste ihre großen Brüste zusammen, während sie sich auf und ab bewegte.

Ein geiler Anblick, wie sich der harte Schwanz unablässig den Weg durch das weiche Fleisch bahnte. Irgendwann zog ich sie zur Seite, legte mich auch auf die Seite und begann damit meinen Schwanz schnell und hart zu wichsen. Luciana kratzte mir dabei die Oberschenkel.

Aus dem Augenwinkel konnte ich beobachten, wie sie mich gespannt dabei beobachtete. Mein Stöhnen wurde stetig lauter. Ich spürte, wie ich langsam zum Höhepunkt kam, wollte es jetzt und umfasste meinen Schwanz noch fester. Als ich kurz vorm Abspritzen war, drehte ich mich zu ihren Brüsten.

»Ooaaaar...«, stöhnte ich laut auf und mein Schwanz spritzte genau auf ihren Busen.

Ich war völlig außer Atem.

»Alles okay?«, fragte sie besorgt.

»Mir geht es gut«, winkte ich ab, kaum bewusst, wie außer Atem ich gerade war.

Mein Herz raste und kam erst schleppend zur Ruhe. Wir blieben auf dem Sofa und tranken noch etwas Sekt. Luciana wurde zwischendurch natürlich frech. Irgendwann suchten wir aber ihr Bett auf, um etwas zu schlafen. Ich nahm ihr die Leine ab, das Halsband trug sie aber während der Nacht trotzdem.

Am Morgen wachte ich mit einer Morgenlatte auf und bekam nur im Halbschlaf mit, wie sich Luciana von hinten an mich kuschelte.

Sie griff mir in die Boxershorts und wichste mir genüsslich meinen Schwanz. Ich war aber noch viel zu müde. Nach einiger Zeit war ihre Hand verschwunden und ich schlief ein.

Etwas später weckte sie mich und hatte meinen Schwanz schon wieder in ihrer Hand.

*Du schwanzgeiles Luder*, dachte ich nur.

Ich drehte mich zu ihr und schaute in ihre blauen Augen.

»Guten Morgen, meine kleine Schlampe.«

»Guten Morgen«, sagte sie frech grinsend.

Ich folgte ihrer geilen Einladung, schob meine Hand zu ihren Titten und knetete sie. Ein paar Minuten später war ich zwischen ihren Beinen und massierte ihre Perle. Luciana war feucht, ohne dass ich etwas dazu beitragen musste. Mein harter Schwanz war dafür wohl Grund genug. Ich war natürlich auch geil und hätte sie gerne gefickt.

Die Kondome lagen aber im Wohnzimmer.

Da lagen sie gut. Luciana beugte sich über meinen Schwanz und ging auf allen Vieren ihrer Lieblingsbeschäftigung nach. Ich spürte beim Blasen ihre Zähne an meinem Schwanz.

*Sie macht mich damit noch wahnsinnig.*

Ich stöhnte leise. Sie verstärkte den Druck noch mehr, aber das war etwas zu viel. Ich zog sie am Halsband zurück und gab ihr einen Klaps auf den Arsch.

Was machte Luciana? Sie biss mir in den Oberschenkel.

»Das gibt's nicht. Aufhören«, sagte ich streng.

Ich zog sie am Halsband zurück. Ich hatte es ihr am Abend etwas gelockert und konnte bequem dazwischen greifen. Als ich losließ, bekam mein Schwanz einige Küsse und sie biss wieder zu.

Ich zog sie erneut zurück und gab ihr gleich mehrere Schläge auf den Allerwertesten.

Dann wickelte ich ihre Haare um die Hand und zog sie daran hoch. Das war wohl etwas unangenehm für sie. Aber sie biss erneut zu. Ein weiterer harter Schlag auf den Po.

»Hör auf zu beißen, du Biest!«

Ich zog erneut an ihren Haaren.

»Gibt's nicht.«

Und es klatschte wieder auf ihrem Po. Ich ließ sie jedoch meinen Schwanz blasen und massierte von hinten ihre Perle mit einem Finger. Aber Luciana fuhr ihre Krallen aus. Ich zog sie an den Haare nach oben.

»Was habe ich gesagt? Drei Schläge auf den Arsch.«

Es klatschte drei Mal.

Sie seufzte, weil sie gerne weitermachen wollte. Ich ließ die Haare etwas los. Und sie wollte schon wieder beißen. Blitzschnell zog ich den Kopf hoch.

»Ach, man ... Warum darf ich nicht? Bitte.«

»Was halte ich vom Betteln?«

»Nichts.«

»Richtig, also frag vernünftig.«

»Darf ich bitte beißen, mein Herr?«

Ich ließ sie los. Sofort setzte sie wieder an und bekam dafür einen Schlag auf den Arsch. Sie durfte ein paar Minuten beißen und blies mir den Schwanz.

Dann war es genug.

»Jetzt ist Schluss! Lass uns aufstehen.«

Es war mittlerweile 12 Uhr und draußen schneite es. Wir standen auf und frühstückten gemütlich. Danach redeten wir noch eine Stunde bevor ich mich auf dem Weg machte. Als ich die Treppe herunterging und das Haus verließ dachte ich an ihren Spruch aus der letzten Nacht:

*Aber eines werde ich nicht: Auf dem Fußboden herumkriechen. Das werde ich niemals tun, niemals...*

Ich grinste.

Nein, niemals.

Ein paar Tage später bekam ich von Luciana eine Nachricht mit einer Datei, die das bisherige Erlebte zusammenfasste.

# ● Der Herr, das Halsband und ich
## (von Luciana)

Mein Hang extrem neugierig zu sein, hatte mich mal wieder in Schwierigkeiten gebracht. Ich musste ein Halsband und eine Leine tragen.

Na ja, wenn ich mein Wort gebe, halte ich es auch. Also kam der Abend und es war soweit. Ich war sehr aufgeregt und wenn ich ehrlich bin, hatte ich auch Angst. Ich wusste nicht genau wovor, aber ich denke mal es war die Angst vor dem Unbekannten. Es war ja schließlich eine komplett neue Situation für mich.

Da Don ein sehr einfühlsamer Mensch ist und ich ihm vertraue, hat er mir schnell die Angst genommen. Obwohl er nicht einmal etwas von meiner Angst wusste. Es waren einfach Kleinigkeiten, die mich beruhigten und mir das Gefühl gaben, dass alles okay ist. Ich wusste, dass er nie etwas tun würde, das ich nicht will oder das mich verletzten würde.

Zu jedem Zeitpunkt wusste ich, dass ich sagen konnte, wenn es mir zu viel würde und dass er dann sofort aufhören würde. Es war auch die Tatsache, dass ich einfach das Gefühl hatte, wenn ich jemandem vertrauen kann, dann ihm.

Er ist auch nicht direkt mit der Tür ins Haus gefallen. Don ist es sehr bedächtig angegangen. Und das war auch gut so. Er wusste ja das es mein erstes Mal in dieser Richtung war. Ich habe also brav das Halsband getragen, mich an der Leine führen lassen und Herr zu ihm gesagt. Alles Dinge, die ich NIEMALS machen wollte.

Als Don mir das Halsband und die Leine anlegte, war es sehr komisch. Es war zwar eng, aber dennoch angenehm zu tragen. Nach einigen Momenten fing ich an, mich auf die Gefühle einzulassen, die in mir tobten. Und das waren einige. Ich fühlte mich leicht unwohl, aber zugleich war es sehr aufregend und hat mich irgendwie heiß gemacht. Kaum war das Halsband angelegt, kam meine devote Seite, von der ich bis dahin nicht mal wusste, dass es sie gibt, zum Vorschein.

Es wurde permanent angenehmer, aufregender und erregender.

Obwohl mir die Vorstellung von D/s jedes Mal eine Gänsehaut verpasst hat, wurde ich extrem geil. Am Halsband gezogen werden, mit der Leine gezeigt bekommen, was der Herr mag, Verbote zu bekommen und bestraft zu werden. All das hat mich so heiß gemacht, dass ich über mich selbst erschreckt war.

Als Don am nächsten Tag nach Hause gefahren ist, saß ich lange auf meiner Couch und musste nachdenken. Es war alles so verwirrend für mich. Es ging mir so viel durch den Kopf, aber am meisten, wie gut es mir gefallen hat.

Ich saß also auf meiner Couch, dachte an alles vom Abend zurück und musste grinsen.

Eine neue Erfahrung, die meine Neugierde auf mehr geweckt hat.

Die Gefühle haben mich so geflasht, dass ich auf jeden Fall mehr wollte. Ich wollte mehr von diesem Kribbeln im Bauch, ich wollte mehr davon dem Herrn zu dienen, aber vor allem wollte ich mehr davon einfach loszulassen und die Kontrolle abzugeben.

Ich hätte nie gedacht, dass es so sein kann. Anfangs hatte ich eine totale Abneigung dagegen, tja und jetzt bin ich eine Sub. Es war einer der besten Erfahrungen, die ich je gemacht habe und ich genieße es.

In den Momenten in denen Don mich dominiert, kann ich mich einfach fallenlassen. Ich muss über nichts nachdenken, kann einfach das Gefühl genießen und mich treiben lassen.

Ich danke meinem Herrn, dass er mir diesen Weg gezeigt hat. Ohne ihn hätte ich diesen Weg nie gewählt. Dann hätte ich auch nie erfahren, wie es ist, sich wirklich fallenzulassen.

Meine Gedanken kreisen, es gibt so viele neue Eindrücke, die ich verarbeiten muss. Das zeigt sich mir auch immer wieder in meinen Träumen.

Ich bin ein sehr offener Mensch, ich halte mit meiner Meinung nicht hinterm Berg und ich stehe zu dem, was ich mache. Meine Eltern haben mich so erzogen, dass ich bin wie ich bin und mich nicht verstellen soll.

Offen zu seiner Meinung zu stehen, ist aber auch nicht immer leicht. Besonders, wenn es um Sachen geht wie Sex.

Ich geh nicht durch die Straßen und hausiere mit meinem Sexleben, aber ich bin auch kein Mensch, der es verleugnet. Wir alle haben Sex, trotzdem ist es noch ein Tabuthema.

Als ich Don kennenlernte, wurde ich das erste Mal so richtig damit konfrontiert. Nicht nur das er erotische Geschichten schreibt und veröffentlicht, nein er steht auch auf BDSM.

Anfangs machte ich mir nur Gedanken darüber, was wohl meine Freunde denken würden, wenn ich mich mit ihm Treffen würde und daraus eine Geschichte entsteht.

Ich habe zunächst nur mit meiner besten Freundin gesprochen und sie war mir eine große Hilfe.

Sie gab mir den Tipp, einfach das zu tun, was mein Herz mir sagt, so hätte ich schon seit klein auf gehandelt und es war bis jetzt stets das Richtige für mich gewesen.

Und sie hatte recht, also habe ich mich einfach mit ihm getroffen. Nach dem ersten Treffen kam aber noch ein zweites Treffen, das eher in die BDSM-Richtung ging und jetzt bin ich seine Sub.

Ich war sehr skeptisch, weil ich es einfach nicht kannte. Man hat eine bestimmte Vorstellung davon im Kopf. Peitschen, Ketten, fesseln usw.

Für mich persönlich kann ich nur sagen, man sollte sich kein Urteil über etwas bilden, das man nicht wenigstens mal ausprobiert hat.

Als ich meiner besten Freundin von meiner Erfahrung erzählte, war sie zwar etwas erstaunt, aber hat es gut aufgenommen. Sie urteilt nicht oder sonst was. Sie sagt, man bleibt ja trotzdem der gleiche Mensch. Und diese Einstellung liebe ich so an ihr.

Eine andere Freundin, die es am Rande mal mitbekommen hat, ist total entsetzt darüber. Sie kann es nicht verstehen. Das ist ja pervers und was weiß ich nicht alles.

Sie hat nie eine solche Erfahrung gemacht, dennoch urteilt sie darüber. Jeder sollte für sich selbst entscheiden, was richtig ist und was nicht.

Ich mische mich doch auch nicht in das Leben Anderer ein.

Aber nichtsdestotrotz finde ich, sollten die Menschen ruhig mal etwas offener werden.

Wirklich offen ist keiner, weil das ja viel zu peinlich ist. Und andere sind gezwungen nicht offen zu sein. Wenn ich z.B. Don sehe, er kann seine erotischen Geschichten auch nur unter seinem Pseudonym Don veröffentlichen. Einfach weil er einen Job hat, wie jeder normale Mensch, es aber nicht gerne gesehen wird, wenn man so offen über Sex schreibt.

Klar, er will seinen Job auch behalten und ist deswegen gezwungen, nicht er selbst zu sein. Und das finde ich sehr schade. Da ist ein Mensch einfach er selbst und wird dafür noch bestraft.

Das ist nur ein kleiner Teil, über den ich mir Gedanken mache, aber würde ich alles aufschreiben, würde eher ein Buch daraus werden ;)


# ● Blow me up

Bei diesem Treffen lief es etwas anders als sonst. Nicht ich bekam die Bewerbung. Nein, ich hatte mich im Jahr zuvor schon bei Corinna beworben. Es war in meinem langweiligen Weihnachtsurlaub und ich hatte ihre private Seite nur zufällig gefunden. Sie führte ebenfalls einen Blog und schrieb über ihre erotischen Gedanken, teilweise inspiriert von ihren Erlebnissen. Wir schrieben ein paar Mal, dieses verebbte aber wieder schnell.

Mittlerweile war es Ostern und sie meldete sich auf einmal bei mir. Eigentlich wollten wir uns in meinem Urlaub treffen, aber das sagte sie ab.

Ich war etwas skeptisch, ließ mich jedoch ein weiteres Mal auf sie ein. Wir telefonierten mehrfach und verabredeten uns neu, am Wochenende nach meinem Urlaub. Wir machten aus, dass wir bei ihr Inliner fahren und anschließend zu ihr in die WG gingen.

Sie studierte an der Uni und wohnte zusammen mit einer Freundin in einer kleinen WG.

Am Tag zuvor regnete es wie aus Eimern und ich hatte die Befürchtung, dass Corinna wieder absagte. Es blieb aber beim Treffen. Am nächsten Tag fuhr ich los und hoffte, dass sie mich nicht versetzte. Das Wetter war sehr wechselhaft und auf der Fahrt gab es das ein oder andere Schauer.

*Ob es mit dem Inliner fahren überhaupt klappen würde?*

Als ich ankam, gab es strahlenden Sonnenschein. Auch sonst war alles trocken. Anscheinend hatte es hier nicht geregnet. Ich verließ das Auto, ging zur Haustür und klingelte. Sie kam mir bereits mit ihren Sachen entgegen. Zur Begrüßung umarmten wir uns.

»Dann kann es ja losgehen«, sagte sie und grinste vergnügt.

Ich musterte sie, als sie vor mir stand: Ihre hellblonden Haare hatte sie zu einem Pferdeschwanz zusammengebunden. Das schmale Gesicht war ganz nach meinem Geschmack. Sie trug ein kurzes schwarzes Minikleid, dass sich eng an ihren Körper schmiegte.

*Auf jeden Fall ein Hingucker.*

Das i-Tüpfelchen waren einige Sommersprossen rund um ihre markante Nase.

*Noch hübscher als auf den Fotos,* dachte ich und bereute es schon, dass uns nur ein paar Stunden blieben, weil ich abends auf einer Party sein musste.

»Ich habe meine Sachen noch im Auto.«

Wir gingen zum Auto, setzten uns in den Kofferraum und legten die Skates an. Dann ging es los. Die Wohnung von ihr lag am Standrand und sie kannte eine schöne Strecke.

»Ich führe dich mal. Auch wenn ich das nicht so gerne mache. Das weißt du ja«, sagte sie grinsend.

Dass sie etwas devot war, wusste ich schon vorher.

»Ich werde mich später vielleicht revanchieren«, sagte ich etwas frech.

»Das hoffe ich«, kam es nur zurück, nachdem sie mich von oben bis unten gemustert hatte.

Wir sprachen während der Fahrt über devote und dominante Leidenschaften, vergangene Erlebnisse und kuriose Dinge, sodass die Zeit ganz schnell verflog. Als wir wieder bei ihr ankamen, waren fast zwei Stunden vergangen. Ich hatte aber eher das Gefühl, dass es nur eine halbe Stunde war.

Sie nahm mich mit in die Wohnung und wir tranken etwas Kühles in der Küche. Ihre Freundin war gerade nicht in der Wohnung, aber ich hatte sie auf ein paar Fotos ausgemacht. Sie war eigentlich auch mein Typ. Dunkle Haare, schmales Gesicht und große Rehaugen.

Corinna führte mich in ihr Zimmer und meinte nur: »Kannst es dir schon mal auf dem Bett gemütlich machen. Ist halt alles ein bisschen klein hier. Bin gleich wieder da.«

Ich schaute mich um.

Neben dem Bett standen noch ein Schreibtisch, ein Fernseher, ein Kleiderschrank und ein Sessel. Es dauerte eine Weile und ich nahm die ganzen Kleinigkeiten wahr.

*Ich könnte auch einfach den »nackten Mann« machen,* schoss es mir durch den Kopf. Ich musste an »How i met your mother« denken und hätte fast laut losgelacht.

*Was jetzt folgen würde, war doch eigentlich eh klar? Und hatte sie nicht gesagt ich, solle es mir auf dem Bett »gemütlich« machen?!*

Ich zog also schnell die Schuhe, T-Shirt und Hose aus. Die Boxershorts ließ ich allerdings an. Es war warm im Zimmer und schräg gegenüber stand ein Ventilator. Den schaltete ich an und legte mich wieder aufs Bett. Kaum 10 Sekunden später kam Corinna ins Zimmer. Meinen ersten Satz schaffte ich noch:

»Gut, dass du einen Ventilator im Zimmer hast, es ist hier verdammt heiß.«

Mehr konnte ich aber auch nicht mehr sagen.

Sie grinste - meine Überraschung war gelungen.

Ich musste sie anstarren, denn ihre Überraschung war auch gelungen: Sie stand mit ihrem schwarzen Mini und schwarzen Overknees vor mir. Und setzte mich damit sprachlich schachmatt.

»Ich habe gelesen, du stehst auf Stiefel und weil ich die hier immer noch im Schrank hatte, dachte ich, es wäre mal wieder Zeit sie anzuziehen.«

Sie setzte sich aufs Bett.

»Du hast da aber schon was vergessen? Ich will jetzt alles sehen, Süßer!«

Corinna beugte sich zu mir und küsste mich. Das erste Mal und gleich mit der Zunge. Ich ließ meine Zunge mitspielen und entledigte mich nebenbei meiner Boxershorts. Kaum war dies geschehen, spürte ich ihre zarte Hand, die anfing meinen Schwanz zu wichsen.

»Dann zeig mir mal, wo es langgehen soll« flüsterte sie mir ins Ohr.

*Kannst du bekommen,* dachte ich.

Ich strich ihr mit einer Hand durch ihre blonden hochgesteckten Haare und drückte ihren Kopf in Richtung meines Schwanzes. Sie wusste, was sie zu tun hatte.

»Wie Ihr es wünscht.«

Sie kniete sich mit den Stiefeln auf das Bett und nahm meinen Schwanz liebevoll auf. Dabei präsentierte sie mir ihren großen Po und ich ließ es mir nicht nehmen, ihn mit einem ordentlichen Schlag zu begrüßen.

*Das Klatschen ist angemessen für die Größe,* dachte ich und strich mit meinen Händen über die schwarzen Overknees, die sich nach Kunstleder anfühlten.

Sie hatte bei dem Schlag kurz gezuckt, sich aber davon nicht weiter beeindrucken lassen. Mein Schwanz war mittlerweile zu einem harten Ständer angeschwollen und Corinna blies ihn lustvoll weiter, jedes Mal bis zum Anschlag. Als mein Schwanz die volle Größe erreichte, schaffte sie dieses aber nicht mehr und verwöhnte nur noch den oberen Teil. Ihre Zungenschläge ließen meine Eichel stetig empfindlicher werden.

Ich schloss die Augen und genoss diesen unglaublichen Blowjob. Meine Hand wanderte über das Stiefelende am Oberschenkel zu ihrem Po. Zwischendurch griff ich wieder zu und gab ihr den ein oder anderen Klaps. Corinna verwöhnte mich weiter mit ihrem Mund. So wie sie ihn umschloss, konnte ich nur vermuten, dass sie mündliche Vorträge liebte.

Das Gefühl war so intensiv, dass ich Mal für Mal lauter stöhnte. Als es zu intensiv wurde, zog ich sie an den Haaren zu mir und gab ihr einen Klaps auf den Arsch. Lächelnd thronte sie über mir und ich zog sie zu mir herunter, um ihre Lippen zu küssen. Ich spürte, wie ihre Zunge nach mehr verlangte und ließ sie gar nicht wieder zurück.

Mit einer Hand kniff ich ihr in den Po und die andere knetete ihre kleinen Titten durch das Kleid. Eine lange Pause benötigte sie nicht. Ein paar Minuten später hatte sie ihr kleines Fickmaul abermals über meinen Schwanz geschoben, leckte und blies ihn ohne Pause.

Eine Hand von mir hatte mittlerweile ihre Pussy erreicht, die bereits sehr feucht war. Ich begann sie behutsam zu fingern. Conny stöhnte leise auf. Nebenan klackte ein Türschloss und ich wusste: Jetzt war ihre WG-Genossin auch wieder zu Hause.

Ich zog Corinna zu meinem Mund und wir küssten uns. Meine Finger vergruben sich noch tiefer in ihre nasse Pussy. Ihre Hand wichste sanft meinen Schwanz und kaum hatte ich eine Kusspause eingelegt, sah ich Connys Mund wieder über meinem Phallus.

*Nicht so schnell meine kleine Drecksau*, dachte ich und drückte ihren Kopf unterhalb auf meine Eier.

»Kümmere dich mal um die ein bisschen«, sagte ich scharf.

Corinna fing brav an sie zu lutschen, danach den Schaft zu lecken, wobei sie mit ihrer Hand meine Eier massierte.

Ich stöhnte laut auf, auch wenn ich von nebenan wieder Geräusche hörte. Das war mir ziemlich egal.

*Du machst mich hier richtig heiß, Fräulein.*

Bevor sie mein bestes Stück erneut in den Mund nahm, wollte ich auch meinen Spaß. Ich rutschte etwas nach unten und verwies ihre nasse Pussy auf mein Gesicht. Sie hob ein Bein über mich und meine Blicke folgten den schwarzen Overknees.

Conny ließ mich direkt auf ihre blank rasierte Pussy schauen. Ich fuhr mit meiner Zunge durch ihren nassen Schlitz und begann sie zu lecken. Corinnas Lippen umschlungen wieder meinen Schwanz und machten ihn mit ihren Zungenschlägen zu einem harten Ständer.

*Mit dir macht 69 bestimmt stundenlang Lust auf mehr.*

Meine Zungenspitze nahm ihr kleines Loch, saugte an ihren Lippen, um danach wieder ihre Perle zu suchen und diese zu massieren. Wir verwöhnten uns eine lange Zeit, keiner wollte aufhören. Bis zu dem Punkt, als Corinnas Saugen unaufhörlich heftiger wurde und es weh tat.

»*Du Vamp*«, dachte ich und zog sie zur Seite.

»Das reicht jetzt«, fuhr ich sie an. Ich schaute zur Uhr und sah, dass sie mich fast eine Stunde mit dem Mund verwöhnt hatte. Ihre Hand griff zu meinem Schwanz und versuchte ihn zu wichsen, aber es schmerzte.

»Hör auf, es tut gerade nur noch weh«, zickte ich.

Sie musste grinsen.

»Du bist wohl vollkommen überreizt, was?! Hab mich schon gewundert, warum du gar nicht kommst. Hättest mir ruhig in den Mund spritzen können. Ich liebe das«, sagte sie und lächelte.

»Sorry, im Moment brauche ich eine Pause.«

Und als ich auf die Uhr schaute, musste ich mit erschrecken feststellen, dass ich bald aufbrechen musste, um halbwegs pünktlich zur Party zu kommen. Ich ärgerte mich, dass ich ein paar Bekannte abholen musste. Sonst wäre ich einfach später gefahren.

»Conny, ich kann nicht mehr lange bleiben.«

Corinna schaute mich total verwirrt an.

»Willst du mich jetzt hier liegenlassen? Das ja echt nett«, sagte sie enttäuscht.

»Ich habe dir doch gesagt, dass ich noch eingeladen bin. Sei nicht sauer.«

Ich zog sie zu mir und gab ihr einen langen Zungenkuss. Aber sie war sauer, das ließ sie mich spüren.

»Das holen wir aber nach, versprochen? Du kommst noch mal wieder und bleibst länger?«

Sie stand auf und schaute böse mich an.

»Ich komme noch mal wieder und wir holen das nach«, versprach ich und machte mich schon daran, mich anzuziehen. Wir verabschiedeten uns und Conny war sichtlich geknickt.

Über die Autobahn machte ich mit Lichtgeschwindigkeit zurück. Wenn ich nicht versprochen hätte, meine Freunde mitzunehmen, wäre ich einfach über Nacht bei ihr geblieben.

Der Abend war hingegen enttäuschend. Als Fahrer durfte ich dieses Mal keinen Alkohol trinken und somit war es für mich langweiliger. Conny reagierte auch nicht mehr auf meine Nachrichten und war anscheinend nicht nur ein wenig eingeschnappt. Das hatte ich mir verspielt.

Ich seufzte und griff zur Cola-Flasche und den Chips. Das Positive war, dass in der nächsten Woche bereits ein festes Date hatte, bei dem ich nicht noch einen Anschlusstermin hatte.

# ● Hotelzimmersfick

Kimberly kannte ich ebenfalls schon länger. Es waren bereits vier Jahre. Wir lernten uns auf MySpace kennen und schrieben häufiger miteinander. Sie hatte mir damals mehrere Fansigns geschickt. Danach folgten stetig neue heiße Fotos. Wir wollten uns seitdem treffen, aber aufgrund einiger Äußerungen von mir, ich könnte sie eventuell nicht attraktiv finden, verfiel unsere Planung für ein Treffen.

Das war nicht böse gemeint, aber wenn man einmal was Falsches schreibt, steht es geschrieben. Wir Männer sollten halt nicht in solche Fettnäpfchen treten, wissen wir doch, dass Frauen diese Aussagen sehr ernst nehmen. Kimberly und ich schrieben also zwischendurch und einen Monat vor unserem Treffen ergab sich ein intensiverer Kontakt.

Auslöser der ganzen Situation war eine Nachricht von ihr, in der sie nur meinte, sie kenne ihre Grenzen nicht mehr und mir daraufhin erzählte, was sie alles so erlebte. Natürlich versuchte ich das Gespräch gleich in eine Richtung zu lenken, denn ich wollte das Treffen noch. Alles passte perfekt, denn zwei Wochen später würde ich sogar von meiner Arbeit in ihrer Stadt sein.

Als ich sie direkt fragte, bekam ich wieder mein »Fettnäpfchen« von früher vorgehalten. Nach einigem Hin- und Herschreiben bekam ich die ersten aktuellen Fotos von ihr. Und die wurden mit der Zeit immer heißer. Selbst im Büro schrieb ich mit ihr und ich musste mich schon stark zusammennehmen, dass ich nicht allzu geil wurde. Denn in dieser Zeit kamen die meisten freizügigen Fotos.

Als ich bei Conny war vibrierte mehrmals das Handy und ich wusste ganz genau, dass ich mich noch auf den Rückweg freuen konnte, weil sie mir neue Fotos geschickt hatte.

Das gegenseitige Necken ging weiter und irgendwann stand fest: Kimberly würde Freitagabend zu mir ins Hotel kommen und wir würden einfach sehen, was danach passiert. Ich glaubte nicht daran, wenn sie schon mal im Hotel sei, dass sie ohne Sex wieder gehen würde. Mein Gefühl würde mich in dieser Hinsicht nicht enttäuschen.

Am Freitag fuhr ich ins Ruhrgebiet. Nach dem ersten Geschäftstermin fuhren wir ins Hotel. Mein Arbeitskollege bekam idealerweise ein Zimmer, welches etwas weiter weg lag und ich hatte zudem das Glück, ein großes Bett in meinem Zimmer vorzufinden.

Ich schickte Kimberly gleich ein paar Fotos und ging mit dem Kollegen etwas Essen. Wir schrieben noch ein paar Mal und verabredeten uns für 20 Uhr. Sie war sehr nervös und steckte mich damit etwas an.

*Was passiert, wenn es nun gar nicht passt? Sitzen wir schweigend nebeneinander und starren auf den Fernseher?*

Ich war bereits früher im Hotel und nutzte die Zeit, um mich fertigzumachen. Mit Jeans und einem T-Shirt erwartete ich um 20 Uhr das Klopfen an der Tür. Als es soweit war, öffnete ich.

»Hey, komm rein«, begrüßte ich sie.

Wir umarmten uns kurz und Kimberly hielt aufs Sofa zu, während ich es mir auf dem Bett gemütlich machte. Im TV lief »Wer wird Millionär?«, die erste Folge nach der Sommerpause. Wir hatten vorher darüber diskutiert, dass nichts Vernünftiges im TV kommt. Ich bemerkte, dass sie vorher eine Zigarette geraucht hatte. Ob sie nun ruhiger war, konnte ich nicht erkennen.

Sie war die ganze Zeit mit ihrem Handy beschäftigt, was mich unglaublich nervte.

*Du hast hier ein Date. Was machst du da?*

»Muss das sein, dass du dich mit dem Handy beschäftigst?«, sagte ich grummelnd.

»Ist gerade wichtig«, entgegnete sie knapp.

Ich beobachtete sie und musste kurz daran denken, was sie dazu trieb, das genau hier zu tun. Sie war vergeben, wie so viele meiner Dates in diesem Jahr. Sie riss mich aus meinen Gedanken.

»Und wie findest du mich?«, fragte sie.

Mit der Frage hatte ich jetzt nicht gerechnet. Ich gab keine direkte Antwort und meinte, ich würde noch überlegen.

*Hatte ich mir da gerade das nächste Fettnäpfchen eingehandelt? Ja, die Antwort war einfach dumm. Mit so etwas schieße ich mich gleich ins Aus.*

Ohne weiter zu überlegen, stellte ich schnell eine Gegenfrage.

»Und du?«

»Ich würde dich nicht fragen, wenn ich nicht wollte!«

»Dann komm her« sagte ich grinsend, in der Hoffnung dieses könnte sie meine fahrlässige Antwort vergessen lassen.

Aber sie schien durch meine erste Antwort entweder verunsichert oder war eingeschnappt. Sie blieb auf dem Sofa sitzen und wir unterhielten uns, während der Fernseher weiterlief. Nach einiger Zeit wurde mir es zu viel.

»Jetzt komm endlich her«, forderte ich sie scharf auf.

Kimberly kam zu mir aufs Bett, legte sich an meine Seite und begann sofort mich zu küssen. Ich zog sie etwas an mich und erwiderte den Kuss. Ihre Hand griff mir gleich zwischen die Beine und massierte meinen Schwanz durch die Hose.

*Jetzt hast du es aber eilig*, schoss es mir durch den Kopf.

Während wir uns küssten, schob ich meine Hand an ihre große Brüsten, um sie zu kneten. Ich wartete nicht lange und knöpfte ihr Oberteil auf. Ihre Küsse geilten mich indes noch mehr auf. Mein Bein zwischen ihre Beine schiebend drückte ich gegen ihre Vulva.

Sie massierte weiter meinen Schwanz und musste irgendwann anfangen zu lachen. Ich hatte bei ihrem Oberteil einen Knopf nach dem anderen geöffnet und erwartet, dass sich dieses bis unten durchzieht.

»Da unten sind keine Knöpfe mehr«, sagte sie vergnügt.

Ich zog ihr das Oberteil über den Kopf. Jetzt hatte ich es zumindest leichter und hob ihre großen Titten aus ihrem BH, um mich ihnen ausgiebig zu widmen. Mit meiner Hand griff ich zu ihrem Po und presste mein Gesicht in ihren Ausschnitt.

Kims Griff in meinen Schritt wurde in diesem Moment noch fester. Damit machte sie mich richtig geil und mein harter Schwanz wäre am liebsten in voller Größe aus meiner Hose gesprungen. Ich leckte ihre Nippel, lutschte daran, bis sie hart waren und abstanden.

Kimberly drückte meinen Kopf weiter auf ihre Brüste und ich genoss dies. Zwischendurch unterbrach ich kurz, zog mein T-Shirt aus und widmete mich wieder ihren geilen Titten. Unsere Hosen lagen wenig später auf dem Boden.

Sie befreite meine Ständer aus der Boxershorts und wichste ihn genüsslich bis er hart war.

»Mhhhhhmmmm«, brachte ich nur heraus, weil sie mir mit ihrem harten Griff fast den Verstand raubte.

Ich holte aus und schlug ihr auf den Po. Kurze Zeit später musste ich ihre Hand wegziehen, weil ich sonst keine Minute länger ausgehalten hätte. Meine Boxershorts und ihr Höschen fielen ebenfalls zu Boden. Mein Schwanz schmerzte bereits, aber vor lauter Geilheit nahm ich das nicht wirklich wahr. Meine Hand wanderte von Kims großen Titten zu ihrer nassen Fotze. Ich strich erst mit den Fingern über ihre Perle und versenkte nacheinander zwei davon in ihrer Lustgrotte. Ihr Griff blieb hart und die Bewegungen schnell.

Ich stöhnte laut auf.

»Zu doll? Dann sag doch was«, sagte sie und grinste frech.

Während sie etwas zärtlicher weitermachte, tauchte ich mit meinem Gesicht wieder in ihre Brüste ein. Ich ließ meine Zunge über ihre Nippel kreisen und biss ihr in die Brust. Ihre Hand stockte kurz und ich hörte ein leises Stöhnen. Mit der Hand schlug ich auf den Po.

»Fick mich...«, vernahm ich nur und mit einem Gummi auf dem Schwanz wechselten wir, sodass ich auf ihr war.

Kimberly spreizte ihre Schenkel und ich tauchte in sie ein. Ich stieß einige Mal so tief ich konnte in sie hinein. Leider konnte ich kaum etwas spüren, deswegen zog ich mein Schwanz wieder heraus.

»Ich spüre nichts...«, brachte ich nur leise heraus und ich bemerkte, dass ich dabei rot anlief. Das war schon das zweite Mal und irgendwie war das peinlich. Kimberly lief ebenfalls rot an. Ich legte mich wieder auf die Seite.

*Macht nichts*, dachte ich. *Anders wird es auch gehen.*

Während ich ihre Titten knetete, widmete sie sich erneut meinem Phallus. Meine Finger verirrten sich wenig später in ihrer nassen Pussy und fingerten sie. Sie wichste meinen Schwanz mit dem Gummi und der harte Griff zeigte sofort seine Wirkung. Ich verpasste Kim noch ein weiteres bleibendes Andenken auf ihrer Brust.

Dann zog ich sie auf mich und ließ meinen Schwanz in sie hineingleiten. Das war schon viel besser, denn ich spürte dieses Mal viel mehr. Kims Ritt wurde schneller und ich spürte dabei ihre Bewegung, die Lust auf mehr machten.

Ich holte aus und gab ihr einen ordentlichen Klaps auf den Po, um sie anzuspornen. Da ließ Kimberly noch ausgelassener werden und ich griff in ihren Pobacken.

Sie rammte meinen Schwanz immer und immer wieder in ihre Pussy. Es gab einen Klaps von mir, aber ich schaffte es kaum noch richtig zu schlagen, weil ich kurz vor meinem Orgasmus stand. Ihr Becken schob sie beim Reiten weiter nach vorne und das reichte aus, damit ich richtig heftig unter ihr kam.

»Ooooooaaar...«, brachte ich beim Orgasmus nur heraus.

Kimberly stieg von mir, entschuldigte sich kurz und ging ins Bad. Ich konnte kaum klar denken, denn mein Schwanz schmerzte und ich fragte mich, wie sie es geschafft hatte, bei der Überreizung zu kommen.

*Hatte sie mich gerade richtig heftig mit ihrem Becken abgemolken? Der Abend war ja noch jung, ich würde mich bestimmt dafür grevanchieren dürfen.*

Unweigerlich musste ich an das Date mit Corinna denken und gelangte noch mehr ins Grübeln.

Kimberly kam aus dem Bad zurück und sammelte ihre Sachen auf.

»Hast du etwas dagegen, wenn ich schon gehe?«

*Bitte was?! Ich komme gerade nicht mal darauf klar, was gerade passiert ist und du haust jetzt einfach ab?*

Wenn es einen Preis dafür gäbe, mich mit normalen Fragen aus dem Konzept zu bringen, hätte ihn Kim auf jeden Fall verdient.

»Hm, na wenn du willst, dann geh. Eigentlich dachte ich, du bleibst noch.«

»Tut mir leid, ich bin halt so, wenn ich Sex hatte«, entgegnete sie grinsend.

Mein Schwanz war in dem Moment zwar nicht für eine weitere Runde zu haben gewesen, aber nach einer Pause wäre hätte ich liebend gerne weitergemacht.

Kimberly hatte ihre Sachen bereits an. Sie würde also gehen. Wir redeten noch ein paar Sätze und verabschiedeten uns. Ich lag also da, befriedigt von ihrem geilen Ritt, im großen Hotelbett und war irritiert.

Zwei Tage später schrieb sie mir.

»Hiermit entschuldige ich mich für meinen Abgang!«

»Hm, ich weiß nicht, was ich darauf antworten soll«, meinte ich irritiert.

»Nimm es hin, ich hatte das Gefühl, ich müsste mich entschuldigen :D Aber ich bin ehrlich, wir waren sexuell nicht auf einer Wellenlänge.«

So etwas hatte ich zu dem Zeitpunkt im Gefühl.

»Du bist also doch nicht gegangen weil 'du das immer so machst'«, schrieb ich.

»Doch, ich mache das wirklich jedes Mal. Außer es war ein Quickie und mir nicht genug. Aber es passte halt nicht so, dass ich gerne eine Verlängerung gehabt hätte. Aber dafür hab nen schönen Bluterguss von dir am Nippel. Enttäuscht?«

Wir schrieben noch etwas weiter, weil wir sehr offen miteinander umgingen. Es passte nicht, das konnte ich ja bestätigen. Wenn ich an einige vorherige Dates zurückdachte, wo es einfach wild und hemmungslos zuging, konnte ich ihr Aussage bestätigen.

# ● Die Katze mit Halsband und Leine

Vivien kannte ich schon Jahre. Wir hatten uns damals auf Myspace kennengelernt. Ein halbes Jahr zuvor schrieben wir häufiger. Sie schickte mir Fotos und wollte mich an Weihnachten besuchen kommen. Aber es kam stetig etwas dazwischen. Wir schrieben, telefonierten und ich erfuhr, dass sie auch auf Schläge stand. Das passte mir gut, denn schließlich war ich dabei, meine Erfahrungen in diesem Bereich zu sammeln. Dieses Date würde aber alles andere als normal verlaufen.

»Gerade erst einmal die volle Kaffeetasse umgenietet«, schrieb sie und ich grinste.

»Du Tollpatsch ^^«

»Oh ja, heute ist nicht mein Tag.«

»Bei mir gäbe das Ärger für dich. So viel Kaffee auf dem Laminat ist nicht schön«, meinte ich und hatte schon im

Kopf, wie ich ihr am besten ihren hübschen Po versohlen könnte.

»Ich habe hier auch Laminat, aber der Inhalt der Tasse ist größtenteils im Mülleimer gelandet, der leer ist, weil ich ihn erst ausgeleert habe.

»Dann geht es ja«, meinte ich etwas enttäuscht, weil sie nicht auf meine Anspielung angesprungen war.

»Naaaaaaaaaja, wenn du jetzt endlich mal da bist, müsstest du ja Zeit haben mich geil zu machen«, kam sie direkt zu Sache.

*Klare Ansagen, das kann man von ihr immer bekommen.*

»Da bist?! Soll ich vorbeikommen?«, scherzte ich.

»Na online. Gestern warst du ja abwesend.«

»Geil machen gibt es erst, wenn du bei mir bist, Große. Dann lass ich dich gar nicht mehr runterkommen.«

»Klingt gut, aber was mache ich jetzt?«

»Am besten vorstellen, was passiert, wenn du hier hinkommst«, meinte ich sehr oberflächlich.

»Hm, jo dann erzähl mal.«

»Gut, dass es dann Sommer ist und es warm wird. Ich lasse dich einfach nackt und Stiefel in der Wohnung herumlaufen.«

»Ohhh ...«

»So so, keine Lust? Dann werde ich dir den Arsch versohlen, bis er schön rot ist. Und wenn ich merke, dass deine Pussy schön feucht ist, werde ich dich lecken. Weil ich total darauf stehe. Aber ich werde dich nicht ficken. Das kannst du vergessen. Du wirst schön warten müssen.«

»Das ist mies.«

»Ja, weil dich das Lecken erst richtig geil machen wird. Mal schauen, ob du noch lieb bist, wenn ich dir das Halsband anlege und ich dich vor mir knien lasse, damit du mir meinen Schwanz bläst. Wenn du es ordentlich machst, werde ich dich schön von hinten ficken.«

»Warum nur von hinten?«

»Weil ich es sage. Wenn nicht, klatscht es. Wenn du nicht lernst, werde ich dich aufsitzen lassen. Dann kannst du mich abreiten. Ich werde mich nicht anstrengen, wenn du dich beim Blasen dumm anstellst. Aber dich normal ficken würde mir bestimmt auch gut gefallen, wenn du die geilen Stiefel trägst. Ich lege deine Beine über die Schultern und kann dich ganz tief nehmen.«

»Das klingt richtig geil und würde mir gefallen. Bin gerade dabei dir ein paar Fotos zu schicken, die dir bestimmt gefallen.«

»Mhhhmm, dann kann ich mir heute Abend noch schöne Gedanken machen. War das Wochenende denn so langweilig?! Ich dachte, du hattest genügend Ablenkung?«

»Wer sagt, dass da Wochenende langweilig war? Bei uns war Apfelweinfest und ich habe noch bei einer Freundin gepennt. Mein letztes Mal ist aber schon zwei Monate her.«

In der Zwischenzeit hatte ich mir ihre Fotos angeschaut und die hatten es wieder in sich. Sie hatte sich nur mit Tanga und lasziven Blick vor der Kamera geräkelt und ich konnte es gar nicht abwarten, dass sie mich besuchte. Ich wollte sie unbedingt.

»Komm her, ich kümmere mich schon um dich. Lieber nur so geil oder hartgeil mit Schlägen?!«

»Wenn, richtig. Ich will ja auch etwas spüren.«

»Ich halte dich nur an der Leine und du darfst mir den Arsch zeigen. Auf dem Sofa präsentierst du dich auf allen Vieren und mit den schwarzen Lack-Overknees. Danach gibt's schön auf den Arsch. Erst einmal fünf mit der Hand auf jeder Seite.«

»Weiter ...«, forderte sie.

»Und zehn mit dem Paddel und wehe, du jammerst. Ich stopfe dir dein Fickmaul schön mit meinem Schwanz, kleine Drecksau. Schön tief bis zum Anschlag.«

»Mehr ...«, schrieb sie.

»Und wehe, ich höre dich flehen, dass du nicht mehr kannst. Ein paar Schläge sollten wohl genügen, während ich dir die Nippel zwirbel. Wenn mir das gefällt, bekommst du ihn schön von hinten in deine kleine nasse Pussy, meine Drecksau. Und wehe, du bedankst dich nicht ordentlich dafür. Dann fessle ich dich und setz dich in die Ecke.«

»Okay, danke das reicht«, schrieb sie. »Ich muss mich draußen abkühlen und erst einmal eine rauchen.«

In meinem Kopf wurde sie recht schnell meine devote Drecksau. Sie erzählte zwar, dass sie auch gerne kratzte und biss, aber ich dachte, das könnte ich leicht unter Kontrolle halten. Bei Luciana klappte das schließlich auch hervorragend. Hier sollte ich aber noch erfahren, dass sie ihren eigenen Kopf hatte.

Schmerzhaft erfahren.

Nach längerem Schreiben kamen weitere Details über ihre Neigungen ans Licht: Sie wollte richtig Schläge. Auf ihren Arsch, ihre Titten und ins Gesicht. Ihre Fotos, die sie schickte, wurden mit jedem Mal heißer. Ich forderte sie gar nicht auf dieses zu tun, sie erfüllte selbst ihre Aufgabe.

Für den nächsten Termin hatten wir Ostern angepeilt, aber das verlief im Sande. Ich rechnete nicht mehr mit einem

Treffen in diesem Jahr. Zum Geburtstag bekam ich noch einmal Fotos.

Auch ein Foto, mit dem ich nie gerechnet hatte, weil sie vorher unablässig sagte, ein solches Foto würde ich nie von ihr bekommen. Sie war komplett nackt, einen Finger im Mund und der erotische Blick raubte mir den Atem.

Wir hatten in der Vergangenheit auch über Dessous und Overknees-Stiefel geschrieben. Als sie ein paar Tage später von sich aus sagte, dass sie nun doch mal vorbeikommen müsste, bestellte ich ihr für den Besuch ein Paar schwarze Lack-Overknees, mit der Auflage, dass sie diese bei mir tragen müsse.

Eine Woche später war es endlich soweit.

Ich kam am späten Freitagnachmittag aus Aachen zurück, wo ich ein paar Tage geschäftlich verbrachte, als die SMS eintraf, dass Vivien bereits im Zug saß. Als ich Zuhause war, kümmerte ich mich darum, einige Dinge zusammenzusuchen. Anschließend holte ich sie vom Bahnhof ab.

Ich war so aufgeregt, dass ich vorher erst einmal eine rauchen musste. Da sie selbst rauchte, war es ja nicht so schlimm, dachte ich mir.

Sie schrieb von unterwegs, dass sie trotz, das sie keine Bahncard hatte, die 50er angegeben hatte und der Kontrolleur es nicht gemerkt hatte.

Ich kommentierte das nur mit »Du Sau, das gibt erst einmal was auf den Arsch, wenn du hier bist.«

»Chill mal, geh das Ganze mal heute geschmeidig an. Morgen ist auch noch ein Tag«, schwächte sie meinen Ansturm der Begeisterung ab.

Dabei hatte sie vor ein paar Monaten geschrieben, dass sie gleich am ersten Abend ordentlich den Arsch versohlt bekommen wollte. Mindestens zehn ordentliche Schläge pro Seite. Und dieses gleich zu Beginn. Sie würde das Aushalten, da war sie sich sehr sicher.

Eigentlich wollte ich ihr im Hausflur gleich sagen, dass sie ihre Kleidungsstücke ausziehen sollte. Bis auf die Unterwäsche. Ich hätte ihr das Halsband und die Leine angelegt. Ihre nächste Aufgabe wäre es gewesen, die Stiefel anzuziehen und auf allen Vieren ihre Strafe zu empfangen. Jetzt wollte sie chillen.

*Nun gut, wir mussten es auch nicht gleich übertreiben,* dachte ich mir und wartete das Geschehen einfach ab.

Nachdem der Zug in den Bahnhof einfuhr und gehalten hatte, sah ich wie Vivien aus dem Zug ausstieg. Sie war größer als ich und als erstes fielen mir ihr hübsches Gesicht und ihre lockigen, schwarzen Haare auf. Ihre dunkel geschminkten Augen fesselten mich.

*So mochte ich es gerne. Genauso.*

Mir blieb die Luft weg, als sie auf mich zukam.

Es war genau die Art von Frau, die auf der Heiß-Irre-Skala ganz weit oben lag und die Linie zum Seilspringen benutzte. Das würde ich aber noch erfahren.

»Hey«, kam es zeitgleich von beiden Seiten und wir umarmten uns kurz.

Auf dem Weg zum Auto war sie sehr still, was mir etwas unangenehm war. Im Auto wurde es nicht besser. Nachdem wir ein paar Kilometer gefahren waren, kamen wir endlich ins Gespräch. Es war jedoch sehr oberflächlich und es war eine gewisse Distanz zu spüren.

*Würde sich das noch ändern?*

Bei mir angekommen, gingen wir ins Wohnzimmer. Vivien nahm auf der roten Couch Platz.

Ich hatte vorher noch ein paar Dinge eingekauft und holte uns etwas zu trinken. Wir rauchten zusammen eine Zigarette. Sie stand plötzlich auf und meinte zu mir:

»Wo ist denn das Badezimmer? Ich zieh mir mal etwas bequemeres an.«

Innerlich musste ich grinsen und zeigte ihr den Weg. Es dauerte einige Minuten.

Sie kam in Jogginghose und Oberteil wieder zurück.

Irgendwie hatte ich mir das anders vorgestellt, aber ich traute mich bei ihrer Zurückhaltung kaum einen Vorstoß zu wagen. Sie war unglaublich hübsch und ich wollte es mir am ersten Abend nicht direkt versauen.

Also kuschelten wir uns aneinander und schauten TV. Ich nahm sie in den Arm und nach einiger Zeit kuscheln, beugte ich mich über sie und gab ihr den ersten Kuss.

Unsere Lippen berührten sich nur kurz und ich nahm meine Position neben ihr wieder ein. Von dort aus konnte ich gut in ihren Ausschnitt schauen. Ich wusste ja schon, wie hübsch ihre Brüste waren, aber jetzt durfte ich mich real daran auslassen.

*Das wird sie auch bald zu spüren bekommen,* dachte ich mir und fasste all meinen Mut zusammen.

Mit den Händen drehte ich ihr Gesicht zu mir und gab ihr erneut einen Kuss. Dieses Mal länger. Es folgten zwei, drei weitere Küsse. Ich konnte es nicht lassen und musste ihr auch einen Eskimokuss geben. Vivien drehte sich nun zu mir und ließ mich das erste Mal ihre Fingernägel spüren.

*Der Ring ist eröffnet.*

Noch wusste ich nicht, dass ich sie völlig falsch eingeschätzt hatte. Beim nächsten Kuss hatte ich meine Hände an ihren Brüsten, um sie zu erkunden. Sie hatte ihre Hand dagegen etwas zurückgezogen und ließ meinen nackten Arm ihre Nägel spüren. Das hinterließ eine böse Kratzspur. Mein Arm wanderte gleich unter ihr Shirt und Vivien hinterließ indes eine große Spur auf meinen Rücken. Ich zog sie auf mich und wir küssten uns weiter. Ihre Lippen waren wundervoll weich, es war einfach nur lustvoll, sie immer und immer wieder zu berühren.

Wieder ein neuer Kratzer.

*So eine Wildkatze!*

Ich gab ihr einen Klaps auf den Po. Das brachte aber gar nichts, weil sie noch die Hose anhatte. Meine Hände waren unaufhörlich mit ihren Brüsten beschäftigt. Vivien wollte ihren BH öffnen, ich war jedoch schneller und hatte den BH mit zwei Fingern auf.

Dann bemerkte ich, dass sie ihn schon in der Hand hatte, trotz dass sie ihr Shirt noch trug. Der BH hatte an den Körbchen ebenfalls Verschlüsse, die sich geöffnet hatten.

Sie grinste amüsiert.

Das Oberteil war mittlerweile schon auf den Bauch gerutscht und ich vergrub mein Gesicht in ihrer großen Oberweite. Ich küsste sie, saugte an ihren kleinen Nippeln und biss hinein.

Anstatt sich zurückzuziehen, drückte mir sie ihre Titten noch mehr ins Gesicht. Das konnte mir nur recht sein. Und ich spürte erneut ihre langen Nägel auf dem Rücken.

Wie ich nachher aussehen würde, ahnte ich nicht und zu diesem Zeitpunkt wäre es mir auch egal gewesen.

Ein paar Küsse später schaute sie mich an.

»Wo sind denn die Stiefel?«

»Morgen, wir wollten heute doch chillen«, meinte ich frech und ungeduldig.

»Würde die schon mal gerne sehen«, sagte sie lächelnd.

»Mal schauen. Dann lege ich dir aber vorher das Halsband an.«

»Nein«, kam es bestimmend zurück.

Das *Nein* wurde aber von mir nicht akzeptiert.

Ich wartete etwas. Nach einigen Minuten stand ich auf, ging ich ins Schlafzimmer, holte das Halsband und den Karton mit den Stiefeln. Vivien saß noch auf dem Sofa, als ich zurückkam. Ich stellte mich vor sie und legte ihr das Halsband an. Das tat ich gewissenhaft und so saß es richtig fest.

Jetzt durfte sie sich die Stiefel anziehen. Es gab nur ein Problem: Sie passten nicht, weil sie am Knöchel sehr eng waren.

*Schade, ich hätte sie wirklich gerne an ihr gesehen.*

Vivien nahm das Halsband danach gleich wieder ab.

»Es war so eng«, versuchte sie sich herauszureden.

»Dann wird es halt lockerer gemacht«, sagte ich verärgert.

Ich würde es ihr gleich noch einmal anlegen. So einfach würde sie nicht davonkommen.

Unsere Zungen fanden zueinander und Vivien fuhr mit ihren Nägeln über meinen Rücken. Es schmerzte etwas, machte mich aber zugleich noch geiler. Zwischendurch verirrten sich meine Hände in ihren lockigen schwarzen Haaren, fanden jedoch zu ihrem Gesicht zurück, um es beim nächsten Kuss zu halten. Ich konnte davon gar nicht genug bekommen. Ihr Kratzen machte mich dabei nur noch geiler. Ihr blickte auf ihre großen Brüste und die kleinen harten Nippel. Vivien beugte sich zu mir und presste mir ihre Titten ins Gesicht.

*Sie weiß schon, was geil an ihr ist*, dachte ich und genoss ihre Aktion.

Ich umfasste sie und lutschte an ihren Nippeln, die sofort abstanden. Dieser Anblick war betörend und ich genoss ihn, während ich mich weiter daran ausließ.

Nach einiger Zeit zog ich mein T-Shirt aus und gab der großen Katze damit noch mehr Angriffsfläche. Ihre Jogginghose war ebenfalls auf dem Boden gelandet und Vivien thronte jetzt auf mir.

Das nutzte sie auch gleich hemmungslos aus und presste mir ihre Titten erneut ins Gesicht. Sie konnte sich ein Grinsen nicht verkneifen.

Wieder umkreiste meine Zunge ihre Nippel, meine Zähne die leicht zubissen und meine Lippen, die danach daran saugten, ließen sie leise aufstöhnen. Ich griff mit meinen Händen in ihre Pobacken und holte mit einer Hand aus, um ihr den ersten Schlag auf ihren süßen Arsch zu verpassen. Dem folgte gleich ein weiterer.

Danach die andere Seite.

Einmal, zweimal und dreimal.

Jedes Mal ein lautes Klatschen.

»Das tut nicht weh«, beschwerte sie sich grinsend und fuhr mir mit ihren Nägeln über die Brust.

*Warte mal ab*, dachte ich, *morgen wird es das.*

Ich versuchte mich aufzurichten, aber sie hielt mich fest.

»Wer hier wohl oben ist«, sagte sie bestimmend mit einem wahnsinnigen Blick.

*Aggressive Wildkatze!*

Ich versuchte es erneut, aber ich kam nicht dagegen an, weil sie mit ihrem ganzen Gewicht dagegenhielt. Als ich endlich wieder frei war, gab ich ihr wieder einen Klaps.

»Was ist mit dem Paddel?!«, stöhnte sie.

*Kannst du haben,* dachte ich und während sie eine rauchte, ging ich ins Schlafzimmer, holte das Paddel und die Leine fürs Halsband.

Als ich ins Wohnzimmer kam, stand Vivien mir gegenüber und küsste mich. Ich griff ihr mit einer Hand an den Po und führte sie wieder zum Sofa. Dort legte ich ihr noch mal das Halsband an. Auch wenn sie davon nicht begeistert war. Ich hakte die Leine ein und zog sie aufs Sofa. Es dauerte nicht lange, da saß sie wieder auf mir. Und ich hatte wieder den herrlichen Ausblick auf ihre Brüste. Ich zog sie an der Leine zu mir herunter, nahm das Holzpaddel und holte aus. Das Paddel erzeugte ein lautes Klatschen, als es auf ihrem Po auftraf.

Leider konnte ich in der Position nicht weit genug ausholen. Sie bekam noch vier weitere Schläge auf der Seite, bevor ich wechselte. Vivien war relativ unbeeindruckt.

Ihre großen Brüste wippten aber mit jedem Schlag und beglückten meine Augen. Meine Brust wurde erneut Opfer ihrer Fingernägel. Dieser böse Blick von ihr während der Aktion machte mir etwas Angst. Und eh ich mich versah, hatte ich erfahren, was sie im Schilde führte. Sie biss mir in die Brust. Erst oberhalb, anschließend unterhalb auf der anderen Seite.

Ich holte richtig aus und ließ das Paddel wieder auf ihren Arsch sausen. Mindestens sechs Mal ließ ich es sie spüren und wiederholte es auf der anderen Seite.

*Will sie es einfach noch härter?*

Vivien richtete sich auf, aber ich hatte sie an der Leine. Ich hielt sie fest, aber sie gab nicht nach. Sie riss mit voller

Kraft daran. Beim nächsten Versuch, sich loszureißen, riss der Ring vom Halsband ab. Sie grinste vergnügt.

»Du Drecksau«, brachte ich nur heraus und schlug ihr leicht ins Gesicht.

Sie fuhr ihre Krallen aus und kratzte mich an meinem Arm. Dieses Mal gab ich ihr eine Ohrfeige. Sie erhob sich, setzte sich auf die Couch und zündete sich eine Zigarette an.

*Unglaublich die Frau*, dachte ich und setzte mich erst einmal hin. *Sie wollte einfach noch mehr.*

*Noch mehr Schläge.*

*Noch mehr Schmerzen.*

*Noch eine Stufe mehr.*

Vivien löste das Halsband und schmiss es aufs Sofa.

Da war mir klar, dass ich mir keine devote, sondern eine sehr dominante aber masochistische Drecksau eingeladen hatte.

Wir schauten zusammen etwas TV und gingen kurze Zeit später ins Bett.

Am nächsten Morgen wachte ich früh auf. Als ich mich auf die andere Seite drehte, sah ich, dass Vivien noch schlief. Ich beobachtete sie dabei und genoss den Anblick. Diese schwarzen Haare, die Kusslippen und ihre hübsche Nase.

Es dauerte nicht lange, da wurde sie wach. Sie bemerkte gleich, dass ich sie anschaute und drehte sich um.

»Ich mag das nicht«, grummelte sie.

Ich konnte auch nicht mehr wirklich schlafen. Ich war hellwach. Wir standen auf und gingen ins Wohnzimmer.

Es war 8:30 Uhr und viel zu früh für ein Wochenende. Nun gut, ich kochte einen Kaffee für uns und Vivien hatte schon die zweite Zigarette an. Etwas essen wollte sie nicht, mir war das auch viel zu früh.

Also kuschelten wir uns auf dem Sofa und schauten wieder TV. Wir lagen unter meiner roten Decke und ihr Körper strahlte eine angenehme Wärme aus. Sie drehte sich wieder zu mir und es folgten die ersten zarten Küsse am Morgen.

Ich zog sie näher zu mir und meine Hand wanderte ihr Becken herauf zu ihren Brüsten. Während unsere Küsse stetig wilder wurden, knetete ich ihre großen Brüste und schob ihr Oberteil zur Seite.

Es dauerte nicht lange, da fuhr die böse Wildkatze ihre Krallen aus. Ich war mittlerweile schon sehr erregt und Vivien spürte meinen harten Schwanz und meine Geilheit.

Ihre Nägel kratzten mir meinen Rücken und meinen Nacken auf. Mit ihrem Kratzen machte sie mich allerdings nur noch geiler.

Meine Küsse wanderten über ihren Hals und ihre Titten. Sie strich mit ihrer Hand über meinen Rücken und als ich an ihrem kleinen Nippel lutschte, gruben sich ihre Nägel wieder in meine Haut. Ich konnte nicht aufhören ihre Brüste zu kneten und zu liebkosen.

Ich war ihnen einfach verfallen.

Aber auch ihre Lippen waren wieder Ziel meine Begierde. Ihre Küsse wurden noch intensiver. Sie fing an mich kurz in die Lippe zu beißen, wenn sie die Gelegenheit dazu bekam. Wir neckten uns gegenseitig beim Küssen und wenn ich mit ihren Brüsten beschäftigt war, biss sie mich in den Hals.

Ich hatte schon ihren Po von der Jogginghose befreit, konnte mit meinen kleinen Schlägen darauf aber nicht viel bewirken. Sie setzte sich auf mich, mein T-Shirt und ihr Oberteil lagen nach ein paar Minuten in der Ecke.

Da sie wusste was mir gefiel, presste sie ihre großen Titten mitten ins mein Gesicht und massierte mit ihrem Becken in kreisenden Bewegungen meinen harten Schwanz.

Ich lutschte voller Verlangen ihre harten Nippel und biss an mehreren Stellen in die weiche Haut ihrer Oberweite. Ihr Ritt wurde noch intensiver. Sie lehnte sich zurück und ließ ihre Nägel über meine Brust gleiten.

Es folgte dieses wahnsinnige Grinsen in ihrem Gesicht.

Und kurz darauf kam der nächste Angriff. Nach einem kurzen Kuss biss sie sich wie ein Vampir in meinem Oberarm fest.

»Du Drecksau, hör auf damit«, fuhr ich sie an, weil sie gar nicht nachgab.

Ein Klaps auf ihren Arsch brachte gar nichts. Allmählich tat es richtig weh und war nicht mehr geil. Ich schlug ihr ins Gesicht. Sie löste sich von meinem Arm und grinste vergnügt.

*Sie findet das toll und wollte das nur.*

»Du hast doch echt nen Schaden«, grummelte ich. Mein Oberarm war dunkelrot angelaufen. Ich wusste nicht, dass es noch viel schlimmer werden würde.

Die Raubkatze kam erneut vorsichtig angekrochen und gab mir einen langen Zungenkuss. Ich zog ihre Jogginghose herunter und gab ihr drei Schläge auf den Arsch. Dann folgten drei weitere auf der anderen Seite. Im Wohnzimmer hallten die Schläge nach.

»Ich merke nichts«, sagte sie grinsend auf mir, nach vorne gebeugt und ihre Titten in meinem Gesicht.

Ich schlug ihr vier weitere Male auf jede Seite ihres Pos.

»Ich merke immer noch nichts.«

Vivien wurde so frech, dass ich sie mit der flachen Hand ins Gesicht schlug. Also Reaktion darauf, presste sie mir ihre Brüste in mein Gesicht.

Das Spiel wiederholte sich.

Ich suchte mit meinen Lippen wieder ihre Nippel, lutschte daran und gab ihren Brüsten ein paar Abdrücke meiner Zähne mit. Meine Finger vergruben sich unterdessen in ihren Pobacken, die ich dabei aufkratzte.

Sie würde gleich schon merken, dass die rote, aufgeschürfte Haut viel empfindlicher auf meine Schläge reagieren würde. Mein harter Schwanz presste sich zwischen ihre Schenkel und Vivien massierte ihn stetig mit ihrem Becken. Jetzt holte ich mit meiner Hand richtig aus und gab ihr ohne eine Pause acht ordentliche Schläge auf die rechte Seite ihrer Pobacken.

Dieses Mal stöhnte sie auf.

Dann folgte die andere Seite, wieder acht Schläge mit der flachen Hand.

*Nun merkst du wohl doch etwas, meine Wildkatze.*

Ich vergrub meine Finger in ihren geilen Pobacken und ließ meine kurzen Nägel ihre Haut aufritzen. Sie gab mir einen weiteren Kuss und bekam dieses Mal meine Oberlippe mit ihren Zähnen zu fassen.

Sie biss richtig zu, dass es schmerzte und ich fühlen konnte, wie meine Lippe anschwoll.

»Du Sau, du kleine Drecksau«, fuhr ich sie an und klatschte ihr eine.

Das Grinsen in ihrem Gesicht sagte nur: *Gib mir ruhig mehr davon. Ich will mehr und ich will es härter.*

Vivien versuchte mich zu kratzen und ich hielt ihre Arme fest, drehte sie auf den Rücken, sodass ich jetzt oben war. Ich küsste ihre Titten und wanderte mit meinen Küssen zu ihrem Mund. Erst jetzt fiel mir auf, dass meine Lippe nicht nur dick war. Nein, sie blutete. Und Vivien hatte mein ganzes Blut nun auf der Brust und an ihrem Hals.

»Noch einmal, ich warne dich.«

*So ein Vamp.*

Sie grinste nur dreckig und versuchte mich zu küssen. Ich war aber vorsichtig und bemerkte, dass sie versuchte meine Lippen zu fassen zu bekommen. Ich ließ einen Arm von ihr kurz los und schlug ihr ins Gesicht.

»Du bist verrückt. Machst du das noch einmal, war das das letzte Mal, dass ich dich geküsst habe«, sagte ich streng.

Ich küsste ihre Titten und lutschte an einem ihrer harten Nippel, der schön abstand. Als ich sie wieder küssen wollte, schnappte sie wieder zu.

»Wag es noch einmal, dann darfst du mich gar nicht mehr küssen. Verstanden? Lippen beißen ist jetzt tabu.«

Ich löste meine Hände und setzte mich aufs Sofa. Wir rauchten eine Zigarette und ich versuchte erst einmal herunterzukommen.

Sie schaute mich mit großen Augen an und grinste. Meine Lippe schmerzte so richtig.

Und ich merkte, dass sie dick angeschwollen war.

»Du siehst echt übel aus«, sagte sie teuflisch grinsend.

»Wem ich das wohl zu verdanken habe«, grummelte ich.

Ich musste daran denken, dass ich so am Montag zur Arbeit durfte, also ging ich erst einmal ins Badezimmer, um mir anzuschauen, was sie angerichtet hatte. Wenigstens blutete ich nicht mehr. Es fühlte sich zum Glück schlimmer an, als es wirklich aussah. Ich kehrte ins Wohnzimmer zurück und machte es mir auf dem Sofa gemütlich. Es dauerte nicht lange, da saß sie wieder auf mir.

Meine Küsse waren anfangs sehr vorsichtig, aber Vivien ließ meine Lippen in Ruhe und versuchte sich mehr an meiner Zunge auszulassen, indem sie daran saugte.

Ihre Hände fuhren über meinen Rücken. Sie kratzte mich und ritt meinen Schwanz dabei. Ihr Becken unablässig vor und zurück schiebend rieb sie mit ihrer Lustgrotte meinen harten Schwanz. Ihre Bewegungen wurden unentwegt schneller und ich merkte, wie ich dem Höhepunkt näherkam.

Vivien konnte es nicht lassen, mir zwischendurch ihre Titten ins Gesicht zu drücken. Ihre Küsse trieben mich zusammen mit ihrem Becken endgültig zum Äußersten.

Ich kam laut stöhnend unter ihr.

Aber sie dachte gar nicht ans Aufhören. Ihre Fingernägel vergruben sich wieder in meinem Arm und im Rücken. Ich hatte meine Hände an ihrem Arsch und holte ein paar Mal aus. Das Klatschen war so laut, dass es durch das ganze Wohnzimmer hallte.

Dass die Fenster auf waren, störte uns herzlich wenig. Ihr Stöhnen wurde stetig lauter. Meine Hände vergruben sich in die Backen und hinterließen weitere Kratzspuren. Dann holte ich wieder aus und schlug mit voller Wucht auf ihren Arsch, aber in diesem Moment ließ sie von mir ab.

Sie wollte eine Zigarette rauchen und legte sich auf die Seite. Ihr ganzer Arsch war mittlerweile rot und man konnte die dunkelroten Striemen sehen, die ich ihr verpasst hatte.

Wir lagen nebeneinander und kuschelten einige Zeit, bis sie erneut mit dem Kratzen anfing. Ich hielt ihre Hände fest, weil es genug war. Aber sie wollte weitermachen. Als ich nicht mehr darauf einging, setzte sie sich auf mich und gab mir eine richtig heftige Backpfeife.

Sie traf dabei mein Ohr und ich hatte den Rest des Tages Ohrenschmerzen von ihrer Aktion. Ich war so wütend, dass ich sie umwarf und mich auf sie setzte. Vivien fand das weiterhin lustig, bis ich ausholte und ihr mit voller Wucht mit der flachen Hand ins Gesicht schlug.

Nun schaute sie mich entsetzt an.

»Nicht auf die Ohren«, fuhr sie mich sauer an.

»Musst du gerade sagen, ich habe voll das Pfeifen nach deinem Schlag. Du bist doch bescheuert«, erwiderte ich sauer.

Jetzt waren wir beide erst einmal bedient und zogen uns zurück. Sie setzte sich an den Rand vom Sofa und ich verkroch mich auf die andere Seite in die Ecke.

»Du hast echt voll den Schaden«, motzte ich weiter. »Wenn das so weitergeht, liegen wir morgen beide im Krankenhaus.«

Nichtssagend zogen wir unsere Sachen wieder an und schauten TV. Irgendwann fanden wir wieder zueinander und kuschelten. Ich gab ihr einen Kuss und so begann unser Spiel von vorne.

Ich konnte einfach nicht von ihr ablassen.

Wir küssten uns und Vivien machte sich mit ihren Nägeln an meinem Arm zu schaffen. Ich wehrte mich natürlich und als mein linker Arm in Reichweite ihres Mundes war, biss sie mir in den Oberarm.

»Du bist so eine Drecksau«, stöhnte ich und meine Hand klatschte in ihr Gesicht.

Sie setzte sich auf mich, die Jogginghose zog ich ihr allerdings herunter, sodass ihr Arsch frei lag. Während wir uns küssten, suchte ich mit meiner Hand nach dem Holzpaddel. Ich fand es nicht sofort, also bekam sie zunächst meine flache Hand zu spüren. Auf jeder Seite drei Schläge.

Sie stöhnte laut auf.

»Na, merkst du doch was, meine Drecksau?«

»Jaa...«, stöhnte sie.

Nun fand ich auch das Holzpaddel und zog Vivien zu mir herunter. Sie fing sich mit dem Paddel mehrere Schläge auf ihren roten Arsch ein. Ich zog ihr die Jogginghose aus und entledigte mich gleich meiner Jeans. Sie saß wieder auf meinem Schwanz und sorgte mit ihrem Becken dafür, dass er wieder hart wurde. Sie massierte meinen Schwanz mit ihrer Pussy, hatte aber noch ihren Tanga an. Als ich ihr beim Küssen den Tanga ausziehen wollte, zog sie gleich meine Hand weg.

»Gibt es nicht.«

Dafür durfte ich ihre großen Brüste spüren, die sie mir ins Gesicht presste. Ich leckte genüsslich ihre Nippel und knetete die beiden mit den Händen durch. Vivien schob ihr Becken immer wieder vor und zurück.

Mein Schwanz stand schon kurz vor der nächsten Explosion.

*Ich wollte sie endlich.*

*Ihre geile Pussy ficken und lecken.*

*Ich wollte nicht mehr warten.*

Ich versuchte noch einmal ihr den Tanga auszuziehen.

»Nein, habe ich gesagt«, kam es streng von ihr.

Ihre Bewegungen, die meinen Schwanz massierten, wurden aber nicht weniger. Eher das Gegenteil. Sie wollte mich wohl wieder bis zum Äußersten treiben.

»Du Monster«, stöhnte ich.

*Wenn ich bei dir nicht weitergehen kann, versuche ich es einfach über mich,* dachte ich.

Ich zog meine Boxershorts aus, sodass mein Schwanz förmlich heraussprang. Vivien rutschte nach unten, bis sie über meinem Schwanz war. Dann umschloss sie ihn mit ihren weichen Lippen und begann ihn mit ihrem Mund zu ficken. Ich schaute ihr dabei zu und fuhr mit einer Hand durch ihre schwarzen Haare. Ich spürte ihre Zungenschläge an meinem Schwanz. Ich flehte innerlich darum, dass sie noch weitermachen würde, aber in diesem Moment nahm sie schon ihre Hand zu Hilfe und wichste meinen Schwanz.

»Mhmmmm«, stöhnte ich.

Vivien saß neben mir und schaute dabei zu, während sie meinen Ständer weiter wichste. Mein Stöhnen wurde lauter. Ich war kurz davor zu kommen, als sie abbrach. Ich schaute sie verwirrt an. Sie stand grinsend auf und ging ins Badezimmer.

Sie hatte mich einfach liegen gelassen.

Ich wichste meinen Schwanz noch weiter und hoffte darauf, dass wir weitermachen würden, wenn sie zurückkam.

*Vielleicht würde sie sich ja auch etwas Nettes anziehen und sich gleich auf meinen Schwanz setzen und ihn abreiten.*

Sie kam wieder. Aber es passierte nichts.

Ich zog mich enttäuscht an und kroch mit unter die Decke.

Mittlerweile war es bereits Abend. Wir hatten aber noch nichts gegessen und langsam hatte ich Hunger.

»Hast du Lust in 1-2 Stunde was zu essen? Dann mach ich uns Nudelauflauf.«

»Du musst dich jetzt nicht eine Stunde in die Küche stellen. Eine Tiefkühlpizza reicht und geht viel schneller«. meinte Vivien.

*Auch gut*, dachte ich.

»Ich geh mal duschen«, meinte sie und ich zeigte ihr kurz die Dusche. Während sie unter der Dusche stand, schaute ich nach den Pizzen. Ich hatte sogar ihre Lieblingspizza. Als sie mit Duschen fertig war, ging ich duschen. Danach schob ich die beiden Pizzen für uns in den Ofen. Wir lagen zusammen auf dem Sofa, ab jetzt hintereinander, weil Vivien anscheinend etwas der Arsch weh tat. Nachdem wir die Pizza gegessen hatten, kuschelten wir in Löffelchenstellung auf dem Sofa. Natürlich lief der Fernseher nebenbei.

Ich wurde schnell wieder frech, dabei ging ich Vivien unter das Oberteil. Auf ihre Reaktion brauchte ich nicht lange warten, sie bestand darin ihre Krallen auszufahren und mir den Arm aufzukratzen.

Ich zog ihr die Jogginghose herunter, sodass ihr Po wieder frei lag. Und es gab gleich wieder einen Klaps auf den Arsch. Danach waren meine Hände mit ihren Brüsten beschäftigt und ich schob meinen Schwanz zwischen ihre Pobacken, um ihn dort zu reiben.

»Bist wohl schon wieder geil, was?!«

»Wohl eher immer noch«, stöhnte ich.

Ich rutschte noch weiter nach unten und konnte meinen Schwanz besser an ihren Po drücken. Ihre Nippel standen ab, nachdem ich sie durchgeknetet hatte.

»Komm, von hinten«, forderte Vivien mich auf und begab sich auf alle Vieren. Ich umfasste ihre Hüfte und zog sie an mich heran, um meinen Schwanz zwischen ihren Pobacken zu schieben. Ihre großen Titten wippten im Takt mit und ich musste mich zwischendurch daran vergreifen. Vivien schien wirklich kein Sex zu wollen, also würde ich meine Geilheit anders an ihr auslassen. Ich gab ihr einen kleinen Klaps auf den Arsch, während ich schon kurz vor meinem Orgasmus war.

Ein paar Stöße später und es überkam mich. Sie grinste zufrieden und legte sie sich neben mich.

»Hast du ja doch noch deine Erleichterung bekommen.«

Wir lagen auf dem Sofa und schauten TV. Es war bereits spät am Abend und sie wollte ins Bett. Nachdem sie das verkündet hatte, stand sie auf und ging in mein Schlafzimmer. Ich löschte das Licht, schaltete den TV aus und folgte ihr.

Ich dachte kurz darüber nach, was heute passiert war und schaute mir meinen rechten zerkratzten Arm an.

*Was für ein Biest*, dachte ich nur und fühlte mit meiner Zunge über die angeschwollene Oberlippe.

Das Licht im Schlafzimmer war bereits aus und ich tastete mich zum Bett vor, schlug die Decke auf meiner Seite auf und zog mich bis auf die Boxershorts aus. Als ich unter der Decke lag, bemerkte ich, wie Vivien unter meine Decke griff und ihre Nägel die nächsten Spuren auf meinem Arm hinterließen. Ich ergriff ihre Arme und hielt sie fest. Sie versuchte sich zu lösen, was ihr manchmal auch gelang.

*Wieder ein paar Andenken von ihr auf meiner Haut.*

Ich zog sie an mich und griff ihr an ihre Titten, um sie zu kneten. Mittlerweile hatte sie bei unserem kleinen Kampf die Schenkel geöffnet und während ich mit der einen Hand ihre Hände fixierte, glitt meine andere Hand zwischen ihre Beine und massierte ihre Pussy durch die Shorts, die sie trug.

»Du hattest doch Handschellen hier?«, fragte sie.

»Ja, die Billigdinger«, antwortete und bezweifelte im Inneren, dass diese bei der Bestie etwas bringen würden.

Ich griff hinter mich, um sie von meinem Bettgestell zu nehmen und legte ihr nach einem weiteren Kampf die Handschellen an. Ruhe.

Keine Krallen, die einen wieder angreifen.

*Ich sollte Vivien die ganze Zeit so liegen lassen.*

Aber es dauerte nicht lange, da hatte sie sich schon entfesselt. Es war halt viel zu einfach, die Handschellen selbst zu lösen. Danach schliefen wir schnell ein. Dieses Mal war ich auch müde und bemerkte ihr Schnarchen gar nicht, welches mich die letzte Nacht etwas wachgehalten hatte.

Als ich morgens aufwachte, stand ich auf und duschte mich. Ich zog mich an, machte mich fertig und ging danach ins Wohnzimmer.

Vivien saß im Wohnzimmer mit Oberteil, Jogginghose und einer Zigarette in der Hand. Ich kochte uns einen Kaffee und wir lagen auf meinem roten Sofa, schauten TV und kuschelten.

Sie lag vor mir und wie schon in der letzten Nacht, begann sie damit, mich mit ihren Krallen zu kratzen. Insbesondere der Arm, der sie umarmte, musste daran glauben. Mein rechter Arm sah aus wie ein Streifenhörnchen. Ich versuchte ihre Arme zu fixieren, aber zwischendurch gelang es ihr, mich erneut zu kratzen. Nach einiger Zeit war sie auf mir und ich zog ihr das Oberteil nach oben.

Was dann kam, war wieder vollkommen klar. Sie presste ihre großen Titten in mein Gesicht. Ich lutschte ihre Nippel, biss in das weiche Fleisch ihre Brüste. Das machte mich geil, sie wusste einfach ihre Reize einzusetzen. Und ihre Brüste waren einfach nur perfekt.

*Optisch war diese ganze Frau perfekt. Sie war halt einfach nur irre. Eine glatte 10 auf der Barney-Stinson-Heiß-Irre-Skala in beiden Richtungen.*

Viviens Becken kreiste weiter auf meinem harten Schwanz und als ich das Grinsen in ihrem Gesicht vernahm, wusste ich, was passieren würde.

Sie brach ab und setzte sich neben mich, ihr freches Grinsen verließ ihr Gesicht nicht. Dann zündete sie sich eine Zigarette an. Sie konnte mich aber nicht wütend machen. Ich hatte gestern schon sehr früh begriffen, dass ich keinen Sex bekommen würde. Dafür durfte ich andere Dinge ausgiebig genießen.

Nach ihrer Zigarette kam Vivien erneut zu mir. Wir kuschelten und ihre Nägel gruben sich dieses Mal in meinem Rücken ein.

*Du bist so ein dreckiges Miststück,* dachte ich, *lässt mich hier zappeln und hast dein Spaß dabei.*

Ihre Nägel kratzten, dieses Mal den rechten Arm. Und dieses Mal sehr tief, sodass es blutete.

»Auuuuu, du Drecksau«, brachte ich nur heraus.

Wieder erhielt ich als Quittung diesen dominanten Blick. Wieder das Grinsen.

Und dafür gab es von mir ein Schlag in ihr Gesicht.

*Ich sollte dich jedes Mal schlagen, wenn du diesen fiesen teuflischen Blick aufsetzt,* dachte ich.

Aber er stand ihr gut. Nach meinem Schlag in ihr süßes Gesicht wurde sie, wie war es anders zu erwarten, richtig geil und begann wie wild zu kratzen und zu beißen.

Es brachte sie richtig in Fahrt.

Sie biss mir in meinen linken Oberarm und hinterließ einen tiefen roten Abdruck ihre Zähne. Dafür knallte es dieses Mal auf der anderen Seite ihre Wange. Ich ging ihr erneut unter das Oberteil und liebkoste ihre weichen Brüste. Als nächstes mussten ihr Oberteil und ihre Hose dran glauben. Die fanden sich anschließend neben der Couch wieder.

Vivien wollte mich wohl ruhigstellen, denn sie setzte sich auf meinen harten Schwanz. Ihr Becken ritt ihn heftig, beharrlich vor und zurück. Und wo sollten die perfekten Brüste hin? Richtig, die Dame presste sie in mein Gesicht und ich leckte, liebkoste, lutschte sie ohne Fragen zu stellen. Ich konnte es einfach nur genießen. Was für ein Gefühl.

Ihr Ritt brachte mich behutsam zum Stöhnen. Nach dem harten Vor- und Zurück-Spiel begann sie mit ihren kreisenden Bewegungen meinen Schwanz zu massieren. Ich holte mit meiner Hand aus und ließ sie mehrere Male auf ihren nackten Arsch klatschen.

Meine Striemen von gestern waren noch gut zu sehen. Ich vergriff mich mit meinen Nägeln in ihren Backen, um das Ganze etwas auszuweiten. Wieder ein paar Schläge auf ihren Arsch. Dieses Mal holte ich weiter aus.

Ich musste noch lauter Stöhnen, weil Viviens Ritt heftiger wurde. Sich zurücklehnend schob sie ihr Becken ohne Unterlass nach vorne über meinen harten Schwanz. Und nun kamen wieder ihre bösen Tatzen ins Spiel.

Die Nägel, die über meinen Bauch fuhren und rote Striemen hinterließen. Sie setzte sich aufrecht hin, ihr Becken kreiste und meine Hand klatschte wieder auf ihren Arsch. Ich war kurz vorm Kommen und sie stoppte erneut.

*Was für eine Drecksau*, dachte ich.

Sie ließ mich einfach fallen, grinste mich frech an und zündete sich eine neue Zigarette an. Ohne große Kommentare ging sie danach ins Badezimmer und zog sich an.

Als sie zurück war, erkannte ich, dass das vorhin das letzte Spiel gewesen war. Sie hatte sich komplett angezogen und geschminkt, packte ihre Sachen und bereitete sich auf die Abreise vor.

Eine Stunde später brachte ich sie zum Bahnhof. Der Abschied fiel sehr kühl aus. Keine Umarmung, keine Verabschiedung. Sie ging einfach und ließ mich stehen. Und das war noch lange nicht alles. Als ich in meiner Wohnung war, stellte ich fest, dass sie mich blockiert und die Freundschaft auf Facebook gelöscht hatte. Sie hatte mich die ganze Zeit benutzt, ihrer sichtbaren Spuren an mir hinterlassen und mich danach komplett abgeschoben.

Ich hatte so viele Fragen und alle blieben unbeantwortet, weil ich sie nicht stellen konnte. Warum hatte sie sich überhaupt mit mir getroffen? Warum hatte sie so lange vorher schon mit mir geschrieben, wenn sie mich einfach nur abservieren wollte? Oder hatte sie Angst, dass ich mehr von ihr wollte und sie nach dem Treffen nicht mehr in Ruhe lassen würde?

Was sie hinterlassen hatte, waren tiefe Spuren auf meinem Körper und in meiner Seele. Sie war mein außergewöhnlichstes Date. Sie schien absolut durchgeknallt, war aber auch sehr aufregend und anziehend. Die absoluten Gegensätze ihrer Person beschäftigen mich. Wollte sie einfach nur ihre Dominanz der Männerwelt gegenüber beweisen und stand dabei doch trotzdem auf eine Art Erniedrigung und Schmerz? Keine Frau hinterließ so viele Fragen bei mir.

# ● Ein Traum der kleinen Schlampe

*Luciana*

Der Kontakt zu Luciana blieb weiterhin bestehen. Wir schrieben uns ständig, telefonierten und ich bekam von ihr kontinuierlich aufreizende Fotos geschickt. Dann sandte sie mir eines Tages eine Nachricht mit einem Traum, den sie in der Nacht zuvor hatte:

Ich telefonierte mit meiner besten Freundin und stylte mich gerade etwas.

Da klingelte es an meiner Tür.

Als ich die Tür aufmachte, stand Don davor und grinste mich an.

»Überraschung, meine kleine Schlampe!«

Ich war überrumpelt und wusste nicht, was ich sagen sollte, also kam nur ein »Ääääh, hi« von mir.

Er grinste nur und ließ ein »psst« verlauten.

Beim Hereinkommen legte er mir das Halsband und die Leine an und führte mich ins Wohnzimmer zur Couch. Dort angekommen küsste er mich, indem er sehr sanft meine Lippen berührte.

Als er merkte, dass ich den Kuss erwiderte, fuhr er liebevoll mit der Zungenspitze über meine Lippen, die ich bereitwillig öffnete. Seine Zunge erkundete meinen Mund und spielte mit meiner Zunge.

Während Don mich mit seiner Zunge verrückt machte, spürte ich seine sanfte Hand auf meinem Rücken. Ich fing an, ihm im Nacken zu kraulen, was eine ziemliche Wirkung auf ihn hatte, da sein Kuss sofort leidenschaftlicher wurde.

Die Hände wanderten von meinem Rücken zu meinen Hüften und zu meinen Oberschenkeln. Nach einiger Zeit löste er den Kuss, um mir sanfte Küsse auf den Hals zu geben.

Ich wanderte mit meinen Händen zu seinem Rücken und kratzte ihn leicht. Der Herr verteilte weiter Küsse auf meinem Hals und tastete sich zu meinen Brüsten vor. Während er den Ansatz von meinem Dekolleté küsste, öffnete er die Knöpfe meines Kleides.

Das Kleid war nach kurzer Zeit verschwunden und mein BH folgte noch schneller. Kaum nachdem der BH weg war, nahm er schon eine meiner Brustwarzen in den Mund und fing an, die andere mit seiner Hand zu massieren.

Ich atmete stoßweise, da begann Don Küsse auf meinen Bauch zu verteilen und ich ahnte voller Vorfreude, was passieren würde.

Ich zog an seinem Shirt, um es ihm vom Körper zu streifen. Nachdem es auf dem Boden lag, kratzte ich über seinen nackten Rücken.

»Lass das, meine kleine Schlampe«, wies der Herr mich an.

Ich reagierte nicht sofort, da sah er mich streng an. Mir auf die Unterlippe beißend brachte ich ein »Tut mir leid, mein Herr« heraus.

Seine Küsse wanderten tiefer bis zu meinen Hüften. Dort angekommen, biss er leicht hinein, was mir ein Stöhnen entlockte.

Wenig später zog Don mir meinen Slip aus und ließ sich zwischen meinen Beinen nieder. Der Herr küsste, leckte und knabberte sich um meine Muschi herum, immer und immer wieder, bis ich schon anfing zu zucken und es kaum noch erwarten konnte, ihn endlich zu spüren.

Ich hielt es kaum noch aus und fragte ihn.

»Darf ich bitte kratzen, mein Herr?«

»Nein«, kam es direkt von ihm.

Da leckte er einmal ganz kurz und zart über meine Scham-lippen, was mir ein tiefes Stöhnen entlockte.

Ich krallte mich am Sofa fest. Er sah mir in die Augen.

»Mhmm, du läufst schon aus, da hast du dir eine Beloh-nung verdient.«

Er senkte wieder seinen Kopf und spreizte meine Lippen, um mit der Zunge einzudringen. Ich konnte mich nicht mehr halten, fing lauter an zu stöhnen und vergrub meine Finger in seinen Haaren.

Mit seiner Zunge die Lippen hinauffahrend küsste er mei-nen Kitzler.

»Aaaaaah«, brachte ich nur hervor.

»Du bist richtig schön nass, jetzt hast du es dir verdient, dass dein Kitzler verwöhnt, wird«, sagte er und ließ direkt Taten sprechen.

Er leckte sanft darüber und saugte ihn in seinen Mund.

»Jaaaaa, bitte mein Herr«, gab ich stöhnend seinem Vorha-ben mein Einverständnis.

Er ließ seine Zunge schneller kreisen. Dann hörte er plötz-lich auf.

»Jetzt ist die kleine Schlampe an der Reihe«, sagte er und legte sich auf den Rücken.

Da ich es kaum erwarten konnte, zog ich ihm schnell Hose und Shorts aus.

Ich gab mich nicht lange mit Spielereien ab, sondern wid-mete mich direkt seinem Schwanz. Von der Spitze bis zur Wurzel massierend legte ich direkt Hand an und leckte mit meiner Zungenspitze sanft über seine Eichel, so lange bis ich seinen geilen Lusttropfen spürte.

»Mhmmmm«, kam es von meinem Herrn.

Ich umkreiste seine Eichel mit der Zungenspitze und umschloss ihn mit meinen Lippen.

»Oh Gott, ja...«, bettelte Don.

Ich saugte seinen Schwanz ganz in meinen Mund und fing an, mit den Lippen auf und abzufahren und die Zunge kreisen zu lassen.

Das törnte ihn richtig an.

»Mhmmm, jaaa«, entfuhr es ihm.

Seinen Schwanz wichsend leckte ich danach seine Eier, wo mir ein Stöhnen bei entfuhr, weil ich so geil war.

Überraschend zog er mich am Halsband zurück.

»Immer mit der Ruhe, meine kleine Schlampe«, tadelte er mich.

Doch ich ignorierte ihn.

Die süße Ader an seinem Schwanz fing an zu zucken, da fing ich an mich zu fingern, sodass er es auch schön sehen konnte.

Ich nahm ihn wieder in den Mund und saugte kräftig daran. Er wollte mich noch wegziehen, aber es war schon zu spät.

»Ich komme«, rief er stöhnend, und ich schluckte genüsslich seinen heißen Saft.

Er pumpte mir alles in den Mund und ich genoss es. Nachdem der Herr fertig war, machte ich aber weiter. Ich lutschte, leckte und saugte so lange bis sein Schwanz wieder hart wurde.

Als er wieder stand, zog er mich am Halsband nach oben und ich setzte mich auf ihn. Der Herr stöhnte wieder auf.

»Reite mich, kleine Schlampe«, wies er mich an und kniff mir in meinen harten Nippel.

Seine andere Hand wanderte zu meinem Kitzler und fing an ihn zu massieren. Ich ließ meine Hüfte dabei unbeirrt schneller kreisen.

Don wanderte mit seiner Hand von meinen Brüsten in meinen Nacken und zog mich zu sich herunter.

»Würde der Herr seine kleine Schlampe bitte von hinten ficken?«, flüsterte ich, als ich ihm in die Augen sah.

In seinen Augen blitzte es auf und er veränderte sofort die Position.

»Natürlich, meine kleine Schlampe«, raunte er mir zu.

Ich ging vor ihm in Position und er drang ganz behutsam in mich ein, so verharrte er kurz und ich bettelte darum, dass er mich endlich nehmen würde.

»Was hält der Herr vom Betteln?«, blaffte er mich an.

Ich grinste ihn nur über die Schulter an.

»Nichts, mein Herr.«

Der Herr grinste ebenfalls und das bedeutete nichts Gutes.

»Ganz schön frech, meine kleine Schlampe. Fünf Schläge und du wirst mitzählen.«

»Ja, mein Herr«, sagte ich nur artig, da kam schon der erste Schlag.

»Eins. Danke, mein Herr«, stöhnte ich.

Der zweite Schlag.

»Zwei. Danke, mein Herr«, presste ich hervor.

»Drei. Danke, mein Herr«, murmelte ich nach dem dritten Schlag.

Der vierte Schlag war deutlich fester und mir blieb etwas die Luft weg.

»Vier. Danke, mein Herr«, stöhnte ich lauter und es kam der letzte Schlag.

»Fünf. Danke, mein Herr«, sagt ich außer Atem.

»Braves Mädchen«, sagte er und streichelte über meinen Po.

Ich spürte einen weiteren Klaps auf den Po und er fing an mich zu ficken.

Harte und schnelle Stöße, wie ich es liebte.

Mit der Hand wanderte er meinen Rücken hinauf und packte meine Haare. Er zog daran und fickte mich weiter.

»Jaa«, schrie ich und er kam meinen Wunsch nach.

Ein weiterer Klaps auf meinen Po folgte und seine Stöße wurden härter. Er trieb mich weiter an den Rand des Wahnsinns.

»Darf ich bitte kommen, mein Herr?«, fragte ich, weil ich wusste, dass es sonst Ärger gab.

Er stöhnte nur auf »Die kleine Schlampe darf kommen«, während er mich weiter tief nahm.

»Ich kommeeee...«, entfuhr es mir, als mich das Glücksgefühl überrollte.

Er stieß noch mehrere Mal heftiger zu und ich spürte, wie er ebenfalls in mir kam. Keuchend sackten wir auf der Couch zusammen. Ich kuschelte mich in seine Arme. Der Herr sah mir tief in die Augen und gab mir einen leidenschaftlichen Kuss.

»Na Kleine, hat es gutgetan?«, fragte er, als er den Kuss beendete.

Ich grinste.

»Oh ja!«

»Wieso machen wir nicht weiter?«, meinte er und grinste mich an.

Daraufhin ist die kleine Schlampe wach geworden und brauchte erst mal eine kalte, lange Dusche.

Danke für diesen sehr heißen Traum, mein Herr :-*

Mich erregte ihr Traum unwahrscheinlich und ich beschloss, dass ich sie bald wiedertreffen müsste. Aber zuerst einmal fielen mir ihre vielen Rechtschreib- und Satzzeichenfehler und das brachte mich auf eine Idee. Ich gab meine Enttäuschung darüber bekannt.

»So schlimm?«, fragte Luciana.

»Die Satzzeichenfehler zählt der Herr schon gar nicht.«

»Oh weh, der Herr darf aber nicht vergessen, dass es mein erster Aufsatz war, und in der Schule war ich nieee gut«, jammerte sie.

»Das ist dem Herrn egal. Die kleine Schlampe weiß bestimmt, dass man am Satzanfang großschreibt. Ist der Herr nicht gnädig genug, wenn er die Satzzeichen nicht zählt? Die kleine Schlampe sollte aufhören zu jammern«, schimpfte ich.

»Natürlich, mein Herr. Am Anfang klein geschrieben, oh man da hat die kleine Schlampe echt eins für auf den Arsch verdient«, gestand sie ein.

»Wie ist der Traum denn sonst so?«, schob sie hinterher.

»Der Herr liest und korrigiert weiterhin. Ahnt die kleine Schlampe schon, dass ihr was blüht?«

»Ja, sie ahnt etwas. Für jeden Fehler einen Schlag?«

»Ja. Und 20 weitere Schläge für die bestimmt 40 Satzzeichen und dafür, dass die kleine Schlampe sich vorhin nicht bedankt hat, dass der Herr ihr die Schläge erlässt.«

»Mein Arsch wird bluten, aber bitte nicht zu heftig mein Herr. Ich bin doch noch am Anfang. Danke mein Herr für die Bestrafung.«

»Die kleine Schlampe darf mal raten, wie viele Schläge es insgesamt sind. Wenn sie an 2 mehr oder weniger herankommt, wird ihr die Strafe erlassen.«

»Also die 20 für die Satzzeichen und 20, weil ich frech war und dann kommen noch die Fehler. Ich würde sagen hundert«, gab sie als Tipp ab.

»Der Herr zählt vorsichtshalber noch einmal nach«, meinte ich, weil es sehr nah dran war.

Aber sie hatte Pech.

»Knapp daneben. 104 Schläge sind es, meine kleine Schlampe.«

»Oha, das wird ein langes Wochenende. Ein sehr langes Wochenende. Darf die kleine Schlampe denn um ein wenig Gnade bitten?«

»52 Schläge für jede Seite. Sieht der Herr so aus? Vielleicht kann sie ein paar Schläge mit anderen Dingen auslösen.«

»Natürlich nicht, mein Herr. Das mit dem Auslösen klingt doch sehr gut.«

»Wie weit muss die kleine Schlampe zählen?«

»Sie muss alle 104 Schläge zählen, mein Herr«, rechnete sie aus.

»Und was passiert, wenn sie sich verzählt?«, fragte ich.

»Dann gibt es weitere Schläge, mein Herr«, hoffte sie.

»Dann fängt die kleine Schlampe von vorne an«, verkündete ich trocken.

»Danke, mein Herr. Darf die kleine Schlampe fragen, wie es dem Herrn denn sonst gefallen hat?«

»Der Traum klingt sehr anregend. Vielleicht erfüllt der Herr die Wünsche der kleinen Schlampe, die darin verborgen sind.«

»Das wäre sehr schön, mein Herr. Freut mich, wenn es dem Herrn gefallen hat. Darf die kleine Schlampe sich Wundschutzcreme mitnehmen?«, fragte sie vorsichtig.

»Das kann die kleine Schlampe machen«, gab ich ihrem Wunsch nach.

Das würde sicherlich ein aufregendes Wochenende werden. Und für Luciana gab es viel zu lernen, dabei hatte sie wenige Monate zuvor noch über die Dates gelächelt und mittlerweile war sie in einer ähnlichen Position.

Bevor wir uns trafen, musste ich jedoch geschäftlich verreisen.

## ● Krankenpflege im Hotelzimmer

Ich seufzte. Es war Anfang September und ich dachte daran, dass ich noch für drei Tage nach Frankfurt musste. Es war arbeiten angesagt und ich hatte am Abend kein Date.

Es wäre toll gewesen, wenn ich wenigstens im Hotel Besuch bekäme, und ich musste an Kimberly denken, die ich vor einigen Wochen getroffen hatte.

Ich schaute mich ein wenig auf den Datingplattformen um, bei denen ich angemeldet war und suchte nach Dates in der Region. Dabei fiel mir Layla auf und ich schrieb sie an. Sie kam direkt aus der Gegend und hatte in der Woche Zeit.

*Manchmal muss man nur Glück haben,* dachte ich.

Ihre Fotos waren sehr ansprechend. Wir schrieben also einige Zeit hin und her und die Woche rückte näher. Am Wochenende vorher wurde ich krank. Ich war ziemlich erkältet. Vor der Arbeit konnte ich mich jedoch nicht drücken.

Ich schrieb Layla, dass ich krank sei, aber sie wollte mich trotzdem sehen. Weil es gerade so schön passte, machte ich ihr den Vorschlag, dass sie mich ja »gesund pflegen« könnte.

»Das passt ja, ich bin eine sehr fürsorgliche Krankenschwester mit speziellen Behandlungsmethoden«, bekam ich von ihr als Antwort.

Ich konnte mich also auf das Date freuen.

Wir verabredeten uns für den dritten Abend. In den Tagen vor dem Treffen schrieben wir regelmäßig. Mit meinem Hotel und dem Zimmer hatte ich wieder Glück: Ich hatte zwar ein Einzelzimmer aber zwei Betten. Und meine Arbeitskollegen waren glücklicherweise in einem ganz anderen Hotel. Meine Erkältung wurde nicht wirklich besser.

Es regnete an diesen Tagen in Strömen und ich musste mehrere Termine zu Fuß erledigen.

Am zweiten Abend schrieb ich Layla eine Nachricht: *Der zu behandelnder Patient liegt im Zimmer 345. Wenn du den Fahrstuhl nimmst, musst du rechts und danach ganz durch, die weiteren Zimmer liegen hinter einer weiteren Tür.*

Ich ahnte jedoch, dass sie es nicht sofort finden würde, weil es einfach viel zu versteckt war.

Am diesem Abend war ich vorher mit den Arbeitskollegen Essen und schaute öfters nervös auf die Uhr. Ich hatte den beiden zwar gesagt, ich hätte noch ein Date. Aber ich musste ihnen ja nicht auf die Nase binden, dass es um Sex ging, bzw. um den Patienten »gesund zu pflegen«.

Wie ich befürchtet hatte, fand sie das Zimmer nicht gleich. Es war bereits eine Viertelstunde vergangen und ich fing gerade an zu zweifeln, dass sie überhaupt noch kommen würde.

Dann klopfte es endlich an der Tür.

Ich öffnete und Layla trat herein. Sie war fast so groß wie ich und lächelte mich voller Erwartung an. Ihre gelockten Haare trug sie hochgesteckt.

»Das ist hier aber schwer zu finden", sagte sie lächelnd und ich musste grinsen.

»Hier ist schon mal meine Praxisgebühr«, meinte ich und gab ihr einen kurzen Kuss.

»Wie geht's dem Patienten denn?«, fragte sie.

»Es könnte schlimmer sein aber für deine Behandlung werde ich fit sein«, sagte ich grinsend.

Wir begaben uns aufs Bett und sie beugte sich über mich, um sich für den Begrüßungskuss zu revanchieren. Ohne zu zögern, zog sie anschließend ihr Oberteil und ihre Hose aus.

»Wir brauchen es ja für den Patienten nicht unnötig anstrengend machen.«

Ich folgte ihrem Beispiel und zog T-Shirt und Jeans aus. Wir lagen nur noch in Unterwäsche auf dem Bett und Layla suchte sofort wieder die Nähe.

Sie liebkoste und küsste mich.

Mittlerweile war sie genau über mir. Ich tastete mit den Fingern auf ihrem Rücken und versuchte ihren BH zu öffnen. Aber ich bekam es nicht so schnell hin, wie ich es wollte.

*Ausgerechnet drei Haken*, dachte ich.

Zwei hatte ich schon offen, da kam ihr Kommentar.

»Soll ich helfen?«, fragte sie grinsend.

»Nein, das funktioniert sonst auch«, gab ich hochkonzentriert zurück und hatte endlich den verfluchten dritten Haken gefunden.

Ihre großen Brüste waren endlich befreit. Ich warf den BH vom Bett und widmete mich mit einer Hand ihrer Oberweite, um sie zu kneten. Mit der anderen Hand holte ich aus und schlug ihr auf den Po.

»Der Patient ist aber schon ganz schön frech«, kam es von ihr mit einem verruchtem, bösem Blick zurück.

Das hielt mich jedoch nicht auf. Ich lutschte ihren großen Nippel und saugte daran, bis er hart war.

Layla stöhnte laut auf, als hätte ich gerade mein Schwanz in ihre nasse Pussy gerammt.

»Scheint der Schwester aber zu gefallen. Ich dachte, sie wollte mich verwöhnen?«

Ihre Antwort darauf war ein fester Griff in meinen Schritt. Man konnte der Boxershorts schon ansehen, dass ich sehr geil war.

»Das ist aber ein Teil meines Patienten sehr gut zufrieden.«

Ich liebkoste weiter ihre weichen Brüste und ließ es mir nicht nehmen, ihr noch einen Klaps auf den Arsch zu geben.

Es folgte ein weiteres Stöhnen von Layla.

Meine Hand wanderte beharrlich über ihren Bauch, welcher an der Seite mit einem großen Tattoo verziert war, zu ihren Stringtanga. Sie drehte sich auf dem Bett, sie lag nun quer und ließ den Kopf aus dem Bett hängen. Ich küsste ihre Titten und schob mit einer Hand den String zur Seite, um in sie einzudringen und vorsichtig zu fingern.

Meine Küsse wanderten herunter bis zur ihrer Pussy. Layla hatte die Beine hochgenommen und streckte mir sie mit samt ihrem Po entgegen. Diese Einladung konnte ich nicht ablehnen.

Ich riss ihr den Tanga herunter und meine Zungenspitze erkundete ihren feuchten Schlitz. Layla zog die Beine noch weiter an und ihr Stöhnen wurde gleichmäßiger, als ich mit meiner Zunge ihre Perle massierte. Ein paar Mal ließ ich meine Zungenspitze in ihr Allerheiligstes eintauchen, dann wechselten wir die Positionen und sie zog mir etwas ungestüm die Boxershorts aus.

Mein harter Phallus sprang heraus.

»Der ist aber schon gut zufrieden«, kommentierte sie sehr trocken.

Ihre Hand strich erst vorsichtig über ihn, also würde er sie beißen, danach umfasste sie ihn aber hart und wichste ihn. Ich stöhnte laut auf und hatte das Gefühl, dass er gleich explodieren würde.

»Ein schöner großer Schwanz für so einen kranken Patienten.«

Ich brachte bei ihrem Wichsen kaum einen Laut heraus. Im Nachbarzimmer ging die Tür, welches uns nicht groß irritierte. Layla drehte sich etwas, streckte mir ihre Pussy entgegen und umschloss meinen Schwanz mit ihren Lippen, um ihn genüsslich zu blasen.

*Die richtige Behandlung für einen kranken Patienten,* schoss es mir durch den Kopf und ich krallte mich mit den Händen im Bettlaken fest.

So heftig wurde mein Schwanz lange nicht mehr liebkost. Mit ihrer Zungenspitze schlug sie während den Pausen immer von neuem die Eichel und setzte wieder an, um ihn mit den Lippen in fast ganzer Länge zu verwöhnen. Meine Hand schob sich unterdessen in ihren Schritt und rieb ihre Perle.

»Dem geht's jetzt richtig gut«, kommentierte sie die Situation frech und setzte sich anschließend auf mich.

Layla rieb meinen Ständer zuerst mit ihrer Vulva. Dann beugte sie sich nach vorne, nahm meinen Schwanz zwischen ihre Brüste und fickte ihn damit. Dabei blickte sie mich mit ihren großen Augen an und rutschte vor und zurück. Ihr lasziver Blick feuerte meine Geilheit weiter an. Mit meiner Hand durch ihre Haare streichend beobachtete ich sie fasziniert dabei.

Sie drückte ihre Titten noch fester zusammen und beobachtete selbst, wie sich mein Schwanz durch ihren Busen bohrte.

»Ziemlich groß, den bekommst du nicht ganz in deinen Mund«, forderte ich sie heraus.

»Ich kann's ja noch mal versuchen«, entgegnete sie.

Sie rutschte nach unten und nahm meinen Schwanz mit ihren zarten Lippen auf. Ich sollte jedoch recht behalten. So sehr sie es versuchte, sie bekam ihn nicht ganz in ihren gierigen Schlund.

»Das klappt nicht. Ich habe da ne bessere Idee.«

Sie beugte sich aus dem Bett, holte ein Gummi, nahm es in den Mund und rollte es mir mit ihren Lippen über meinen Schwanz.

*Die Frau ist einfach der Knaller.*

Sich erneut auf den Rücken legend zog sie die Beine hoch.

*Ich liebte diese Stellung, ob sie das wusste.*

Ich stieß mit meinem Schwanz gleich hart in ihre Pussy und sie stöhnte laut auf. Ihr Kopf war außerhalb des Betts und ich konnte nur sehen, wie mit jedem Stoß ihre großen Titten wippten.

*Ein absolut geiler Anblick.*

Ich nahm sie schneller und härter. Ihr Stöhnen wurde lauter und ich wusste, dass man sie mit Sicherheit zwei Räume weiter hören würde.

»Jaaaa... jaaaa... ohh... jaaa... weiter...«

Immer wieder bohrte ich mich in ihr Allerheiligstes, während ihre Brüste mir den Takt zeigten. Zwischendurch wurde ich etwas langsamer, ließ sie aber nicht zu Ruhe kommen. Ihre Schreie hallten durch das Hotelzimmer, mein Becken klatschte im gleichmäßigen Rhythmus an ihren Po. Ich spürte, wie mein Schwanz langsam pulsierte, die Geilheit ins Unermessliche stieg und ich mit dem letzten Stoß tief in ihrer Pussy kam.

Mein Herz raste und ich war völlig außer Atem.

»Na geht's meinem Patienten jetzt besser?«

»Es geht, noch nicht sehr viel«, meinte ich grinsend, »aber du bist ja noch etwas hier.«

Wir kuschelten uns zusammen aufs Bett. Ich konnte es jedoch nicht lassen und massierte nach ein paar Minuten mit meinen Händen ihre weichen Brüste. Es folgten einige wilde fordernde Küsse und ich zog Layla zu mir und versenkte meine Finger in ihrer nassen Pussy. Ihre Lust war geweckt und ihre Hand wichste zärtlich meinen Schwanz. Es dauerte nicht lange, da lag ich erregt neben ihr und sie schaute mich beim Wichsen verblüfft an.

»Dem geht es ja schon wieder gut, das ging ja schnell.«

Sie gab mir einen kurzen Kuss und grinste.

»Dann kann sich die Schwester mit ihrem Fickmaul noch einmal um den Ständer kümmern«, entgegnete ich zufrieden.

Layla packte fest zu. Ich stöhnte noch lauter.

»Die Schwester entscheidet eigentlich, welche Behandlung die beste ist«, sagte sie frech und ich hatte das Gefühl, als wenn ihre Augen bei dieser Aussage aufblitzten.

Sie wichste meinen Schwanz jetzt noch schneller, beugte sich aber anschließend nach unten und umschloss ihn mit ihren Lippen. Ein geiles Gefühl, wie sie blies. Sie saugte ihn förmlich aus. Ich drückte ihren Kopf dabei fordernd hinab.

»Ist wohl wirklich zu groß für deinen hübschen Mund«, stöhnte ich neckisch.

Sie kam zu mir hoch, holte ein weiteres Gummi und zog es mit ihrem Mund über.

»Aber nicht für meine Pussy. Und ich will es von hinten. Also nimm mich Doggy, das mag ich eh am liebsten«, konterte sie.

Sich auf allen Vieren platzierend streckte sie mir ihren Po entgegen. Das ließ ich mir nicht zweimal sagen und stieß in ihre geweitete Vulva. Layla hatte allerdings die Hände auf dem einem Bett und ihre Unterschenkel auf dem anderen. Die Betten waren nur lose zusammengestellt. Ich nahm sie gleich hart ran und umso härter ich sie fickte um sie weiter rutschten die Betten auseinander.

Ihr Stöhnen war noch lauter als beim ersten Mal. Unser Spiel wurde jedoch schnell beendet. Bevor sie ganz vom Bett rutschte, wechselten wir die Stellung. Während ich die

Betten zusammenschob, zeigte sie mir wieder die Kerze, die Beine hoch und wartend, um aufspießt zu werden.

Als ich in sie eindrang, wurde die Stille im Zimmer unterbrochen durch ihr Stöhnen und dem Klatschen auf ihren Arsch. Sie lag so ungünstig, dass die Betten wieder auseinander rutschten.

»Reite mich, das habe ich am liebsten«, scherzte ich.

Layla setzte sich auf meinen Schwanz und ließ ihn in ihr Allerheiligstes ein.

Ich stöhnte laut auf.

*Genauso liebe ich es. Eine enge Pussy, die meinen Schwanz reitet, meine Lippen an ihren geilen Nippeln und meine Hände, die sich in ihrem Po vergraben.*

»Mhhhhhhm, mhhhhmmm...«, stöhnte sie.

Ich schlug ihr mit der Hand auf den Arsch.

Ein lauter Stöhner.

Sie ritt mich weiter.

Noch ein Schlag.

»Kratz mich, Schwester«, bettelte ich.

»Jaaaa...«, stimmte sie zu und ließ ihre Fingernägel über meine Brust fahren. Ich spürte die Kratzer und wurde dadurch noch geiler. Ihr Ritt wurde schneller und ich gab ihr erneut einen ordentlichen Klaps, dass es richtig laut knallte.

»Auuutsch! Ist gut jetzt«, kam es überraschend von ihr.

Frech grinsend bekam ich als Antwort ihre Krallen zu spüren. Irgendwann konnten wir nicht mehr, sie rutschte nach unten und saugte weiter. Meine Brust hatte bereits viele rote Striemen.

»Der Patient ist heute aber sehr ausdauernd«, meinte sie, aber ich führte ihren Mund wieder zu meinem Schwanz.

»Nimm ihn in den Mund und sei still«, sagte ich sehr bestimmend.

Ich wollte noch einmal kommen, am besten in ihrem Schlund. Layla hielt das aber nicht durch und nahm wieder ihre Hand zu Hilfe. Sie wichste ihn noch schneller und heftiger als zuvor.

Ich stöhnte und genoss ihren harten Griff.

»Kratz mich gefälligst«, hauchte ich nur.

Ihre lackierten Fingernägel setzten oberhalb meiner Brust an und zogen vier Streifen nach unten. Ein weiterer Kick und ich war kurz davor.

»Nochmal, du Sau!«

Ich war mehr als geil und konnte mich nicht mehr zurückhalten.

*Gleich würde es soweit sein, noch ein wenig.*

Layla ließ los und saugte mit ihrem Mund weiter, während ihre Hand meine Eier massierte. Meine Hand stieß ihren Kopf unaufhörlich wieder nach unten.

»Mhhhhm, oooooarrr...«, stöhnte ich und spritzte ihr meinen Saft in ihren Mund.

Sie schluckte und leckte meinen Schwanz sauber.

»Jetzt geht's dem Patienten aber gut?«, meinte sie grinsend und legte sich neben mich.

»Oh, ja!«, brachte ich nur völlig außer Atem hervor.

Nachdem wir uns wieder halbwegs beruhigt hatten, sammelte sie ihre Kleidung auf.

»Du weißt ja, ich habe Frühschicht« meinte sie und ging kurz ins Badezimmer.

Ich blickte ihr nach.

*Ja, das war ein Abenteuer nach meinem Geschmack. Schade, dass ich etwas angeschlagen war. Sonst hätten wir das wiederholen können.*

Als sie wieder zurückkam, schaute sie mich streng an.

»Das ist jetzt nicht wahr?!«

»Hmm?«, fragte ich unwissend.

»Guck dir mal bitte meinen Po und die roten Striemen an.«

Ich grinste frech.

»Ich habe nen Freund, da kann ich mir jetzt wieder was einfallen lassen.«

Ich schaute sie sprachlos an.

Das hatte sie vorher nicht gesagt. Aber mich schockierte das mittlerweile eh nicht mehr. Im Gegenteil, ich musste mich zusammenreißen, um nicht zu lachen.

Mit dieser Situation hätte ich niemals gerechnet, also drehte ich mich weg, um mein Grinsen zu verbergen.

Layla suchte ihre restliche Kleidung zusammen und zog sich an. Wir verabschiedeten uns an der Hotelzimmertür mit einem Kuss.

*Vielleicht würden wir uns noch einmal wiedersehen,* dachte ich mir. *Nein, sie ist sauer, weil ich so frech war. Das wird nichts.*

Und damit sollte ich recht behalten.

Eine Woche später stand aber ein anderes, aufregendes Date bevor. Zum Glück war ich bis dahin wieder genesen.

# ❥ Erziehung einer Latina Lady

Es war Freitagnachmittag und ich saß im Büro. Am nächsten Tag sollte ich abends Besuch von Sharina bekommen. Sie wollte über Nacht bleiben. Bislang hatte ich mir ein paar Gedanken gemacht aber alles Organisatorische auf den Samstag verschoben. Dann kam die SMS.

»Hey Don, wollte Bescheid sagen, dass ich erst um 22 Uhr komme. Und am nächsten Tag morgens um 10 spätestens wieder wegmuss.«

Wir schrieben zwei, drei weitere SMS und Sharina meinte, sie könnte auch heute kommen und dafür am Samstagmorgen länger bleiben. Ich willigte ein, weil ich eigentlich etwas von der Nacht haben wollte und mir es besser gefiel, dass wir keinen Zeitdruck hatten.

Dafür hatte ich nun Zeitdruck.

Ich machte pünktlich Feierabend, verschob das Treffen auf 21 Uhr, kaufte noch etwas ein, besorgte Brötchen für den nächsten Morgen und machte mich auf den Heimweg. Zuhause räumte ich kurz auf, kümmerte mich ums Bad und machte mich fertig.

Um 20 Uhr schaffte ich es eine Kleinigkeit zu essen und die Wohnung etwas gemütlich zu gestalten. Ich verteilte Teelichter, zündete diese an und versteckte meine Spielzeuge für unser geiles Sexabenteuer dezent neben dem großen Sofa.

Sharina war südländischer Abstammung, was man ihr auch direkt ansah: schwarze lange Haare, dunkle Augen und ein hübsches Gesicht. Sie hatte noch nicht die Erfahrung wie ich, war aber sehr an neuen Dingen interessiert.

An welchen genau? Es ging wieder Richtung D/s.

Eine devote Latina ohne Erfahrung.

Ich freute mich darauf, ihr etwas Neues beibringen zu dürfen, wollte mich aber erst einmal zurückhalten. So hatte es in Vergangenheit meistens auch gut begonnen. Um 21 Uhr kam eine SMS, dass sie sich verspäten würde. Die erste Steilvorlage für eine Strafe.

Ich grinste.

Während die Minuten verstrichen, schaute ich stetig aus dem Fenster. Irgendwann hielt ein Auto an der Straße und ein paar Minuten später klingelte es an der Tür.

Ich öffnete.

»Hey, ich bin Sharina«, lächelte sie.

»Hey! Don. Komm rein!«

Ich führte sie ins Wohnzimmer, nachdem sie die Schuhe schon auf dem Flur ausgezogen hatte.

»Schön hast du es hier. Ist das deine Wohnung?«

»Mein Haus«, korrigierte ich und lächelte.

»Darf ich dich heiraten?«, fragte sie trocken.

Wir mussten beide lachen.

Ich nahm ihr den Mantel ab und hängte ihn im Flur auf.

»Trinkst du einen Sekt mit?«

Sharina stimmte zu, ich holte den Sekt aus dem Kühlschrank und öffnete ihn.

»Gefalle ich dir?«, fragte sie mich interessiert und ich blickte sie daraufhin erst einmal an.

*Natürlich gefiel sie mir. Sie war hübsch, hatte eine normale Figur und ich tippte darauf, dass sie auch sehr schöne Brüste hatte. Sie war sehr schick gekleidet und trug schwarz.*

Ich kam mir mit meinen Jeans und dem Pulli schon etwas underdressed vor. Dabei wollte ich extra kein Hemd anziehen, weil das einfach zu viel Aufwand beim Ausziehen war. Nachdem ich uns Sekt eingeschenkt hatte, setzte ich mich mit auf das Sofa.

Wir rauchten eine Zigarette und redeten einige Zeit über alle möglichen Themen. Sharina war sehr nervös und ich spürte, dass es mit der Zeit etwas besser wurde.

»Du hast echt schöne Lippen«, kam es von ihr und ich freute mich, dass ich anscheinend ihr Geschmack war.

*Aber warte erst einmal auf meinen Schwanz,* musste ich denken.

Sie blieb trotzdem auf Abstand, also ergriff ich die Initiative. Ich zog sie zu mir und gab ihr einen sanften Kuss. Sie gar nicht zu Wort kommen lassen hielt ihr Gesicht und gab ihr einen weiteren Kuss. Bei den nächsten Küssen gab es eine Antwort von ihr.

Erst zaghaft, aber dann wurde sie schnell fordernd. Es dauerte nicht lange, da spürte ich ihre Zunge. So machte das Küssen mit ihr richtig Spaß. Ich griff ihr an den Po und streichelte ihren Körper, während wir uns bedachtsam nach hinten fallen ließen.

Unsere Küsse wurden noch wilder.

Ich biss ihr leicht auf die Unterlippe, meine Hand kniff ihr unterdessen in den Po. Wenige Minuten später streichelte ich ihre Brüste durch das Oberteil.

Da wir quer auf dem Sofa lagen, zog ich Sharina mit auf die große Fläche. Ich wollte mehr und sie ließ nicht von mir ab, sodass sie mich mehr und mehr erregte.

Ihre Lippen mussten erneut dran glauben und wurden von mir angeknabbert. Dann wanderten meine Küsse lustvoll über ihren Hals. Mein Bein hatte inzwischen ihre Beine geteilt und massierte ihre Pussy.

Sie wurde nun endlich frecher.

Ihre Hände wanderten zu meiner Hose und massierten meinen Schwanz. Das dieser hart war bei unseren geilen Küssen, konnte sie sich bestimmt denken.

»Jetzt wird die kleine Drecksau aber frech«, neckte ich.

Sie blickte mich scheu an.

»Dem Herrn gefällt es, komm rauf«, forderte ich sie auf.

Ich schob Sharina auf mich und küsste sie. Ihre schöne schwarze Mähne fiel mir ins Gesicht. Jetzt musste ihr Oberteil dran glauben. Sie half nach und zog es aus. Es folgte ihr glänzendes Top. Ich tat mich damit etwas schwer. Als es auf dem Sofa lag tauchte ich mit meinem Gesicht in ihre weichen Brüste eintauchen, saugte an ihren großen Nippeln und knetete sie.

Wir küssten uns erneut und ließen dabei den anderen die Geilheit spüren. Ich zog mich hoch, sodass wir beide aufrecht saßen und sie zog mir meinen Pulli aus. Ihre Hände erkundeten gleich meinen nackten Oberkörper.

Beim Küssen biss ich ihr in den Hals und in ihre Titten. Auf dem Regal nebenan tastete ich nach dem Halsband und öffnete die Schnalle.

Ich versuchte ihre schwarze Mähne zu bändigen, um ihr das Halsband anzulegen. Das gelang mir aber nicht, weil sie über mir war und auch noch eine Halskette trug.

»Leg dich auf die Seite«, befahl ich ihr.

Sie gehorchte.

Über die weiche Haut ihres Oberkörpers streichelnd schob ich ihre Haare zur Seite, um den Hals freizulegen.

Wieder ein Kuss auf ihren Hals.

Jetzt konnte ich ihre Kette von ihrem Hals lösen. Ich legte ihr das Halsband an und musste feststellen, dass ich es gar nicht eng genug festschnallen konnte. Es war ja ihr erstes Mal, dass sie sich so hingab. Also fand ich es nicht schlimm, ihr noch etwas Freiheit zu gewähren. Sie legte sich auf die Seite und ich schmiegte mich an ihren Rücken. Mit meinen Händen knetete ich ihre schönen weichen Brüste.

Sharina hatte die Augen geschlossen, bat mir aber ihren Mund zum Küssen an. Meine Hand massierte bereits ihre Klitoris durch die Hose. Sie zog die Hose etwas herunter, so konnte ich unter ihren String die weiche Vulva erkunden.

»Komm ausziehen, meine kleine Drecksau«, befahl ich ihr.

Sie tat, wie ich ihr auftrug. Ein paar Zungenküsse später griff ich zum Regal und holte die Leine für das Halsband. Der Haken rastete am O-Ring ein und Sharina grinste.

»Was grinst das kleine Miststück«, fragte ich böse und schlug ihr mit voller Wucht auf den Arsch.

»Tut mir leid.«

»Tut mir leid, was? Das heißt: Tut mir leid, Herr.«

»Tut mir leid, Herr.«

»Sehr schön. Ich sehe, du lernst.«

Mit Leine und Halsband sah sie gleich noch besser aus. Ich zog sie an der Leine zu meiner Hose.

»Ausziehen, und zwar alles«, fuhr ich sie an.

Sharina öffnete die Knöpfe meiner Jeans und zog sie etwas umständlich aus. Ich hätte ihr eine Zeit vorgeben sollen. Dann folgte meine Boxershorts. Ihre Augen blitzten auf, als sie meinen Schwanz sah. Sie hatte nur noch Augen für ihn und begann ihn gleich zu wichsen.

*Hatte ich ihr das erlaubt?*

Da war aber noch etwas anderes. Ich holte aus und schlug auf ihren Arsch, weil sie brav neben mir kniete und ihn mir hinhielt. Danach erst zog ich sie mit der Leine zu mir.

»Alles ausziehen hatte ich gesagt.«

Sie schaute mich verdutzt an.

»Die Socken auch, Fräulein.«

Ich ließ sie kriechen und sie zog mir die Socken aus.

»So ist gut. Und jetzt kümmerst du dich um den Schwanz des Herrn, weil ich es möchte.«

»Hat der Herr auch Kondome?«

Ich schob ihr die Schale zu, die auf dem Regal stand. Beim ersten Mal schaffte sie es sehr schnell, das Gummi über meinen Schwanz zu rollen. Ich zeigte ihr den Weg mit der Leine und Sharina fing brav an, meinen Schwanz mit ihrer Mundfotze zu verwöhnen. Unablässig ließ sie meinen prallen Schwanz in ihren Mund gleiten.

Ich spürte den Druck.

Blasen konnte sie.

Sie hörte gar nicht mehr auf und ich genoss es, sie dabei zu beobachten. Meine Fingernägel bearbeiten unterdessen ihre Pobacken. Sie würde sogleich ihre erste Strafe bekommen. Irgendetwas würde sie nicht zu meiner Zufriedenheit erledigen. Auch wenn sie gerade blies wie eine Göttin.

Ihre hübschen Brüste wippten bei jedem Stoß mit. Das konnte ich kaum mit ansehen und packte zu, um sie zu kneten.

»Blasen kann die kleine Drecksau aber«, stöhnte ich.

Sharina holte Luft.

»Danke, Herr.«

*Noch ein bisschen und du machst mich irre, kleine Latina,* dachte ich.

Ich zog sie von meinem Schwanz weg.

»Komm, aufsitzen meine kleine Schlampe.«

Aber Sharina hatte ihn erneut im Mund. Unglaublich.

Es klatschte auf ihrem Po und im nächsten Augenblick zog ich sie mit der Leine bis ganz zu mir nach oben. Ich schaute in ihre dunklen Augen.

»Reit mich, habe ich gesagt.«

»Ja, Meister«, flüsterte sie grinsend.

Sie setzte sich auf mich und ließ meinen Schwanz Stück für Stück in ihre Pussy. Und dafür gab es auch einen Grund: Sie war verdammt eng!

Ich stöhnte auf und irgendwann war es geschafft. Er war bis zum Anschlag in ihrem engen Allerheiligsten. Sie beugte sich zu mir, das Gesicht genau über mir.

Wir küssten uns und Sharina ritt mich, erst ganz zaghaft, dann mit kreisenden Bewegungen.

*Eine wirkliche Latina.*

»Ist der Schwanz des Herrn wohl doch etwas sehr groß für dich?«

»Ja Herr, unglaublich groß«, stöhnte sie.

Ihre Bewegungen wurden schrittweise schneller. Sie schob ihr Becken ununterbrochen auf und ab. Einer meiner Hände hielt die Leine, die andere kratzte ihren Po auf und gab ihr zwischendurch einen Klaps. Sharinas Bewegungen wurden schneller, ihr Stöhnen lauter.

Ich zog an der Leine.

»Stop!«, fuhr ich sie an.

Sie gehorchte. Ich grinste frech. So schnell würde sie hier nicht kommen. Kurz danach ließ ich sie weitermachen. Nicht mal 30 Sekunden später stoppte ich sie wieder.

»Anhalten, meine Drecksau.«

»Ich komme gleich schon, Herr!«

»Du hast mich zu fragen, bevor du kommst. Haben wir uns verstanden?«

»Ja, Meister.«

Ich vergrub mein Gesicht zwischen ihren Brüsten und biss sie, während sie mich einige Minuten weiterhin ritt.

»Stopp, meine Drecksau.«

Ihr Stöhnen war mir etwas zu laut geworden. Nach dieser Pause ließ sie sich extrem an mir aus. Ihre Bewegungen wurden von Mal zu Mal schneller und ihr Stöhnen noch lauter. Ich nahm ihre Haare zusammen und zog sie nach hinten. Sie musste mir in die Augen schauen und ich konnte es sehen.

Sie war schon gekommen.

*Kleine Drecksau. Sie hatte nicht gefragt.*

Sie ritt mich brav weiter und tat so, als wenn alles in Ordnung wäre. Ich gab ihr einen Klaps auf den Arsch. Unentwegt hatte sie ihre Hände an meinem Schwanz und meinen Eiern.

»Herr, ich glaube das Kondom ist abgerutscht.«

Sie ließ meinen Schwanz heraus und machte sie daran, gleich ein neues zu öffnen und es über meinen Schwanz zu ziehen. Aber sie brauchte lange dafür. Nach zwei Minuten hatte sie es endlich geschafft.

»Das hat aber gedauert, meine Drecksau«, beschwerte ich mich.

Ich zog sie mit der Leine und dem Gesicht zu meinem Schwanz.

Sie wusste, was ich wollte, und so nahm sie ihn brav in ihren Mund und begann ihn zu ficken. Hart war er immer noch. Und ich war noch nicht gekommen. Ich musste aufstöhnen, weil es kaum auszuhalten war, wie sie in blies.

»Aufsitzen, meine kleine Drecksau.«

Sharina setzte sich breitbeinig auf meinen Schwanz und ließ ihn wieder Stück für Stück hinein. Sie wollte damit beginnen, mich zu reiten.

»Stopp!«, fuhr ich sie böse an.

Ich zog sie zu mir nach oben und blickte in ihre Augen.

»Zehn Schläge dafür, dass das so lange gedauert hat.«

Der erste Schlag kam sofort nach der Ankündigung.

»Eins«, zählte ich an.

Der nächste Schlag.

»Zwei«, kam es von mir.

Der nächste Schlag.

»Ab jetzt zählst du.«

»Drei, mein Herr.«

»Vier.«

Und noch einmal klatschte es auf ihrem Arsch.

»Fünf.«

»Vier.«

»So wird nicht gezählt. 20 weitere Schläge, damit du es lernst meine Drecksau.«

Sie fing aber wieder an rückwärts zu zählen.

»Zwanzig.«

»Neunzehn.«

»Achtzehn.«

Ich schlug jetzt ordentlich zu, weil sie mich wütend machte.

»Siebzehn.«

»Sechzehn. Herr, es tut jetzt aber schon sehr weh.«

»Das ist ja Sinn und Zweck, mein kleines Miststück«, sagte ich verärgert.

Die weiteren Schläge bis 11 nahm sie ohne Worte hin. Dann folgte die andere Seite. Auch hier wieder zehn Schläge.

Und weil ihre dumme Zählweise bei 1 endete, gab es noch einen extra Schlag.

»Null«, sagte sie und schaute dabei etwas verwirrt. Ich amüsierte mich köstlich.

»Du zählst vorwärts, haben wir uns verstanden?«

»Ja, Meister.«

Ich zog sie zu mir und gab ihr einen Kuss. Ihr Becken fing allmählich an wieder meinen Schwanz zu verwöhnen.

*Diese enge Pussy macht einen nur noch geiler*, dachte ich.

»Die Drecksau macht sich ganz gut, sie bekommt vielleicht später eine Belohnung«, lobte ich Sharina.

»Danke, Herr!«

Sie ritt mich ausgelassen weiter. Ich küsste und liebkoste ihre großen Brüste. Sharina stieß meinen Schwanz aber wieder so ausgelassen, dass das nächste Kondom dran glauben musste.

Sharina griff hastig in die Schüssel, öffnete noch eines und zog es über meinen Schwanz. Dann rutschte sie nach unten und wichste mir meinen Schwanz. Ich griff neben das Sofa und suchte die Handfesseln, kam aber nicht daran, weil sie auf dem Regal lagen.

»Meine Drecksau, gib mir mal die Handfesseln!«

Sie wartete darauf, was jetzt kam.

»Ich habe nicht gesagt, dass du aufhören sollst.«

»Tut mir leid, Herr!«

Sharina nahm ihre andere Hand, während ich die Handfesseln an einer Hand anlegte. Danach tauschten wir die Hände.

»Herr, Sie brauchen größere Kondome.«

»Das brauchte ich bislang auch nicht. Die kleine Drecksau hat wohl eine zu enge Pussy. Und frech ist sie auch. Ich will sie beim nächsten Ritt nicht sehen. Dreh dich um, zeig mir deinen geilen Arsch.«

»Ja, Herr.«

Sie drehte sich um und setzte sich mit den Rücken zu mir auf meinen Schwanz. Ihr schwarzen lange Haare reichten fast bis zum Po.

Ein wunderschöner Anblick.

Und der pralle Arsch war die Krönung. Ich spürte, wie sie mich in ihr Allerheiligstes einließ.

»Die kleine Drecksau darf sich jetzt richtig austoben.«

Das ließ Sharina sich nicht zweimal sagen. Sie beugte sich zu meinen Füßen herunter und stützte sich dort mit Händen ab. Und anschließend verwöhnte sie meinen Schwanz bis zum äußersten. Ihr Arsch wippte auf und ab, sie rutschte mit dem Becken vor und zurück. Ihr Stöhnen wurde vehement lauter.

Meine Hände bearbeiten die ganze Zeit ihren prallen Arsch. Aber ich wollte es eigentlich anders. Ich nahm die Leine in die eine Hand und ihre Haare in die andere Hand. Sharina bekam zu spüren, dass ich wollte, dass sie aufrecht saß und mich ritt.

»Und jetzt die Hände auf den Rücken, kleine Drecksau.«

Ich ließ die Karabiner einrasten und Sharinas Hände waren auf dem Rücken fixiert. Während sie mich ritt, hielt ich sie an der Leine und knetete ihre Brüste.

Es war einfach ein Traum: Mein Schwanz wurde von einer engen Pussy massiert, ich schaute auf einen geilen Arsch, gefesselte Hände und zur Krönung hatte ich ihre schönen Titten in der Hand.

Sharinas Stöhnen wurde irgendwann so laut, dass sie das nächste Mal gekommen sein musste. Da die Fesseln auf der einen Seite nicht eng genug waren, konnte sie sich davon lösen. Sie beugte sich wieder nach vorne und ließ mich nicht zur Ruhe kommen.

»Wenn du dich schon selbstständig machst, kannst du wenigstens dabei meine Eier massieren, kleine Drecksau.«

»Nur leicht, Herr? Oder fester?«

»Fester...«, forderte ich.

»Gerne, Herr.«

Und ich konnte sofort spüren, wie sie sich kümmerte. Ich spürte ihre Hand, die noch die Fessel trug, weil ich das kalte Metall an meinen Hoden spürte. Dafür würde ich sie gleich lecken. Das hatte sie sich verdient. Nach einigen Minuten konnte sie nicht mehr. Wir hatten auch mindestens eineinhalb Stunden durchgehend gefickt.

»Können wir eine Pause machen, Herr?«

Ich stimmte zu.

»Darf die Drecksau auch was trinken?«

»Es ist dir erlaubt.«

»Ich werde den Herrn auch gleich zum Kommen bringen.«

Aber dann ging ihr Handy. Es war die Nanny von ihrem Kind und Sharina musste sofort nach Hause.

Wir waren beide enttäuscht, dass wir das bereits abbrechen mussten, machten jedoch für das nächste Wochenende ein neues Treffen aus. Innerhalb der Woche schrieben wir noch mehrere Male, aber sobald es um ein weiteres Date ging, konnte sie nicht konkret werden. Dann riss der Kontakt innerhalb weniger Tage ganz ab und ich fragte mich, was passiert war.

Hatte sie nur mit mir gespielt? Dafür hatte ich aber ziemlich viel von ihr bekommen. Oder hatte sie einen Freund? War es ihr nicht böse genug? Oder war es ihr zu böse? Ich würde es nie erfahren.

## ❥ Die unterwuerfige Hure

Lina lernte ich in einem Forum kennen. Nachdem wir uns geschrieben und Fotos getauscht hatten, war für mich klar, dass ich diese Frau unbedingt treffen wollte.

Ihre weiblichen Kurven, die blonden langen Haare und ihre großen braunen Augen waren atemberaubend. Da mir Lina mit ihrem Angebot für eine Nacht zu zweit sehr gelegen kam, überlegte ich gar nicht lange und willigte ein.

Sie wohnte gar nicht weit entfernt, sodass es für sie einfach war in den nächsten Zug zu steigen und innerhalb einer Stunde bei mir zu sein.

Leider klappte es mit dem Treffen nicht an den nächsten Wochenenden, so musste ich einige Wochen warten. Und das fiel mir bei ihr besonders schwer.

Auf meiner Facebookseite kündigte ich das besondere Ereignis an und hatte um Ideen gebeten. Nicht, dass ich schon längst welche im Kopf hatte - aber vielleicht gab es ja noch ein paar schöne Einfälle.

An einem Samstag war es endlich soweit. Ich fuhr zum Bahnhof und wartete dort auf sie. Es war etwas kälter und regnerisch, ein typischer Tag im November. Ich wartete am Bahnsteig, es war kurz vor 20 Uhr und ich sah, wie der Zug aus der Dunkelheit in den Bahnhof einfuhr. Die Türen öffneten sich und einige Leute stiegen aus.

Ein paar Meter von mir entfernt erkannte ich Lina, die mit einer Fellmütze auf mich so hielt. Ihren großen Augen leuchteten.

»Hey, Don ... ich bin hier«, rief sie, dabei stand ich schon fast vor ihr.

»Hey«, sagte ich grinsend, während sie mich leicht umrannte.

Wir sprachen kurz ein paar Worte und gingen zusammen zum Auto. Während der Fahrt musste ich sie andauernd anschauen. Ihr Blick konzentrierte sich jedoch nach vorne auf die Straße und sie gab nur ein paar Sätze von sich.

Sie wirkte sehr schüchtern, sogar verängstigt. Oder war sie vielleicht nur vorsichtig?

Als wir bei mir ankamen, ging ich um das Auto herum und öffnete ihr die Tür. Dann führte ich Lina ins Haus, nahm ihr den Mantel ab und bat sie ins Wohnzimmer. Zum Auflockern schenkte ich uns einen Sekt ein und wir setzten uns auf mein rotes Sofa.

Es dauerte zwar ein paar Minuten aber der Sekt verfehlte seine Wirkung nicht. Sie taute auf und ich verwickelte sie in ein Gespräch. Ich hatte das Sofa schon ausgeklappt, damit wir eine schöne Spielwiese hatten. Mein Blick fiel auf ihren cremefarbenen Wollpulli, mit dem sie aber nicht ihre großen Brüste verstecken konnte. Ich holte nun das iPad hervor, was die ganze Zeit neben mir lag. Vor unserem

Treffen hatte ich mir bereits Gedanken gemacht, in welche Richtung der Abend heute gehen könnte.

Ich entschied, ihr die Wahl zu überlassen.

»Ich habe mir mal was überlegt, da du mir ja geschrieben hast, dass du auf romantischen Sex stehst - aber auch gerne etwas härter, wo der Mann das Sagen hat.«

Sie schaute auf das erste Bild.

»Ich gebe dir mal genau diese beiden Optionen zur Auswahl und du sagst mir gleich einfach, auf was du Lust hast.«

Das erste Bild zeigte eine Wortwolke mit Begriffen wie kuscheln, küssen, Massage, zärtlicher Sex. Ich wechselte das Bild zur nächsten Option. Respekt, Doggystyle, Fesseln, Halsband, Spielzeuge, Strafen und Abhängigkeit waren zu sehen.

Lina sog die Luft tief ein und atmete wieder aus. Jetzt musste sie entscheiden. Ich schaute ihr in die Augen.

»Und wie entscheidest du dich?«

»Du hast die Wahl. Die Nacht gehört dir«, meinte sie und wälzte die Entscheidung auf mich ab. Ich musste grinsen. Dafür hatte ich mir ja nicht die Mühe gemacht, dass ich nun diese Wahl treffe.

»Du solltest das entscheiden. Für mich wäre das ja zu einfach.«

»Das Erste ist zwar okay, aber das Zweite macht mich neugierig. Auch wenn das ein paar neue Dinge mit sich bringt«, überlegte sie laut.

»Du möchtest das Zweite mit mir machen?«

»Vielleicht möchte ich das«, entgegnete ich grinsend.

Lina drehte das Sektglas auf dem Tisch und starrte es dabei an. Es folgte ein Blick zu mir. Diese großen Rehaugen raubten mir den Atem.

»Gut, wir machen das.«

Ich zog sie ein wenig an mich und drückte ihr einen kurzen Kuss auf ihre schmalen Lippen.

»Das war deine letzte Entscheidung für die nächsten 12 Stunden. Jetzt gehörst du mir«, hauchte ich ihr ins Ohr.

Lina bekam eine Gänsehaut und schaute mich dabei erschrocken an. Ich ließ ihre Arme los.

»Keine Bange, dir wird nichts passieren. Lass dich fallen und vertraue mir.«

Ich nahm einen Arm und zog sie hoch.

»Komm mit, wir gehen jetzt ins Badezimmer, Fräulein.«

Sie folgte mir, wusste aber nicht, was sie jetzt erwarten würde. Ich machte einen kurzen Abstecher ins Schlafzimmer, holte schwarze Dessous und die Lack-Overknees. Beim Sekt hatte ich sie zwischendurch mal auf ihre Füße und die Schuhgröße angesprochen. Und diese passte für die Overknees. Als ich ins Badezimmer kam schaute sie mich gespannt an.

»Du hast genau zehn Minuten, um dich frisch zu machen, die Unterwäsche und die Stiefel anzuziehen. Dann komme ich wieder und hole dich ab.«

Sie zog den Karton für die Stiefel auf und rümpfte die Nase.

»Darin komm ich mir ja vor wie eine Hure.«

»Richtig, deswegen bist du ab sofort meine kleine Hure.«

»In den Stiefeln bin ich aber größer«, sagte sie frech.

*Das Grinsen wird dir noch vergehen, meine Liebe,* dachte ich.

»DAS werden wir noch sehen.«

»Muss ich die Stiefel die ganze Zeit tragen?«

»Du darfst die Stiefel die ganze Zeit tragen, sogar auf dem Sofa. Überlege mal, dass sonst kein Besuch die Erlaubnis bekommt, sich mit Schuhen auf meinem Sofa zu platzieren. Also fühle dich geehrt. Bis gleich!«

Ich brach das Gespräch ab und schloss die Tür.

Dann ging ich ins Wohnzimmer zurück, räumte das Regal hinter dem Sofa frei und zündete die Kerzen und Teelichter an.

Aus dem Schlafzimmer holte ich noch ein paar Dinge, die ich am Sofa platzierte. Davor platzierte ich das Lammfell. Zu guter Letzt holte ich noch das Halsband, die Handfesseln und die Leine.

Die zehn Minuten waren um.

Ich öffnete die Badezimmertür und sah, wie Lina vor dem Spiegel stand und sich schminkte.

»So, fertig«, sagte sie lächelnd und drehte sich zu mir, »gefalle ich dir so?«

Ich blickte sie von oben bis unten an. Sie hatte ihre langen blonden Haare zu einem Zopf geflochten, ihre eh schon großen Augen durch das Nachschminken noch mehr betont, trug die durchsichtige schwarze Unterwäsche und die glänzenden Overknees.

»Ich bin begeistert«, schwärmte ich.

»Die Dessous sind etwas eng, gerade das Oberteil.«

Sie war schlank, hatte aber trotzdem eine wuchtige 80C, sodass das schmale Oberteil sehr viel von ihren Brüsten unbedeckt ließ. Es waren jeweils zwei Stoffstreifen, die auf jeder Brust und im Schritt ein Kreuz darstellten.

»Mir gefällt es so, meine kleine Hure. Die Unterwäsche wird die Nacht eh nicht überleben, also mach dir keine

Sorgen.«

Ihre großen Augen blickten mich erwartungsvoll an.

»Ich lege dir jetzt das Halsband, die Leine und die Armfesseln an. Und du wirst mich für diese Nacht mit "Herr" anreden, wenn du fragst oder antwortest. Haben wir uns verstanden?«

»Ja, mein Herr.«

»Das ist gut.«

Ich hatte ihr das Halsband in der Zwischenzeit angelegt und nahm nun die Handfesseln auf, um sie an den Handgelenken festzuzurren. Als ich fertig war, zog ich Lina an mich. Sie war jetzt wirklich etwas größer mit den schwarzen Overknees.

Ich gab ihr einen sanften Kuss.

»Siehst du, ich bin doch größer«, hauchte sie.

»Du hast mich nicht mit "Du" anzusprechen und solche frechen Anspielungen unterlässt du auch. 10 Schläge. Dreh dich um, Hände auf die Badewanne und die Beine auseinander.«

»Was passiert jetzt, Herr?«

»Dreh dich um, du wirst es sehen.«

Sie gehorchte widerwillig und zeigte mir ihren festen Arsch. Ich führte meine Hand über ihren Po und packte zu.

»Das hätten wir uns sparen können, so direkt am Anfang. Aber die kleine Hure musste ja gleich frech werden. Dafür zählst du jetzt mit.«

Ich holte aus und schlug ihr auf die rechte Pobacke.

»Eins«, kam es von ihr.

Ich schlug ein weiteres Mal aufs Gesäß.

»Zwei.«

»Sehr gut, wir lernen schnell, Fräulein.«

Die weiteren drei Schläge waren ebenfalls noch sehr zart, um ihren Po anzuwärmen. Der nächste Schlag wurde härter.

»Autsch.«

»Hatte ich dich um einen Kommentar gebeten? Nein. Also bist du still.«

»Ja, Herr.«

»Wo waren wir, meine kleine Hure?«

»Bei sechs, Herr.«

»Eine sechs habe ich nicht von dir gehört. Das müssen wir wohl wiederholen.«

Es klatschte erneut auf ihrer rechten Pobacke.

»Sechs.«

Die nächsten Schläge bekam sie mit gleicher Härte zu spüren. Dann kam die linke Seite dran und Lina hielt brav still.

Ich nahm ihren Zopf und zog sie daran hoch, bis sie wieder aufrecht stand. Das ihr das nicht passte und ihr wohl weh tat, ignorierte ich.

Nun legte ich ihr die Leine an und blickte ihr in die großen Augen.

»Ja, du bist wirklich zu groß. Deswegen runter auf alle Vieren. Dann geht's ins Wohnzimmer, Fräulein.«

»Aber die Stiefel, mein Herr ...«

»Auf die wirst du schön aufpassen. Wenn ich daran Kratzer sehe, wirst du die Nacht auf den Fliesen im Flur verbringen«, ermahnte ich sie und zog sie aus dem Badezimmer, den Flur entlang bis ins Wohnzimmer.

Lina folgte mir brav und ich ließ sie auf dem Lammfell vor dem Sofa knien. Ich setzte mich auf das Sofa und musterte sie. Sie war artig und hielt gehorsam inne.

»Nun gut, meine kleine Hure. Ich möchte dich gerne mal sehen. Komm aufs Sofa und von dort aufs Podest.«

»Ja, mein Herr.«

Ich ließ die Leine lose, zeigte ihr aber den Weg. Das stabile Regal hinter dem Sofa war etwas höher als das Sofa selbst und bot ihr die Möglichkeit sich auf allen Vieren zu präsentieren. Es stand mitten im Raum, sodass ich von der anderen Seite den Körper meiner kleinen Hure begutachten konnte. Ich stellte mich vor sie, hob ihr Kinn an, sodass sie mir ins Gesicht blicken musste.

»Hübsch siehst du aus, meine kleine Hure.«

»Danke, Herr«, bedankte sie sich artig.

Ich strich ihr über den Hals und knetete ihre Titten, die das schwarze Oberteil ausfüllten und nach unten drückten.

»Mhmmmmm...«, gab sie kaum hörbar von sich.

Sie hatte den Po hochgedrückt und die Wirbelsäule stellte einen Bogen dar. Nichts, was ich bemängeln konnte, aber ich schaute mir genau an, wie sie sich mir präsentierte. Mein Blick fiel auf ihren Po.

»Etwas rot, dein Arsch«, warf ich ihr vor und war gespannt, wie Lina darauf reagierte.

»Die kleine Hure bittet um Entschuldigung, der Herr hat vorhin so doll zugeschlagen, dass der Arsch etwas leidet.«

Eine gute Antwort - für eine Strafe.

»Erkenne ich da einen Vorwurf in der Aussage meiner kleinen Hure?«

»Nein, mein Herr.«

Mein Finger wanderte unter den dünnen schwarzen Stoffriemen, der sich über ihr Pussy teilte und sie mit hauchdünnem Stoff bedeckte.

An ihrer Vulva angekommen, massierte ich sie, bis ihre Vorfreude die Lippen benetzte. Dann fingerte ich ihrer Pussy, erst mit zwei Fingern und anschließend mit drei.

Lina stöhnte leise.

»Meine Hure ist also der Meinung, dass ihr Arsch leidet. Ich werde ihr mal zeigen, was das bedeutet.«

Ich ließ einen meiner Finger über ihr Poloch fahren.

»Bitte nicht, Herr«, flehte sie.

Zu spät. Ich versenkte den nassen Finger in ihrer engen Rosette.

»Dein Arsch wird gleich leiden, meine kleine Hure.«

Ich nahm einen zweiten Finger dazu, um sie zu weiten. Mit den anderen Fingern fickte ich ihre Pussy.

»Dreh dich um, mein Miststück und leg dich auf den Rücken.«

Sie gehorchte und legte sich mit dem Rücken auf das Regal. Als ich neben ihrem Kopf stand, schaute sie zu mir hoch. Ich holte meinen Schwanz aus der Hose und wichste ihn.

»Mach dein freches Mundwerk auf. Mal schauen, ob du den schaffst, mein Miststück.«

Lina nahm meinen Schwanz mit ihrem Mund auf und begann ihn liebevoll zu ficken. Ihre Zunge umkreiste meine Eichel und ließ meinen Schwanz dadurch richtig anschwellen. Dann war er so hart und groß, dass sie ihn nicht mehr ganz in den Mund bekam. Ich fuhr ihr durch die blonden Haare und drückte ihren Kopf noch mehr Richtung

Schwanz. Ihre Bemühungen ihn ganz in ihr Fickmaul zu bekommen, endeten mit einem Husten.

»Na meine kleine Hure. Ist der Schwanz des Herrn wohl etwas groß?«

Sie brachte kaum einen Ton heraus und hustete weiter.

Ich grunzte.

»Aber schön, dass die Hure so gierig ist. Dann bekommt sie die beiden anderen Löcher auch noch gestopft.«

»Nein, mein Herr. Bitte nicht den Arsch«, hustete sie.

Ungeachtet nahm ich ihre Schenkel und hob sie hoch. Die Lack-Overknees fühlten sich großartig an. Ich fickte Lina noch vier, fünf Mal mit dem Finger und stieß danach in ihre Pussy.

*Eine wirklich enge Pussy,* dachte ich.

Wir mussten beide laut aufstöhnen, als ich meinen Schwanz bis zum Anschlag in ihre Pussy presste. Lina hatte die Füße mit den Stiefeln auf meinen Schultern, während ich sie beharrlich stieß.

Ihr Stöhnen wurde stetig lauter.

»Zügel deinen Ton, meine kleine Hure!«

»Ja, mein Herr.«

Sie konnte dieses ein paar Minuten durchhalten aber als meine Finger noch ihre Klit massierten, wurde ihr Stöhnen viel zu laut.

Ich schlug ihr mit der flachen Hand auf die Brust.

»Du möchtest also laut werden, kleines Miststück?!«

Ich zog meinen Dolch aus ihrer Pussy und setzte ihn auf die feuchte, gedehnte Rosette. Sie griff mit einer Hand instinktiv zwischen ihre Beine und wollte meinen Schwanz ergreifen. Ich nahm ihre Hand und schob sie weg.

»Was war das gerade?«

Erschrocken schaute sie mich an, die braunen Augen weit aufgerissen. Ich drückte ihre Hand bis ans Kinn und ließ den Haken der Handfessel am Halsband einrasten. Ihre andere Hand erwartete das gleiche Schicksal. Jetzt konnte sie mit ihren Händen nichts mehr bewirken und musste zusehen, wie mein Schwanz vorsichtig ihr Poloch spreizte.

»Herr, bitte, bitte nicht«, flehte sie weiter.

Aber es war bereits zu spät, denn mein Schwanz war schon tief in ihrem engen Loch.

Lina stöhnte laut auf.

»Die kleine Hure kann meinetwegen jetzt so laut stöhnen, wie sie es für nötig hält.«

»Danke, Herr«, stöhnte sie und wurde auch gleich einiges lauter.

Mit meinem Finger massierte ich wieder ihre Klit, während ich ihren Arsch fickte. Ihr Po war so eng, dass es keine Minute dauerte, dass ich laut aufstöhnte und kam, tief in ihrem jungfräulichen Loch.

Sie sah erleichtert dabei zu, wie ich meinen Schwanz herauszog. Ich löste ihre Armfesseln vom Halsband.

»Komm aufs Sofa, meine kleine 3-Loch-Stute«, sagte ich grinsend und zog sie am Halsband hinter mir her.

Wir legten uns aufs Sofa und kuschelten uns unter die Decke. Sie hatte sich eine Auszeit verdient. Lina lag vor mir und ich strich über die Beine, um die Overknees zu spüren. Es dauerte nicht lange, da hatte ich meine Hand aber bereits an ihren Brüsten und knetete sie. Sie hauchte mir ins Ohr »weitermachen, bitte...«.

Ich zog an der Leine vom Halsband und sagte nur leise aber bestimmend: »Wie heißt das?«

»Herr, bitte weitermachen, Herr. Der Hure gefällt das«, stöhnte sie leise.

Meine Hand war inzwischen an ihrer Pussy angekommen und ich rieb achtsam ihre Klit mit kreisenden Bewegungen. Dann rutschten zwei meiner Finger in Richtung Lustgrotte. Zwischen den feuchten Lippen versenkte ich meine Finger in ihrem Loch.

Meine Handfläche lag noch auf dem Venushügel, während ich sie sorgsam fingerte. Ich erhöhte das Tempo. Ihr Stöhnen wurde lauter. Ich nahm noch einen dritten Finger dazu, rutschte jedoch etwas höher, um ihrer Klit zu reiben. Ihr kleiner Knubbel war deutlich zu spüren.

»Fick mich bitte, Herr!«, flehte sie.

Ich ging nicht auf ihren Wunsch ein. Meine Finger machten sie aber nur noch geiler.

Ihre Pussy wurde feuchter.

Ihr Stöhnen wurde lauter.

Und sie fing wieder an zu betteln.

»Herr, bitte fick mich. Bitte, ich will deinen großen Schwanz spüren.«

Ich zog an der Leine.

»Die Hure hat das Betteln zu unterlassen, hat sie das verstanden?«

»Herr, bitte...«

Ich nahm meine Hand von ihrer Pussy.

»Runter vom Sofa. Sofort«, sagte ich streng.

*Hatte ich nicht gesagt, sie soll es lassen?*

Ich zog sie an der Leine zum Fell, welches vor dem Sofa lag.

»20. Auf den Boden und deinen Oberkörper auf meine Beine. Und dein Gesicht nach unten.«

Lina gehorchte und zeigte mir brav ihren Po. Ihre Brüste klemmten zwischen meinen Beinen.

Ich holte aus und es klatschte auf ihrem Po. Sie sagte nichts.

»Die Hure zählt mit, hat sie das schon vergessen?«

»Tut mir leid, Herr. Eins, mein Herr.«

Der nächste Schlag folgte.

»Zwei.«

Sie hielt brav durch und ihr Hintern wechselte die Farbe in ein kräftiges Rot.

»Die Hure darf jetzt auf dem Fell knien. Und sie schaut den Boden an und hat die Hände auf den Knien. Bis der Herr etwas anderes sagt.«

»Ja, mein Herr.«

Ich setzte mich aufs Sofa, zog mir die Decke über und schaute TV. Lina wurde von mir keines Blickes gewürdigt. Nach einer Viertelstunde blickte ich in ihre Richtung, um zu kontrollieren, ob sie auch noch in der vorgeschriebenen Position verharrte. Es fiel mir schwer, ihr gleich beim ersten Mal zeigen zu müssen, was die rote Karte bedeutete. Ein paar Minuten später sollte ich erfahren, dass sie ihre Strafe anscheinend nicht ernst nahm.

Ich hatte mich auf dem Sofa etwas gedreht, um NCIS im TV und sie im Augenwinkel zu sehen. Und dann fiel es mir auf. Lina spielte mit dem Reißverschluss der Overknees.

Sie öffnete sie sogar ein Stück an den Oberschenkeln, da es ihr wohl unangenehm eng war.

»Wo sind die Hände der kleinen Hure?«, fragte ich streng, ohne sie anzuschauen.

»Auf den Oberschenkeln, Herr!«

»Lügst du mich an?«

Ich zog die Leine des Halsbands.

»Nein, mein Herr.«

Sie blickte stetig nach unten. Ich legte die Decke beiseite und setzte mich auf die Sofakante. Unter das Kinn greifend zwang ich sie mir in die Augen zu schauen.

»Und warum ist der Reißverschluss auf, meine kleine Hure?«

Sie antwortete nicht.

Ich nahm ihre Hände auf den Rücken und verband die beiden Handfesseln miteinander. Dann zog ich meine Boxershorts herunter und zog Lina zwischen meine Beine.

»Du kleines Miststück kannst mir also darauf keine Antwort geben? Vielleicht sollte ich dir mal ein bisschen den Mund stopfen, wenn du so redefaul bist.«

Ich schob ihr Gesicht zu meinem Schwanz. Ohne ein weiteres Wort nahm sie meinen Schwanz in den Mund und begann damit, ihn zu blasen.

»Wenigstens weißt du, was du zu tun hast, kleine Hure«, meinte ich stöhnend.

Mein Schwanz wurde allmählich wach. Es dauerte keine Minute, da hatte sie ihn mit ihrem Mund zu einem harten Ständer geblasen. Ich drehte ihren Zopf um meine Hand und schob ihren Mund in meine Richtung.

Lina saugte und leckte ihn so hektisch wie beim ersten Mal. Meinen Schwanz aus ihrem Mund ziehend ließ ich ihn auf ihre Wangen klatschen.

»Genieße es! Ich hatte dich nicht darum gebeten, ihn so zu misshandeln«, fuhr ich sie an.

»Tut mir leid, Herr.«

Sie nahm ihn erneut auf, dieses Mal zärtlicher aber immer noch fest genug. Ich zog sie an ihrem Zopf zurück.

»Zeig mir deine schönen Titten, mein Miststück.«

Sie kam weiter zu mir, sodass ich meinen Phallus in ihren Busen legen konnte. Ich schob das schwarze Oberteil zur Seite und presste meinen Schwanz zwischen ihre Brüste. Mit meinen Händen hielt ich sie zusammen und begann sie heftig zu ficken.

Lina musste das Ganze hilflos mitansehen.

Sie hielt aber brav still, während sich mein Schwanz unaufhörlich zwischen ihren Brüsten schob und diese mit meinen Lusttropfen benetzte. Nach ein paar Minuten legte ich mich mit dem Rücken aufs Sofa und zog sie an der Leine hinterher.

»Komm auf mein Gesicht, ich will dich lecken, mein Miststück.«

Vorsichtig kniete sie mit ihren gefesselten Händen über mir und ließ ihre Pussy achtsam auf mein Gesicht herab. Ich blickte auf die feuchten Lippen und ihre Beine mit den schwarzen Lack-Overknees. Als erstes bekam eine Schamlippe von ihr mit den Zähnen zu fassen und zog daran.

Sie stöhnte laut auf.

»Die kleine Hure hält die Klappe, es sei denn, es kommt ihr.«

»Ja, mein Herr.«

Ich ließ meine Zungenspitze in ihre Pussy eintauchen und verwöhnte sie damit. Lina hatte Mühe dabei ruhig zu bleiben, erst recht als ich mit meiner Zungenspitze ihre Klit massierte.

Ihre Beine zitterten, während ich sie langsam zum Höhepunkt trieb. Ihre Klit bis zum Äußersten saugend kam sie mit einem lauten Stöhnen. Das hatte meiner kleinen Hure wohl gefallen.

Nachdem sich Lina gefangen hatte, zog ich sie noch einmal auf das Podest und wies sie an, sich auf den Bauch zu legen. Ich nahm ihr die Handfesseln von den Handgelenken ab und holte zwei lange Seile.

Mit dem einen Seil fesselte ich ihre Hände auf dem Rücken. Das andere war für ihre Unterschenkel bestimmt. Beide Seile verband ich miteinander, sodass sie ihre Beine anwinkeln musste und ihre Arme etwas in der Luft hingen.

Da meine kleine Hure einen Zopf trug, kam ich auf eine weitere Idee. Mit dünnen Seilen zog ich von ihren gefesselten Gliedern eine Verbindung zu ihrem Zopf. Lina musste ihren Kopf aufrichten und fing an zu jammern.

»Das ist unangenehm, Herr. Meine Haare...«

»Dann muss die kleine Hure den Kopf halt hoch genug halten. Und sie ist still.«

Aber sie hörte nicht auf zu jammern.

»Bitte Herr, wie lange muss ich hier so warten?«

»Mit jedem Jammern 10 Minuten länger«, sagte ich verärgert.

Sie war einfach viel zu frech.

Da ich ihr nicht den Arsch versohlen konnte, weil die Seile darüber gespannt waren, beschloss ich ihr freches Maul zu verwöhnen. So war sie wenigstens still.

»Wenn die Hure ihrem Herrn den Schwanz bis zum Abschluss bläst, wird sie von ihren Fesseln erlöst.«

»Das wird die kleine Hure gerne machen, wenn der Herr mich hiervon erlöst.«

Ich stellte mich vor das Podest und Lina nahm vorsichtig meinen Schwanz auf, um ihn genüsslich zu Blasen. Unentwegt spielte ihre Zungenspitze mit meiner Eichel, bis sie ihn wieder ganz tief in ihren Mund aufnahm.

Dieses Mal schaffte sie es sogar, meinen Schwanz bis zum Anschlag zu ficken. Und ich spürte, dass es eng war. Sie ließ mich wirklich ihre Kehle ficken. Zwischendurch verschaffte sie sich eine Atempause und spielte mit ihrer Zungenspitze an meinem besten Stück.

Beim vierten Deepthroat konnte ich mich nicht mehr zurückhalten, spürte wie der Orgasmus mich überrollte und spritzte ihr meinen Saft noch beim Blasen in die Kehle. Wir rangen beide nach Atem. Lina, weil sie vorher kaum atmen konnte und ich, weil ich so heftig gekommen war.

»Der Herr ist sehr zufrieden.«

»Danke, Herr.«

Ich löste ihre Fesseln und zog sie mit aufs Sofa. Zusammen kuschelnd löste ich die Leine und erlaubte ihr, die Overknees auszuziehen.

Wir waren so erschöpft, dass wir auf dem Sofa einschliefen und gemeinsam am nächsten Vormittag erwachten. Nach einem gemeinsamen Frühstück verließ sie mich.

Nachdem ich wieder allein war, schaute ich mich im Wohnzimmer um. Ich hatte doch einen Tag vorher aufgeräumt und nun sah bereits erneut chaotisch aus. Wenn ich Besuch bekam, war das sehr häufig eine große Motivation mal endlich Ordnung zu schaffen. Aber dieses Mal sah es nach dem Date schlimmer aus als vorher. Auf der anderen Seite dachte ich daran, dass Lina ein Date genau nach meinem Geschmack war.

Nachdem ich Ordnung geschafft hatte, schrieb ich Luciana, denn sie hatte ich in den letzten zwei Tagen etwas vernachlässigt.

»Dein Besuch hat dich wohl ganz schön beansprucht?«, kam es frech von ihr.

»Der Herr braucht eine Putz- und Kochfee und das anscheinend dringend«, analysierte ich die Situation.

»Ja, du kannst doch nicht nur Pizza essen«, kam es von ihr.

»Bietet sich die kleine Schlampe an?«

»Immer doch, mein Herr. Die kleine Drecksau hat vier Seiten geschrieben. Das ist eine ordentliche Geschichte, soviel schreibt der Herr meistens auch.«

»Das ist doch sehr schön. Nur an ihrem Schreibstil muss sie noch arbeiten. Ich finde andauernd Schlangensätze und Wiederholungswörter.«

»Gut, dass mein Traum nicht so lang war«, kam es von ihr.

»Träum demnächst länger, dann hast du mehr zu schreiben«, meinte ich mit einem lachenden Smiley.

»Muss ich jetzt jedes Mal schreiben?«, fragte sie anscheinend etwas erschrocken.

»Nein.«

»Gott sei Dank.«

»104 Schläge dürften für den Anfang reichen«, meinte ich amüsiert. »Die kleine Schlampe wird sich beim nächsten Mal bestimmt mehr Mühe geben.«

»Natürlich, mein Herr«, bekam ich brav als Antwort zurück.

# 📖 Die lange Nacht der kleinen Schlampe

*von Luciana*

Don und ich lagen in meinem Bett und kuschelten, da gab ich ihm einen Kuss.

Er erwiderte den Kuss sofort, ich griff mit meiner Hand nach seinem Schwanz und wollte ihn wichsen, doch er stoppte mich.

Sich von mir lösend sagte er: »Knie dich hin.«

Ich stand auf und ging vor ihm auf die Knie. Mit einer Hand fuhr er durch meine Haare, mit der anderen Hand hielt er mir meine Hände auf den Rücken fest. Mein Herr sah mir tief in die Augen und ich musste grinsen. Ich erblickte seinen großen harten Schwanz und öffnete den Mund, um ihn gierig darin aufzunehmen.

Doch Don stoppte mich wieder einmal, was mich frustrierte.

»Bitte gib mir deinen Schwanz«, bettelte ich.

Doch er zog mich an meinen Haaren noch ein Stück weiter weg, sodass sein Penis komplett aus meiner Reichweite war.

»Bitte, ich will ihn lutschen«, flehte ich.

Er blickte auf mich hinunter und sagte »Sollst du betteln, kleine Schlampe?«

Ich schüttelte nur den Kopf.

»Öffne deinen Mund, Süße«, sagte er mit einem fiesen Grinsen im Gesicht.

Sofort tat ich, wie mir befohlen. Er ließ meine Haare ein wenig lockerer, damit ich mit der Zungenspitze seine Eichel berühren konnte. Gierig leckte ich darüber. Da zog Don mich auch schon wieder zurück.

Ich blickte ihn flehend an.

Don drückte meinen Kopf ein Stück weiter herunter und führte ihn zu seinen Eiern. Ich leckte liebevoll darüber und sog sie in meinen Mund, um zärtlich daran zu saugen.

»Mhmm«, stöhnte der Herr auf.

Sich wieder ein Stück zurückziehend sagte er leise »Deine Augen sind mir nicht willig genug.«

Nun drückte er meinen Kopf erneut an seine Eier. Ich saugte an ihnen und leckte zärtlich über die pralle Haut. Dabei blickte ich ihm tief in die Augen.

»Braves Mädchen«, sagte er und grinste schief.

Er genoss es und lies meine Haare etwas lockerer. Ich ergriff die Chance und leckte über seinen Schaft. Sofort spürte ich den Zug an meinen Haaren.

»Du bist ungezogen, das kann ich nicht dulden.«

Sein Griff um meine Haare wurde stetig fester und er zog mich etwas von sich weg.

»Strecke die Zunge raus«, sagte er streng.

Sofort tat ich, was er sagte, ich war mittlerweile so erregt, dass ich ihn einfach nur noch haben wollte. Es machte mich wahnsinnig, dass ich nicht bekommen konnte, was ich haben wollte.

Langsam fuhr er mit seiner Eichel über meine Zunge, was mir sofort ein Stöhnen entlockte.

»Bewege deine Zunge nicht, meine kleine Schlampe«, bluffte er mich an und fuhr erneut mit seiner Eichel über meine Zunge.

Ich blickte ihm die ganze Zeit dabei in seine Augen und konnte dort dieselbe Lust sehen, wie ich sie empfand. Der Herr ließ meine Haare wieder locker und erfüllte mir meinen Wunsch.

»Er gehört dir, kleine Schlampe«, sagte er rau.

Sofort schloss ich meine Lippen um seinen Schwanz und saugte ihn in meinen Mund.

»Mhmmmm«, kam es von mir und Don gleichzeitig.

Ich leckte genüsslich über seinen gesamten Schaft. Er sah mir die ganze Zeit in die Augen und kraulte meinen Nacken, was mich noch verrückter machte. Meine Lippen bewegten sich sanft rauf und runter, während ich meine Zunge kreisen ließ.

»Oohhhh«, stöhnte der Herr und zog mich bedächtig zu sich hoch.

»Jetzt ist es genug«, sagte er leise und spreizte meine Beine.

Ich musste mir ein frustriertes Stöhnen unterdrücken, doch Don bemerkte es.

»Will die kleine Schlampe etwa meckern?«, maulte er.

Ich grinste schief und meinte nur »So etwas würde die kleine Schlampe doch nie tun, mein Herr...«

Er kniff die Augen zusammen.

»Jetzt wird sie auch noch frech, wart nur ab kleine Schlampe, deine Strafe kommt gleich.«

Don ging vor mir in die Knie und setzte sich zwischen meine Beine. Ich konnte die Erregung kaum ertragen und biss mir auf meine Lippe. Er umkreiste mit seiner Zunge meine nasse Spalte, während er mit der Zunge in mich eindrang, berührte er mit den Fingern meine harten Nippel.

»Mhmm«, stöhnte ich.

Der Herr fing an meinen Kitzler mit seiner Zunge zu massieren.

Mein ganzer Körper begann zu zittern.

»Jaaaa«, stöhnte ich lauter werdend.

Er steckte mir seine Daumen in den Mund, den ich sofort anfing zu saugen. Don ließ seine Zunge schneller kreisen und drang zeitgleich mit drei Fingern in mich ein.

»Mhmmmm«, keuchte ich.

Für jedes Zittern meines Körpers wurde ich mit einem Klaps auf meinen Hintern belohnt. Nun saugte er gierig meinen Saft auf und leckte mich fordernder. Die Erregung wuchs mehr und mehr in mir.

»Darf die kleine Schlampe bitte kommen, mein Herr?«, fragte ich stöhnend.

»Nein«, sagte er und lies sofort von mir ab.

Nach einem kurzen Augenblick fing Don aber gleich unablässig an mich mit seiner Zunge zu verwöhnen. Es dauerte nicht lange, da brodelte es erneut in mir.

»Darf die kleine Schlampe jetzt kommen, mein Herr?«

Don ließ von mir ab.

»Nein, meine kleine Schlampe, leg dich auf die Couch.«

Ich tat, was mir befohlen wurde. Kaum, dass ich lag, hatte mein Herr seinen Kopf zwischen meinen Beinen und die Qual fing von vorne an.

Erneut dauerte es nicht lange, doch noch bevor ich fragen konnte, hörte der Herr auf.

»Nein, das ist deine Strafe, meine kleine Schlampe.«

Ich musste vor Frustration stöhnen. Don machte es sich zwischen meinen Beinen bequem und fing beharrlich an, mich zu lecken.

»Dieses Mal darf die kleine Schlampe kommen«, raunte er mir zu.

Und kaum war das ausgesprochen, überkam es mich und ich schrie meinen Orgasmus heraus. Doch der Herr verwöhnte mich weiter, hörte nicht auf mit seiner Zunge meine Perle zu verwöhnen. Es dauerte keine fünf Minuten, da kam ich erneut. Es hörte jedoch nicht auf, Don machte weiter, mein Atem kam so stoßweise, dass ich dachte, ich müsste ersticken.

Da kam ich erneut. Er ließ mich lauter stöhnen, als je zuvor. Der Herr hob den Kopf grinste mich an und versenkte einen Finger in meine nasse Muschi.

»Und noch einmal, meine kleine Schlampe«, sagte er knapp.

Dieses Mal dauerte es etwas länger, aber ich kam wie befohlen. Ich war noch dabei Luft zu holen, da gab Don mir einen kleinen Kuss.

»Ich geh eine rauchen, Süße«, verkündete er.

Ich nickte nur völlig erschöpft. Als der Herr wieder aus der Küche kam, blieb er zunächst im Türrahmen stehen. Er setzte sich neben mich und fing an sich seinen Schwanz zu wichsen. Ich drehte meinen Kopf zu ihm und sah ihm dabei zu, was mich stets heiß machte.

Es war ein berauschender Anblick, wie er neben mir saß und sich selbst streichelte. Auf einmal warf Don mich auf die Matratze, hielt mir meine Hände fest und fing an meine Nippel zu saugen.

Ich wehrte mich ein wenig, nur damit er mehr saugt, was er auch tat. Nach ein paar Minuten drehte ich mich um und zog ihn mit mir, bis er unter mir lag.

»Jetzt ist Schluss mit lustig, Baby«, sagte ich und grinste frech.

Ich knabberte mich an seinem Bauch nach unten, bis zu seinem sehr harten Glied. Don war schon am ganzen Körper am Zittern, als ich seinen Schwanz sachte in den Mund nahm. Als er anfing zu stöhnen, hörte ich auf und knabberte an seinem Bauch.

»Oh Gott, mach weiter«, flehte er.

Von seinem Bauch leckte ich herunter bis zu seinem Penis und nahm ihn wieder in den Mund.

»Jaaaaaa«, rief der Herr laut stöhnend und ich hörte kurz wieder auf.

Mit einem fragenden Blick schaute er mich an. Ich küsste mich über seinen Bauch zu seiner Brust und biss leicht hinein. Dann liebkoste ich mich hoch zu seinem Hals. Nach ein paar Augenblicken gab ich ihm einen Kuss und spielte mit seiner Zunge.

»Bist du jetzt ein lieber Junge?«, fragte ich.

Er antwortete sofort.

»NEIN.«

Ich griff hinunter zu seinem Schwanz und fragte »Sicher?«

Er schaut mir in die Augen.

»Ja, aber die kleine Schlampe ist grade ziemlich frech.«

Ich musste grinsen.

»Das weiß ich, mein Herr.«

Da gab er mir erneut einen Klaps auf den Po. Während ich ihm einen weiteren Kuss gab, kletterte ich auf ihn und ließ ihn in mich eindringen.

Als ich behutsam anfing mich zu bewegen, keuchte er mir ins Ohr.

»Deine heiße Muschi macht mich noch verrückt, meine kleine Schlampe.«

Ich grinste nur und gab ihm einen weiteren Kuss und spielte mit seiner Zunge. Don kratze mir zärtlich über den Rücken und griff unter meinen Po, um von unten schneller in mich hineinzupumpen.

»Mhmmm«, keuchte ich ihm ins Ohr und biss leicht in sein Ohrläppchen.

»Lass das«, stöhnte er.

Ich merkte, wie sich alles zusammenzog und krallte mich in seinem Rücken fest.

»Komm für mich«, befahl der Herr, was mich so wild machte, dass ich ihm den Gefallen tat.

Überall zitternd hielt er mich ganz fest in seinen Armen und gab mir einen langen Kuss. Als ich mich etwas beruhigt hatte, fing er wieder an, in mich hineinzustoßen. Augenblicklich wurde meine Lust entfacht. Ich fing an ihn schneller zu reiten, als er sagte »Ich will noch einen Kuss«.

Den gab ich ihm nur zu gerne. Während des Kusses kam mir eine Idee, also wurde ich langsamer und schaute ihm in die Augen. Der Herr nutzte die Chance und drehte sich sofort mit mir um, sodass ich unter ihm lag. Dann fing er an, mich härter zu ficken. Doch der Gedanke, den ich hatte, ließ mich einfach nicht los. Ich sah ihm erneut in die Augen und wurde ein wenig rot.

Don bemerkte das sofort und verringerte sein Tempo.

»Was ist los, kann die kleine Schlampe nicht mehr?«, fragte er.

Ich biss mir auf die Lippe, weil ich nicht wusste, wie ich es sagen sollte.

»Komm schon, was hast du? Geht es dir gut?«, drängte er mich.

Ich vergrub meinen Kopf an seinem Hals und flüsterte in sein Ohr.

»Die kleine Schlampe will den Herrn in ihrem Arsch spüren.«

Ein leises Lachen entfuhr ihm, er nahm mein Kinn in seine

Hand und drehte meinen Kopf zu sich. Er schaute mich mit seinen großen Augen an.

»So so, das will die kleine Schlampe also.«

Dann senkte er den Kopf und gab mir einen langen Kuss.

»Dreh dich um, meine geile Stute«, hauchte er mir ins Ohr.

Ich machte mich von ihm los und drehte mich für ihn um. Den Arsch präsentierend drückte Don meinen Rücken durch und versenkte seinen Schwanz ganz sanft in meinem Anus.

Ich stöhnte laut auf, weil es sehr geil, aber auch etwas schmerzhaft war. Der Herr fing langsam an mich zu ficken. Seine Stöße wurden immer intensiver. Er kratzte mir über den Rücken.

»Gott bist du eng, meine kleine Schlampe«, stöhnte er mir ins Ohr.

Ich schaute über meine Schulter und grinste ihn an.

»Besorg es mir, mein Herr«, sagte ich ihm.

»Stellt die kleine Schlampe etwa Forderungen?«, grunzte er und hörte sofort auf sich zu bewegen.

Ich sah meinem Herrn in die Augen.

»Vielleicht, mein Herr.«

»So so«, sagte er und packte meine Haare, zog daran und stieß dabei fest in mich hinein.

Don grinste und seine Stöße wurden schneller und fester. Nach kurzer Zeit ließ er mein Haar los und gab mir einen kräftigen Klaps auf den Arsch.

»Will die kleine Schlampe immer noch frech sein?«

»Ein klein wenig, mein Herr«, stöhnte ich.

Don gab mir erneut einen kräftigen Klaps auf den Hintern.

»Das hat sie sich vielleicht so gedacht!«

Der Herr stieß lustvoll in mich hinein und gab mir dabei einen weiteren Klaps. Dann zog er mich an den Haaren ein Stück hoch und flüstert in mein Ohr.

»Die kleine Schlampe hat Glück, dass ihr Arsch so schön eng ist.«

Es folgte ein weiterer Klaps und einige harte Stöße. Sein Stöhnen wurde lauter, mit einer Hand griff er an meine Muschi und fing an sie zu massieren.

Nach einigen weiteren Stößen war es so weit.

Wir kamen beide mit einem lauten Stöhnen.

Nach ein paar Minuten wanderten wir herüber ins Schafzimmer und legten uns ins Bett. Don nahm mich in die Arme und gab mir noch einen Kuss. Ich wollte nichts weiter als schlafen, doch der Herr hatte anderes im Sinn.

Seine Hand wanderte von meinem Rücken runter zu meinem Arsch. Er fing an ihn zu kneten und glitt mit der Hand zwischen meine Beine.

Ich schnappte nach Luft und sah ihn an.

»Noch eine Runde, mein Herr?«

»Die kleine Schlampe ist noch lange nicht fertig«, sagte er grinsend.

Don rollte mich auf den Rücken, noch bevor ich etwas erwidern konnte, drang er erneut in mich ein. Der Herr bewegte sich zunächst sehr bedächtig und gab mir einen weiteren Kuss.

Dann nahm er meine Beine und schlang sie um seine Taille. Seine Stöße wurden erneut heftiger.

»Die kleine Schlampe war heute sehr frech«, sagte er und schaute mir in die Augen.

Ich musste mir ein Grinsen verkneifen.

»Es tut mir leid mein Herr, manchmal ist die Zunge der kleinen Schlampe einfach schneller als der Kopf«, wusste ich zu sagen.

»Das ist wohl wahr, meine kleine Schlampe, danach müssen wir mal dafür sorgen, dass ihr das Maul gestopft wird.«

»Ich bitte darum, mein Herr«, meinte ich grinsend.

Da holte der Herr schon etwas aus seiner Tasche, die er neben dem Bett abgestellt hatte.

Es war ein Knebel.

Ich sah das Ding skeptisch an, weil ich damit keinerlei Erfahrung hatte.

»Es wird der kleinen Schlampe gefallen«, meinte der Herr und legte mir den Knebel an.

Am Anfang war es ein komisches Gefühl, aber ich gewöhnte mich relativ schnell daran. Der Herr fing erneut an mich zu ficken.

Erst vorsichtig und anschließend schneller.

Dieses Mal dauerte es nicht lange, da fand der Herr seine Erlösung. Er zog sich aus mir zurück, doch blieb in der Position. Nun holte er auf einmal die Handschellen aus seiner Tasche.

»Hände über den Kopf«, befahl Don.

Ich hob die Hände über den Kopf und er legte mir gekonnt die Handschellen an. Danach kniete er sich über mich und fing an meine Nippel in seinen Mund zu saugen. Dabei streichelte er mit seinen Händen meinen Bauch, meine Hüften hinunter bis zu meinem nassen Loch. Dort ließ er genussvoll seinen Mittelfinger über meiner Klit kreisen.

Nach wenigen Minuten fing ich am ganzen Körper an zu zucken. Der Orgasmus baute sich weiter auf, da drang der

Herr mit zwei Fingern in mich ein. Es überrollte mich wahnsinnig und ließ mich laut aufstöhnen.

Ich bekam sofort einen unglaublichen Orgasmus, der mich aus meinem Schlaf riss. Wie ich feststellen konnte, war das alles mal wieder ein wahnsinniger Traum von meinem Herrn.

Ich war schweißgebadet und das erste Mal in meinem Leben war im Schlaf zum Orgasmus gekommen.

Nachdem ich ihre aufregende Geschichte gelesen und korrigiert hatte, war sie etwas länger geworden. Aber zwischendurch fehlten einige Zusammenhänge, sodass ich etwas ausbessern musste, um sie für die Leser verständlich zu machen.

»Na da habe ich ja einiges zu lesen, mein Herr«, kommentierte Luciana das Werk.

»Es fehlten so einige Details«, meinte ich zu ihr.

»Die kleine Schlampe kann ja noch dazulernen und den Herrn mit etwas Neuem überraschen.«

»Ja, da wüsste ich schon ein paar Dinge«, meinte ich und musste grinsen.

»Du möchtest doch nur, dass ich vor die auf die Knie gehe und dir hinterher krabbeln. Aber krabbeln werde ich niemals.«

Hatte sie gerade niemals gesagt? Das hatte sie doch schon bei anderen Dingen getan und ich hatte sie dazu gebracht. Das war also ein Anreiz es darauf anzulegen. Und eine Idee dazu hatte ich auch bereits.

»Die kleine Schlampe versteht schon«, kommentierte ich nur.

»Ja, ganz so schwer von Begriff ist sie dann doch nicht. Aber dem Herrn ist schon bewusst, was das jetzt heißt, ne?!«

»Erzähle es mir.«

»Üben, üben, üben und der Schwanz des Herrn wird dran glauben müssen.«

»Damit habe ich kein Problem, die Pussy der kleinen Schlampe wird aber auch leiden müssen. Da sie ja so gut beim Herrn kommt, wird er auch etwas mit ihr üben.«

»Ich glaube, das wird ein sehr langes Wochenende. Darf ich fragen, was der Herr üben will?«

»Lass dich überraschen und sei nicht so neugierig. Das bringt dir nur Ärger ein. Oder möchtest du noch einen bösen Arschfick? Mal sehen, was ich die kleine Schlampe bei mir machen lassen, damit sie den Herrn zufrieden stellt.«

»Die kleine Schlampe ist schon wieder viel zu neugierig«, stellte sie korrekterweise fest.

»Ich möchte so viel, mein Herr. Nun bin ich gespannt, was der Herr sich einfallen lässt. Aber ich werde mir da auch noch einige Gedanken zu machen.«

»Dann bin ich ja mal gespannt. Das Wochenende ist ja lang. Wenn die kleine Schlampe aber meint, dass der Herr ein Zuchtbulle ist, werde ich sie für ein paar Stunden auf den kalten Fußboden setzen.«

»Das würde die kleine Schlampe nie denken, mein Herr.«

»Sie kann in der nächsten Woche auf ihrem Blog schreiben, was sie gedacht hat, nachdem der Herr beim zweiten Mal gegangen ist und sie ein Halsband trug und sogar »Herr« zu ihm gesagt hat«, meinte ich, denn es interessierte mich sehr. Schließlich wollte sie so etwas nie tun.

»Das wird die kleine Schlampe tun, mein Herr.«

»Ich habe noch Einiges, was auf den Blog kommt. Jedoch muss ich zunächst mal die Gedanken im Kopf ordnen.«

Zu dieser Zeit begann ich mir Gedanken darum zu machen, ob ich alles Geschriebene auch als Buchserie herausbringen sollte. Ja, ich hatte einem Blog und dieser war stetig erreichbar. Aber der Gedanke daran, dass alles Erlebte auch in Papierform mit 1.500 - 2.000 Seiten neben mir im Regal stand, ließ mich nicht los. Außerdem würde ich zumindest ein wenig Geld bekommen, denn es vergingen Stunden, bis ein Erlebnis aufgeschrieben war. Aber ich ahnte nicht, wie viele Stunden ich erneut mit diesen Texten verbringen würde, um sie für ein Buch zu finalisieren.
Luciana unterstützte mich bei meinem Wunsch danach und ich holte mir an anderen Stellen ebenfalls Rat ein. Dann kam ein Berliner Verlag auf mich zu und wollte die Bücher zunächst herausbringen.
Ich begann also mit dem Schreiben des ersten Buches.
»So, den Vertragsentwurf und die Anlagen habe ich zurückgeschickt. Jetzt muss ich wohl nur noch auf Post warten und unterschreiben«, verkündigte ich ihr über WhatsApp.
»Ui, das ist doch mal etwas, jetzt wirst du berühmt und reich. Nein, Spaß ist doch super und freut mich, dass es so gut läuft.«
Ich war da hingegen noch nicht so hundertprozentig überzeugt.
»Gut läuft es erst, wenn das erste Buch fertig ist und es sich etwas verkauft, dann habe ich auch Lust das nächste Buch zu schreiben. Wenn alle Bücher fertig sind, gibt es Don von Anfang an bis heute.«

Ich ahnte nicht, dass es mit »heute« lange nicht getan war.

»Oh, es gibt bestimmt genug, die das kaufen würden. Ich kaufe sie auf jeden Fall. Hast du dir noch mal Gedanken wegen Marie gemacht? Ob du das nicht doch als Buch herausbringen willst?«

Stimmt, da war noch »Der Nachhilfelehrer«. Es war eine fiktive Geschichte um Marie und mich, die auf dem Blog viele Fans gefunden hatte. Sie war aber noch längst nicht fertig.

»Tja, es wäre schon schön, das auch als Buch herauszubringen. Aber ich habe ja schon so viel zu tun. Der Blog muss aktuell bleiben, das erste Buch geschrieben werden und dann noch meine Notizen von den Dates und die Dates selbst. Außerdem kommen noch Facebook und Twitter dazu. Aber das könnte auch ein sehr, sehr schönes Buch werden.«

Alles würde ich nicht auf einmal schaffen. Die Renovierung in meinem Haus ging auch nur schrittweise voran, denn meine Arbeit hatte nun einmal Vorrang. Dort lief es aber wenigstens gut und ich hatte das Gefühl endlich angekommen zu sein. Mit Luciana hatte ich eine aufregende Affäre, die stetig neue Überraschungen mit sich brachte. Zum Glück war es von beiden Seiten aus sehr unkompliziert. Wir waren mit »Freundschaft plus« sehr zufrieden und an eine Beziehung dachten wir beide nicht.

# ● 104 Schläge

Nachdem ich bereits zwei Mal bei Luciana war, vereinbarten wir, dass sie mich für ein ganzes Wochenende besuchen würde. In den Wochen vorher hatte sie zwei ihrer wilden Träume aufgeschrieben, in welchem sich viele Fehler eingeschlichen hatten.

Ich machte mir also die Mühe, alles zu verbessern, weil ich die Geschichte auch online stellen wollte. Insgesamt waren es 104 Fehler und ich bot ihr an, die Anzahl der Fehler zu erraten, um ohne Strafe davonzukommen. Natürlich hatte sie keine Chance, die Zahl zu erraten. Für jeden Fehler würde sie nun einen Schlag erhalten.

Zwei Wochen vor dem Treffen hatte mich wieder die Grippe erwischt. Kurz vor dem Treffen war ich immer noch nicht gesund, aber Luciana wollte sich um mich kümmern.

Ich bereitete abends das Essen vor und holte sie vom Bahnhof ab. Am Bahnsteig fuhr der Zug ein und es stiegen nur ein paar Menschen aus, sodass ich sie schnell erkannte. Lächelnd kam sie mir entgegen und wir begrüßten uns mit einem Kuss.

»Guten Tag, mein Herr,« begrüßte sie mich und zwinkerte mich dabei mit ihren blauen Augen an.

»Guten Tag, meine kleine Schlampe«, hauchte ich ihr ins Ohr.

Ich wusste, dass ihr in diesem Moment ein wohliges Schauer über den Rücken lief und ihre Lust auf den Abend stieg.

Grinsend nahm ich ihre Hand und wir gingen zum Auto, um auf direktem Wege zu mir zu fahren. Als wir bei mir ankamen, nahm ich ihr im Flur den Mantel ab und legte ihr ohne Worte das Halsband an.

Ich führte Luciana ins Wohnzimmer und kümmerte mich um das Essen. Noch bevor ich etwas sagen konnte, kam sie zu mir und gab mir einen Kuss.

»Ich geh mal ins Bad und mache mich etwas zurecht.«

Eigentlich wollte ich ihr das als Nächstes auftragen, aber sie war einfach schneller.

*Sie ist heute ganz schön brav, das wird ihr aber nichts nützen,* dachte ich.

Ich deckte in der Zeit den Tisch, schenkte uns Sekt ein und zündete die Kerzen an. Kurze Zeit später kam sie zurück und trug nur noch schwarze Unterwäsche und halterlose Stümpfe. Sie zu mir ziehend gab ihr einen langen Kuss. Bei diesem Anblick konnte ich mich kaum noch konzentrieren.

»Lass uns erst einmal etwas essen«, brachte ich nur heraus.

Luciana grinste frech, weil sie sehen konnte, was ihr Auftreten bewirkte. Wir nahmen Platz und aßen. Es gab meinen Nudelauflauf und einen fruchtigen Sekt dazu. Danach räumte ich das Geschirr ab.

»Möchte die kleine Schlampe einen Nachtisch?«, fragte ich grinsend.

Sie nickte.

»Dann komm mit«, befahl ich ihr und zog sie am Halsband zum Sofa.

Dort holte ich die Leine hervor und legte sie an.

»Knie dich hin, meine kleine Schlampe.«

Luciana gehorchte und kniete sich auf das Fell, welches vor dem Sofa ausgebreitet war. Ich drückte ihr Gesicht gegen meine Hose, in welcher bereits mein Schwanz pulsierte, und ihre weichen Lippen erwarteten.

Sie öffnete den Gürtel und die Knöpfe meiner Hose, die zu Boden rutschte. Danach strich sie vorsichtig meine Boxershorts herunter. Mein Schwanz sprang ihr dabei voller Geilheit entgegen. Sogleich wusste sie, was zu tun war, umfasste ihn und begann ihn zu wichsen.

Ihre weichen Lippen umschlossen ihn so tief sie es konnten, aber das war mir zu wenig. Ich drückte ihren Kopf noch etwas mehr zu meinem Schwanz und sie saugte gierig daran.

Sie liebte das, das wusste ich. Ich zog ihr den Schwanz aus dem Mund und schlug ihn gegen ihre Wangen.

»Nicht so gierig, meine kleine Schlampe.«

*Das würde ihr jetzt bestimmt nicht passen*, grinste ich innerlich.

Ich ließ sie ihn wieder einfangen. Während sie ihn verwöhnte, schaute sie mich mit ihren großen Augen an. Dieses Mal saugte sie noch härter. Ich zog den Schwanz erneut aus ihrem Mund und schlug ihn an die Wangen.

»Möchte meine kleine Schlampe gerne weitermachen?«

»Ja, mein Herr«, antwortete sie brav.

Mich aufs Sofa setzend zog ich Luciana an der Leine zu mir und drückte ihren Kopf zwischen meine Beine. Gierig nahm sie meinen Schwanz auf und saugte an ihm. Ihre Zungenspitze schlug stetig an meine Eichel. Ich griff ihr an die Brüste, die in der schwarzen Korsage eingepackt waren, und knetete sie. Unbeirrt tauchte mein Schwanz in ihren Mund ein. Sie ließ keine Sekunde davon ab.

Das ließ mich laut aufstöhnen, weil das Gefühl intensiver wurde und ich mich nicht mehr zurückhalten konnte.

»Will die kleine Schlampe noch mehr?«

Ich bekam keine Antwort, weil sie nur an eines dachte: Meinen Schwanz aussaugen. Das stoppte ich, indem ich ihr das Spielzeug wegnahm und anschließend mein Oberteil auszog.

»Will die kleine Schlampe noch mehr von dem Schwanz des Herrn?«, fragte ich erneut und schlug ihr mit dem Schwanz heftig gegen die Wange.

»Ja, mein Herr«, kam die Antwort dieses Mal prompt.

Ich nahm das Ende der Leine in die Hand und schaute zum Stuhl, der zwei Meter entfernt am Esstisch stand.

»Hol den Stuhl, meine kleine Schlampe.«

Luciana gehorchte, zog den Stuhl heran und wollte sich daraufsetzen.

»Nein, so nicht«, sagte ich vergnügt grinsend. »Hinknien, du weißt was jetzt kommt, meine Drecksau.«

»Ich ahne es, Herr.«

Sie kniete sich vor den Stuhl, die Leine hing locker zwischen ihren Beinen.

»Die kleine Schlampe weiß ja, wie weit sie zählen muss. Sie sollte sich merken, wo wir stehenbleiben, sonst fangen wir von vorne an. Und sie zählt LAUT mit.«

»Ja, Herr.«

Ich holte aus und schlug mit der flachen Hand auf ihren Po.

»Eins, danke Herr«, kam es wie aus der Pistole geschossen.

Der nächste Schlag folgte mit einem lauten Klatschen.

»Zwei, danke Herr.«

Drei weitere Schläge trafen ihre linke Pobacke. Dann wechselte ich auf die andere Seite und fünf weitere Schläge folgten. Der letzte Schlag traf sie besonders hart. Ihre Pobacken verfärbten sich rot.

Ich setzte mich zurück auf die Couch und zog sie zu mir. Ihre langen Haare beiseitenehmend schob ich ihr Mund auf meinen Schwanz. Luciana begann brav zu blasen, leckte den unteren Teil des Phallus und verwöhnte meine Eier.

»Möchte die Schlampe lieber meine Eier lecken oder meinen Schwanz?«

»Beides, mein Herr.«

»Dann kümmert sich die Schlampe jetzt um meine Eier«, entschied ich.

»Ja, Herr.«

Ich nahm eine Schnur, die ich neben dem Sofa platziert hatte und zog sie um meine Hoden, bis zwei richtige Bälle abstanden.

Sie schaute fasziniert dabei zu.

Als ich fertig war, schloss ich die Schnurrenden mit einer Schleife. Ich lehnte mich zurück und ließ ihre freie Bahn. Sie begann gleich damit, nacheinander meine Bälle zu lutschen und mir dabei meinen Schwanz zu wichsen. Das Gefühl trieb mich an dem Rande des Wahnsinns.

So geil war ich schon lange nicht mehr.

Luciana ließ einen der Bälle länger im Mund.

Ich stöhnte laut auf. Es war ein absolut geiles Gefühl.

Ihre blauen Augen funkelten beim Anblick meiner Geilheit und ich konnte darin sehen, wie ihre Lust stetig stieg.

Sie wollte mich und konnte es kaum abwarten.

Ich schaffte es nicht ihre Brüste zu kneten, weil sie mich so außer Atem brachte. Mit einer Hand zog ich sie etwas weiter aufs Sofa. Sie wichste weiter meinen Schwanz und ließ ihn in ihrem Busen versinken, um ihn mit ihren großen Brüsten zu ficken.

Es war ein fantastischer Anblick, wie sich er sich durch ihre Brüste schob.

»Will die kleine Schlampe blasen oder ficken!?«, fragte ich nach einiger Zeit provokant.

»Das ist schwer«, grübelte sie.

»Ficken«, entschied sie.

Ich konnte es bereits vorher in ihren Augen sehen, dass sie sich so entscheiden würde.

»Dann holt die kleine Schlampe ein Kondom«, trug ich ihr auf.

»Wo sind die, mein Herr?«, fragte sie irritiert.

»Hinter mir in der Schale.«

»Dann muss ich über dich rüber steigen...", stellte sie fest.

»Jap.«

Ich grinste vergnügt.

»Ich habe es geahnt.«

Luciana krabbelte auf allen Vieren über mich, um das Kondom aus dem Schälchen zu holen. Ich holte aus und gab ihr einen ordentlichen Klaps auf ihren Po.

»Die kleine Schlampe kann gleich dortbleiben.«

Ich nahm das Gummi aus ihrer Hand, zog es über meinen Schwanz und positionierte mich genau hinter ihr. Dann zog ich ihren String beiseite und ließ meinen Phallus achtsam von hinten in ihre Pussy eintauchen. Als ich bis zum Anschlag in ihr war, begann ich damit sie hart zu ficken.

Sie stöhnte lauter, als ich das Tempo erhöhte.

Mein Becken klatschte gegen ihren Po und ihre Brüste wippten mit jeden Stoß nach vorne. Nach kurzer Zeit ließ ich meinen Schwanz etwas langsamer eintauchen, weil ich bereits kurz vor einem Orgasmus war.

Bei jedem Eintauchen stöhnte sie lauter und als ich schneller wurde, schlug ich ihr bei einigen Stößen auf ihren Po, der unverändert rot gefärbt war.

Es dauerte nicht lange und ich kam, laut stöhnend in ihr. Der Orgasmus überrollte mich förmlich.

Als ich meinen Schwanz aus ihrer Pussy zog, löste ich auch die Schnüre an meinen Hoden.

Ich war völlig außer Atem, denn ich war sehr heftig gekommen.

Wir lagen erst eine Zeit nebeneinander, bevor wir etwas tranken und Luciana sich eine Zigarette anzündete.

*Im Gegensatz zu sonst ist sie ziemlich artig. Es kommen keine Angriffe mit ihren Fingernägeln und Bissspuren habe ich auch noch nicht abbekommen. Ob das wohl daran liegt, dass ihr so viele Schläge blüht?*

Irgendwann war es jedoch soweit, sie wurde frech und begann meinen Schwanz zu wichsen. Ich ließ sie gewähren und als er richtig hart war, zog ich sie an der Leine heran, damit sie meinen Phallus blasen konnte.

Ihre Zungenspitze schlug dabei meine Eichel, ein Gefühl, was meine Geilheit nur noch mehr anfeuerte. Die Fingernägel kratzten wollüstig über meine Hoden.

Ich stöhnte dabei laut auf, zog sie zu mir und biss ihr dafür tief in ihre Brust. Mein Schwanz war so hart, dass ich wieder zu einem Gummi griff und es überrollte.

Sie drehte sich erwartungsvoll auf den Rücken und winkelte ihre Beine an. Zwischen den feuchten Lippen eintauchend stieß ich zu und nahm sie erneut.

Ihre großen Brüste wippten bei jedem Stoß mit. Das zu sehen, törnte mich umso mehr an und ich stieß meinen Schwanz noch härter in ihrer nasse Pussy.

Dieses Mal kam ich nur etwas, genau zwischen zwei Stößen. Luciana ließ jedoch nicht von mit ab. Ich stieß danach trotzdem weiter in ihr Allerheiligstes. Irgendwann konnten wir beide nicht mehr. Wir lagen schließlich erschöpft und aneinander gekuschelt auf dem Sofa.

Die Dame konnte aber trotzdem nicht die Finger von ihrem Spielzeug lassen und nahm ihn mit einer Hand. Sie schaffte es erneut, mich geil zu bekommen. Spätestens als ihr Mund den Weg zu mir fand, wollte ich sie.

Ich rieb ihre Perle, während sie auf allen Vieren meinen Schwanz verwöhnte. Als sie erneut zu meinen Eiern wanderte und daran saugte, hielt mich nichts mehr und ich wichste mir vor ihren Augen meinen Schwanz. Luciana machte trotzdem weiter und schaute mir dabei fasziniert zu.

»Der Herr wichste ganz nah vor meinen Augen und im Hintergrund sah ich ihn stöhnen. Es war ein göttlicher Anblick aus der Position«, erzählte sie mir danach.

Auf allen Vieren über mich krabbelnd begann sie erneut mit ihren Brüsten meinen Schwanz zu bearbeiten. Ich war so geil, dass ich es nicht mehr aushalten konnte und unbedingt kommen wollte.

An der Leine zog ich sie etwas zur Seite. Mit ihrer Hand umschloss sie meinen Ständer. Die Bewegungen nahmen Fahrt auf und wurden schneller und härter. Sie lag neben mir und schaute dabei zu.

Irgendwann war es soweit.

Ich war kurz davor zu kommen und zog sie mit ihrem Fickmaul zu meinem Schwanz. Mit einem lauten Stöhner kam ich und spritzte Fräulein Nimmersatt alles in ihren gierigen Mund. Sie schluckte brav meinen Saft und machte sich daran, noch die Reste von meinem Schwanz abzulecken.

Ich grinste vergnügt, denn wie sich herausstellte, schien es ihr sehr zu schmecken.

Wir tranken noch eine Kleinigkeit und wechselten danach ins Schlafzimmer unter meine neue Decke, die jetzt auch für zwei Personen ausreichte.

Am nächsten Morgen wurden wir zeitgleich wach und unsere Lust flammte ebenfalls auf. Ihre Hand wanderte direkt unter die Boxershorts zu meinem Schwanz. Sie machte mich mit ihren Bewegungen so geil, dass ich ihre großen Titten aus dem BH holte und sie massierte.

Ich half ihr dabei, mir die Boxershorts auszuziehen, sodass sie freie Bahn hatte. Luciana wusste, wie sie mich besonders geil bekam. Meine Finger glitten über ihren Venushügel und fanden den Eingang zu ihrer Lustgrotte. Ich begann sie vorsichtig zu fingern, um dieses weiter zu steigern.

Ihr großen Brüste wippten, während ich sie mit Mittelfinger und Ringfinger heftig fickte. Umso schneller ich sie fingerte, umso heftiger nahm sie meinen Schwanz.

»Fick mich«, stöhnte sie mir leise ins Ohr.

»Das hätte die kleine Schlampe wohl gerne«, hauchte ich zurück und fickte sie mit meinen Fingern noch tiefer.

Sie konnte sich nicht mehr konzentrieren, denn ihre Hand ließ meinen Schwanz langsam los. Ich nahm ein Kondom, rollte es über und erfüllte ihren größten Wunsch.

Mit weit gespreizten Beinen empfing sie meinen Phallus und ich ließ ihn erneut eintauchen.

*Sie war wirklich unersättlich.*

Ihre Brüste wippten noch stärker, während mein Schwanz sich unentwegt in ihre Pussy bohrte. Nach einiger Zeit entließ mich ihre Pussy und Luciana wichste meinen Schwanz weiter. Mit ihrem festen Griff dauerte es nicht lange und ich war kurz davor zu kommen.

»Komm her, meine kleine Drecksau«, brachte ich nur noch laut stöhnend und schob ihren Mund auf meinen Schwanz, der gerade seinen ersten Stoß abließ.

Sie nahm alles brav auf und leckte meinen Schwanz bis zum letzten Tropfen sauber.

»Hat es der kleinen Schlampe geschmeckt?«

»Ja, wie immer sehr gut, mein Herr.«

»Wir sollten wohl mal aufstehen und etwas essen. Soll ich zuerst duschen?«

»Kannst du machen«, sagte Luciana vergnügt und zufrieden.

Nachdem ich geduscht hatte, kümmerte ich mich um das Frühstück. Je länger ich auf war, desto mehr bemerkte ich, dass es kein angenehmer Tag werden würde. Ich hatte Kopfschmerzen und legte mich nach dem Frühstück zum Schlafen auf das Sofa. Sie kuschelte sich an mich und nachdem wir uns ein paar Stunden ausgeruht hatten, gingen wir nach draußen und machten einen Spaziergang.

Meine Kopfschmerzen waren zum Glück fast weg und die frische Luft tat sehr gut. Sie war in der Zeit wirklich artig.

Kaum waren wir jedoch bei mir in der Wohnung und hatten es uns auf der Couch gemütlich gemacht, wurde sie frech und fuhr ihre Krallen aus. Ich legte ihr gleich das Halsband und die Leine an und zog sie zu mir.

»Kaum geht's mir besser, wird meine kleine Schlampe wieder frech.«

Ihre einzige Antwort bestand aus einem frechen Grinsen. Ich zog sie hart aufs Sofa und gab ihr einen langen Zungenkuss. Ihre großen Brüste drückten sich in mein Gesicht. Mich zog es gleich in das Dekolleté und ich biss ihr in eine Brust, während ich ihr mit voller Wucht einen Klaps auf den Arsch gab.

»Viel zu frech«, wiederholte ich.

Ein paar Minuten später lagen wir in Unterwäsche auf meinem roten Sofa. Ich zog an der Leine und holte mir Luciana etwas näher zu mir.

»Komm her, meine kleine Schlampe«, lotste ich sie an der Leine zu meinem Schwanz, der schon voller Vorfreude gegen die Boxershorts drückte.

Ich brauchte ihr gar nichts mehr erzählen, sie wusste schon, was sie sollte - und was sie wollte. Sie befreite meinen Schwanz, nahm ihn in die Hand und ließ ihre Zunge darüberfahren.

Während ich einen kleinen Seufzer losließ, kratzte ich sie derweil mit meinen Fingern am Po und holte aus, um auf genau dieser Stelle einen Treffer zu landen. Das verstand sie und nahm meinen Phallus jetzt ganz in ihrem Mund auf. Ihre vollen Lippen umschlossen meinen Schwanz sehr fest und begannen ihn zu ficken.

Ich schlug noch einmal zu.

*Du kleine Drecksau, das machst du aber auch so geil*, dachte ich und genoss es, wie sie mich verwöhnte.

Zwischendurch schaute ich zu ihr herüber und vernahm ein freches Grinsen von ihr. Sie liebte das Blasen so sehr. Das war keine wirkliche Strafe für sie. Ich zog sie an der Leine zu mir hoch und bemerkte, wie sie sich dagegen wehrte.

Sie wollte meinen Phallus weiter verwöhnen aber die »Belohnung« musste sie sich erst verdienen. Sie sollte hochkommen. Ich ließ meinen Schwanz unter dem BH zwischen die Brüste stoßen und sie wusste, was sie nun zu tun hat. Luciana fickte meinen starken Schwanz umsichtig mit ihren großen Brüsten.

*Wie gerne hätte sie ihn wohl jetzt geblasen?*

Aber die kleine Schlampe musste sich erst an einer anderen Stelle beweisen. Ich holte eine Schnur, die neben dem Sofa lag und gab sie ihr. Dann deutete ich auf meinen Schwanz und meiner Eier.

»Das darfst du jetzt machen, meine kleine Schlampe.«

»So etwas habe ich aber noch nie gemacht, mein Herr.«

»Dann schaust du zu und lernst es jetzt. Beim nächsten Mal machst du das.«

»Ja, Herr.«

Ich legte die Schnur an und zog sie fest. Nach einer Minute standen zwei pralle Bälle für sie bereit. Zunächst blieb sie jedoch bei meinem Schwanz und verwöhnte ihn mir ihren Lippen. Sie zur Seite ziehend schlug ich ihr mehrere Mal mit dem harten Schwanz ins Gesicht, sodass es laut klatschte.

»Wenn ich der kleinen Schlampe schon die Eier abbinde, hat sie diese auch zu lecken«, fuhr ich sie an.

»Ja, Herr«, kam es gedämpft zurück.

Sie machte sich daran, ihre Aufgabe zu erfüllen. Mit ihrem Mund saugte sie an meinen Eiern, was mich laut aufstöhnen ließ. Das Ganze bekam noch ein i-Tüpfelchen, als sie anfing meinen Schwanz dabei zu wichsen.

»So ist es brav«, stöhnte ich laut auf.

Die Haut von meinem Schwanz lag so stramm an, dass ich jede Bewegung spürte.

*Einfach ein geiles Gefühl, so verwöhnt zu werden.*

Luciana leckte und saugte weiterhin brav an meinen prallen Bällen. Auch hier spürte man jede einzelne Bewegung.

»Komm, den Arsch weiter zu mir«, befahl ich ihr und sie positionierte sich auf allen Vieren und schob ihn mir entgegen.

Unterdessen beschäftigte sie erneut damit meinen Schwanz zu blasen.

*Sie wird schon sehen, was sie davon hat.*

»Die kleine Schlampe kann zwar nicht laut mitzählen, wo wir sind, aber sie wird es sich merken.«

Dann kam auch schon mein erster Schlag, der ihren Po traf. Ich holte noch zwei Mal aus und schlug ordentlich zu, sodass sie kurz ein paar ulkende Laute abgab.

»Wo sind wir jetzt?«

Luciana ließ von mir ab, um mir zu antworten.

»22, mein Herr. Danke mein Herr.«

Ich ließ sie weiter meinen Schwanz verwöhnen und schlug zwischendurch immer wieder mit voller Wucht zu.

»Die Eier nicht vergessen«, fuhr ich sie an.

Sie gehorchte.

»Wo sind wir?«

»33 mein Herr. Danke mein Herr.«

»Die kleine Schlampe ist doch richtig schwanzgeil.«

»Ja, mein Herr«, stimmte sie zu und ich spürte sofort wieder ihre Lippen.

Ein paar Minuten später zog ich sie an den Haaren nach oben und wichste ihn weiter, bis ich kam. Ich schob ihren Kopf in dem Moment nach unten und sie nahm alles brav auf. Sie war so begeistert, dass sie abermals alles bis auf den letzten Tropfen ableckte.

*Ein richtig schwanzgeile Sub,* dachte ich und grinste innerlich, weil ich daran erinnerte, wie alles einmal begonnen hatte.

Ich kochte uns am Abend etwas zu Essen. Nach dem Essen ging es zurück aufs Sofa und wir schauten zusammen TV. Luciana war eine halbe Stunde ruhig und wurde anschließend erneut frech.

Sie kitzelte mich, was ich überhaupt nicht leiden kann. Ich wehrte mich, aber sie hörte nicht auf und so wurde es mir irgendwann zu viel.

»Runter vom Sofa. Aufs Fell, meine kleine Schlampe.«

»Mmmmh...«, kommentierte sie und hoffte darauf, dass ich das nur aus Spaß gesagt hatte. Es war mir aber ernst.

»Los, auf den Fußboden!«

Sie gehorchte widerwillig.

»Ja, mein Herr«, grummelte sie leise.

Dafür ließ ich sie noch länger auf dem Fell knien.

Nach einer gefühlten Ewigkeit zog ich sie zurück auf das Sofa. Ich nahm Luciana in die Arme und wir küssten uns.

Wer aber glaubt, sie wäre danach artig, der täuscht sich. Nach einiger Zeit fing sie beim Küssen an, ihre Krallen auszufahren.

Sie wusste, dass sie mich damit geil bekam und ein paar Minuten später nahm sie meinen harten Schwanz, um ihn sanft mit ihren Lippen zu ficken.

Sie wusste, wie man den Herrn zufrieden stellt.

Kniend nach vorne gebeugt, nahm ich die Einladung an, ihre großen Brüste zu kneten. Ein paar Minuten später war ich so geil, dass ich sie von meinem Schwanz wegzog und ein Gummi überrollte.

»Reit mich, meine kleine Schlampe.«

Luciana setzte sich auf mich und ließ meinen harten Phallus gierig zwischen ihren Lippen verschwinden. Ich spürte die Enge ihrer Lustgrotte und gab einen lauten Seufzer von mir. Ihre Bewegungen wurden schneller und unser Stöhnen regelmäßiger.

Sie beugte sich nach vorne und ich knetete ihre Brüste und saugte an ihren Nippeln, während sie sich weiter auf meinen Schwanz ausließ. Die Leine des Halsbandes hing zwischen ihren Brüsten und ich nahm sie zwischendurch auf, um Luciana für einen Zungenkuss nach unten zu ziehen.

Ihr Ritt war lange und intensiv. Als sie meinen Phallus fast ganz herausließ und ihn wieder bis zum Anschlag in ihre Pussy stieß, kam ich laut stöhnend in ihr.

»Das war wohl zu viel, was?«, entgegnete sie frech und grinste mich dabei an.

Ich gab ihr einen ordentlichen Klaps auf den Po, bevor sie absteigen konnte.

»Aaaaauutsch«, kommentierte sie und warf mir einen bösen Blick zu.

»Bin mal kurz im Bad, gehen wir dann ins Schlafzimmer?«, fragte sie.

Ich nickte.

Nach einem gemeinsamen Frühstück am nächsten Morgen ließ ich Luciana auf dem Sofa Platz nehmen. Dort hatte ich gestern bereits das Paddel hingelegt, was sie wohl bemerkte. Ich sah, wie sie sich erst daraufsetzte und anschließend versuchte, das Paddel zu verstecken.

»Was macht die kleine Schlampe da?«

»Nichts«, antwortete sie frech.

»Ich habe das wohl gesehen«, sagte ich streng und zog sie an der Leine, um an das Paddel zu gelangen.

»Nicht das Paddel, mein Herr. Ich bin ganz lieb.«

»Das werden wir noch sehen«, sagte ich und behielt das Paddel einige Zeit in der Hand.

Sie kam zu mir, küsste mich und wir brauchten keine fünf Minuten, um geil zu werden und in Unterwäsche auf dem Sofa zu liegen. Sie bedeckte meinen Körper mit Küssen und ich genoss es, bis sich mich in die Bauchdecke biss.

Ich gab ihr eine Verwarnung, aber sie biss erneut zu.

»Das reicht. Los, auf den Fußboden«, sagte ich böse und zog sie an der Leine.

»Knie dich vernünftig hin, meine kleine Schlampe.«

Luciana gehorchte.

Ich holte das neue Halsband mit den Ketten sowie die Handfesseln und legte ihr diese an. Die Ketten verbanden beide Handfesseln mit dem Halsband und so war sie etwas eingeschränkt.

Dann ließ ich die Leine wieder am Halsband einrasten.

»Auf alle Vieren, meine kleine Drecksau«, befahl ich.

»Wir machen jetzt weiter mit deiner Strafe«, verkündigte ich.

Verängstigt blickte sie mich an, weil sie ahnte, dass das Paddel zum Einsatz kommen würde. Ich nahm auf dem Sofa Platz und holte aus, um ihr die ersten 10 Schläge mit der Hand zu geben. Brav zählte sie mit und bedankte sie.

Dann folgte das Paddel und sie schaute mich voller Ehrfurcht an. Auf jeder Seite kassierte sie mit dem hölzernen Instrument fünf Schläge. Die Schläge waren durch die Wucht des Auftreffens laut und ihr Po färbte sich sehr schnell rot.

Ich zog sie nach der Bestrafung auf das Sofa, denn dort sollte ihr roter Po ihr noch unangenehme Minuten bescheren. Zuerst nahm ich sie an der Leine und dirigierte sie zu meinem Schwanz.

Mir war klar, dass ihr das deutlich besser gefiel.

Sie begann sofort damit, ihn zu verwöhnen und meinen Phallus hart zu blasen. Weil ihr der Po weh tat, schickte ich sie zum Knien auf den Fußboden und setzte mich auf die Sofakante.

Sie lächelte dankbar.

Zwischendurch nahm ich meinen Schwanz aus ihrem Schlund und schlug ihr damit ins Gesicht.

Ich konnte es nicht lassen, ihre großen Brüste währenddessen zu kneten. Ihre Nippel waren vor Erregung so hart, dass es mich noch mehr aufgeilte.

Ich wollte nicht mehr warten.

Mit der Hand an der Leine zerrte ich sie aufs Sofa und schob zwei meiner Finger in ihre nasse Pussy. Das reichte schon aus, um ihr einen Stöhner zu entlocken.

Sie lag mit dem Rücken auf dem Sofa, als ich mit meinem harten Schwanz in ihre Lustgrotte eindrang.

Ihre Wollust sprang ihr aus den Augen und fixierte mich. Luciana zog ihre Beine etwas an, damit ich sie noch tiefer ficken konnte.

Ich nahm sie dieses Mal noch härter und sie spürte, wie ihr roter Arsch auf dem Stoff vom Sofa rieb. Meinen Schwanz immer und immer in ihre Pussy stoßend beobachtete ich lustvoll, wie ihre Brüste dazu wippten.

Ihr Stöhnen wurde deutlich lauter. Die Ketten des Halsbandes gaben ihre klirrenden Geräusche dazu ab, während ich sie weiter nahm.

Es dauerte nicht sehr lange und ich kam laut stöhnend in ihr. Ihre großen Brüsten liebkosend bewegte ich mich weiter abwärts, bis ich an ihrer Lustgrotte angelangte.

Zuerst leckte ich ihre nassen Lippen und widmete mich danach ihrer Perle. Mit kreisenden Bewegungen und einem Auf und Ab brachte ich Luciana innerhalb kurzer Zeit zum Orgasmus.

»Mhmmmmm, oooooooar«, kam sie laut und heftig, während meine Finger ihrer Pussy noch weiterfickten.

Wir lagen zusammen noch einige Minuten auf dem Sofa und als ich ihr das Halsband abnahm, sah ich einen roten Abdruck am Hals. Das Halsband war viel zu breit und nicht ordentlich geschnitten. Nachdem sich Luciana geduscht und angezogen hatte, meinte sie zu mir: »Das wird gleich ja lustig in der Bahn, wenn ich die ganze Zeit sitzen muss.«

Ich grinste.

»Schmerzt wohl etwas?«

»Etwas ist gut...«

Ich nickte zufrieden.

*Genauso sollte es schließlich sein,* dachte ich mir.

Wir machten uns kurze Zeit später auf den Weg zum Bahnhof. Ich begleitete sie zum Gleis und gab ihr einen kurzen Abschiedskuss. Wir würden uns sicherlich wiedersehen.

Natürlich schrieben wir direkt, als ich wieder Zuhause war und sie noch im Zug saß. Wir waren völlig aufgeputscht von dem Erlebten und so landeten wir bei den nächsten Ideen. Ich wollte Luciana gerne zum squirlen bringen.

»Das geht aber nur bei Frauen, die einem vertrauen und auch bei den Männern kommen.«

»Oha, na da bin ich ja mal gespannt, ob das so funktioniert wie der Herr sich das vorgestellt«, schrieb sie.

»90% der Frauen können es eigentlich, habe ich gelesen. Die meisten können sich nur nicht gehen lassen.«

»Na am Vertrauen wird es wohl nicht liegen, denn das ich dir vertraue, ist ja klar. Sonst hätte ich mich nicht mal auf das Halsband eingelassen.«

»Es ist eigentlich nur eine bestimmte Zwei-Finger-Technik mit etwas Druck auf einen Bereich.«

»Achso, mal sehen, bis jetzt hat das keiner geschafft. Aber das es bei dir irgendwie anders ist, habe ich ja relativ schnell gemerkt. Wie schnell aus unserem einmaligen Treffen eine Affäre geworden ist, ist schon irgendwie krass. Ich fühle mich aber sehr wohl und mit dir kann man wenigstens offen reden. Die meisten meiner Freunde sind eher so 'Scx, nee darüber rede ich nicht'.«

»Ich hatte das mit der Älteren eigentlich vor, weil die beim Lecken dreimal gekommen ist.«

»Uh la la, was ist jetzt mit der?«

»Die hat ja ihren festen Freund seit Anfang des Jahres. Sie schreibt noch ab und zu und ist auch noch in meiner Freundesliste.«

»Ja, aber hätte ja sein können, dass es was Neues gibt.«

»Wenn Schluss ist, läuft da bestimmt noch mal was. Selbst mit anderen passierte nach 10 Jahren noch etwas, obwohl sie nie nie nie mit mir Sex haben wollten. Und die Drecksau ist auch noch da, trotz lesbischer Freundin. Irgendwas muss der Herr wirklich haben.«

»Ha ha ha, stimmt. Warum auch nicht, du bist doch Single, da kannst du treiben was und so viel du willst. Der

Herr hat auch etwas, deswegen verstehe ich auch nicht, wieso du solo bist.«

»Das ist auch etwas, was ich nie verstehen werde. Bin ich zu wählerisch? Oder ich bekomme wirklich nur die, die Sex und Abenteuer haben wollen? Und die, die ich richtig geil finde, sind zu weit weg. Irgendwann kommt schon die Richtige, aber irgendwie glaube ich, nicht über eine Bewerbung. Vielleicht ist es eine Leserin meiner Bücher? Deswegen will ich das auch mit den E-Books machen. Irgendetwas sagt mir, das muss ich tun.«

»Tanzen wir nicht alle irgendwie aus der Reihe? Na ja, vielleicht ist sie auch schon da, aber du hast sie nur noch nicht erkannt. Soll es ja alles geben. Aber Kopf hoch, das wird schon. Es würde mich wundern, wenn nicht. So ist es bei mir, guck mal der, dem ich mein Herz geschenkt hab. Er will absolut nix von mir wissen. Deswegen habe ich es auch aufgegeben.«

»So war es früher auch bei mir. Manchmal ist das wohl einfach so.«

»Aber ich habe da keinen Nerv mehr drauf. Es ist immer das gleiche, da lass ich es lieber sein, auch wenn der Gute nichts von seinem Glück weiß.«

»Ich lass, glaube ich, kaum noch Gefühle durch, weil ich mich dann wieder voll verrenne.«

»Das kenne ich, geht mir nicht anders. Die meistens spielen ja auch nur. Deswegen sag ich dem ja auch nichts.«

»Ich habe gerade das Erlebnis mit der Sauna veröffentlicht.«

»Dann muss ich mir das wohl mal anschauen.«

Es dauerte ein paar Minuten und es folgte danach eine Reaktion.

»Jetzt habe ich ordentlich Kopfkino wegen der Geschichte. Mir ist warm.«

»Dann zieh was aus.«

»Ähm, ich habe nicht viel an, mein Herr.«

»Es sieht ja keiner«, neckte ich.

»Das ist wohl wahr, leider ist der Herr ja nicht da. Wenn du da bist oder ich bei dir, hat die kleine Schlampe sowieso weniger an, mein Herr.«

»Subs tragen ja eigentlich gar nichts, außer das Halsband.«

»Aber Unterwäsche und Strümpfe mag der Herr lieber«, wusste sie.

»Das sieht ja auch sehr gut aus, obwohl die Unterwäsche eh sehr schnell verschwindet«, meinte ich.

»Mal sehen, wie weit wir gehen«, fügte ich noch hinzu.

»Der Herr findet schon einen Weg.«

»Hat er bislang ja immer...«, ergänzte ich.

»Ganz genau und er hat bisher auch seinen Willen bekommen.«

Ich musste grinsen.

»Oh ja mit Gefühl habe ich immer alles bekommen.«

»Ach so mit Gefühl, also war das dein Charme??? Du legst dir das alles zurecht ne ne ne...«

»Bei mir ist alles geplant und ich habe dich genau da, wo ich dich haben will xD. Wer weiß, was du noch alles erlebst, ich weiß schon viel darüber.«

»Was hat der Herr noch so alles geplant, wenn ich fragen darf? Dann kann ich mich mental schon mal darauf vorbereiten.«

»Nein, darf die kleine Schlampe nicht wissen.«

»Grrrrrrrr das ist gemein. Der Herr weckt schon wieder meine Neugierde.«

»Das Fragen wird der kleinen Schlampe aber nicht helfen.«

»Was wird der kleinen Schlampe denn helfen?«

»Abwarten und erleben«, antwortete ich knapp.

»Das besänftigt die Neugierde aber nicht, ich habe selbst so viel im Kopf und auch noch das, was der Herr plant. Und er plant so viel in seinem Kopf.«

»Dann brauche ich ein Diktiergerät, damit ich nicht alles vergesse.«

»Das ist eine Idee, ich muss ja auch mal Duschen gehen, nicht wahr.«

»Oder auf dem Fell knien«, neckte ich.

»Na, da reden wir noch einmal rüber, aber Duschen muss auch sein. Und wenn der Herr nicht lieb ist, schleppe ich ihn samt Leine in die Dusche.

»Du hast die Leine und ich bestimme wohin.«

»Ja, dass die an mir hängt, ist mir schon bewusst. Ich wollte das nur mal erwähnt haben.«

»Möchte die kleine Schlampe lieber auf den kalten Fliesen im Flur knien?«

»Nein, mein Herr natürlich nicht.«

»Dann wirst du dich auch zu benehmen wissen. Von den 104 Schlägen sind ja auch noch einige vorhanden. Mal schauen wie viele du davon noch auslösen kannst.«

»Da bin ich auch gespannt, mein Herr. Ich habe mir die Schläge ja verdient.«

»So der Herr geht jetzt schlafen. Gute Nacht, meine kleine Schlampe.«

»Gute Nacht, mein Herr. Süße Träume.«

# ● Girl on Fire

Saira las schon länger die Geschichten auf meiner Seite.
Später erzählte sie mir, dass sie dachte, dass es mehrere Autoren auf der Seite gab. Anfang des Jahres hatte ich meine
Seite umgestellt und da wurde ihr klar, dass es sich nur um
einen Autor handelte. Sie schrieb mich über Facebook an
und wenig später tauschten wir unsere Handynummern.
Ein paar Tage später telefonierten wir das erste Mal miteinander.

Ich bat sie darum, später anzurufen, war mir doch eigentlich schon vorher klar, auf was das Telefonat hinauslaufen
würde. So lag ich im Bett und schaute TV, als es klingelte.
Ihre Stimme klang sehr sympathisch. Wir fragten uns gegenseitig aus. Zuerst war das Gespräch sehr einseitig, weil
ich viel von mir erzählte.

Dann wollte ich aber auch etwas von ihr wissen. Sie war
halb Deutsche, halb Afrikanerin. Das konnte ich auf den
Fotos erkennen, da ihre Hautfarbe etwas dunkler war. Sie
war wirklich hübsch, denn ich muss ganz ehrlich sagen,
dass ich normalerweise asiatische und afrikanische Frauen
nicht aufregend finde, egal wie hübsch sie sind. Warum?
Das kann ich nicht sagen! Sie können noch so hübsch sein,
ich finde sie nicht geil. Bei südländischen Frauen aus Europa, Indien, Türkei und angrenzenden Ländern ist das anders.

Saira fand ich auf jeden Fall wahnsinnig aufregend und interessant. Sie erzählte mir, dass sie gerade in ihren Abschlussprüfungen sei, sodass wir uns einigten, ein Treffen
für später im Jahr vorzusehen. Es brauchte nicht lange und
wir landeten bei den sexuellen Vorlieben.

Sie fragte mich, was mich besonders antörnte und ich musste wirklich überlegen. Da gab es viele Dinge aber besonders heiße Zungenküsse, ein wenig kratzen an den richtigen Stellen und schöne Dessous. Aber wichtig ist, dass die Frau auch aktiv ist, berichtete ich ihr. Ich hasse nichts mehr als eine Frau, die da liegt und es über sich 'ergehen' lässt.

Sie verriet mir, dass sie ganz besonders empfindlich am Po, Hals und Nacken reagierte. Und sie liebte das Küssen. Wir waren so angeregt, dass es noch einen Schritt weiterging. Telefonate, die so angeregt verliefen, brauchten nur einen Impuls, um zum Telefonsex überzuleiten. Und den Impuls gab ich.

»Schade, dass es noch so lange dauert. Wäre schöner, wenn du schon hier wärest.«

»Ja, stimmt. Was würdest du mit mir machen?«

Das war das Zeichen für 'geh einen Schritt weiter, ich will es jetzt mit dir am Telefon'.

Ich musste dreckig grinsen.

»Da würden mir so einige Dinge einfallen...«

»Erzähl es mir!«

*Auch noch so neugierig, dass die zweite Aufforderung gleich hinterherkam.*

»Ich würde dich zu mir ziehen, hab ja schließlich eine große Bettdecke, unter die wir beide passen und dich küssen. Erst einige Zungenküsse und danach ein paar Küsse an Hals und Nacken.«

»Mhmmm, das würde mir wirklich gefallen. Damit würdest du mich antörnen«, hauchte Saira durch den Hörer.

»Wahrscheinlich noch viel mehr, wenn meine Hand dabei über deine nackten Brüste streicht und sie kneten.«

Ein weiterer Seufzer.

»Warum kann ich nicht schon bei dir sein?«, fragte sie.

»Du kannst dieses Wochenende kommen, dann sind es nur noch vier Tage. Ich kümmere mich auch die ganze Nacht um dich. Und am nächsten Tag fährst du wieder zurück und kannst lernen.«

»Das geht wirklich nicht, Süßer. Nicht in dieser Zeit. Ab Sommer wird es besser.«

»Ich könnte dich die ganze Zeit küssen und im Arm halten. Unter der Decke wird dir auch bestimmt nicht kalt.«

»Das kann ich mir denken...«, hauchte Saira.

»Und wenn ich dich erst einmal lecke... Du weißt, wie gerne ich das mache.«

Der erste richtige Stöhner.

Ihre Stimme war so erotisch, dass ich meinen Schwanz aus der Boxershorts befreite und ihn langsam wichste.

»Das ist gemein«, stöhnte sie.

»Ich würde dich sehr gerne lecken, schön deine Perle massieren«, setzte ich meine Ausführungen fort.

»Während ich deinen Schwanz nehme und ihn blase. Magst du 69?«

»Ja, das liebe ich auch.«

»Dann werde ich ihn schön wichsen und blasen, während du mich leckst«, ergänzte Saira und stöhnte auf.

»Wo hast du deine Hand, Süße?«

»Über der Bettdecke, was denkst du denn«, kicherte sie.

»Bestimmt schon unter der Decke«, stellte ich sachlich fest.

»Denkst du?«

»Ja und wenn nicht, nimm sie unter die Decke und massiere dich.«

»Ich hatte sie schon unter der Decke aber an meinen Brüsten«, hauchte sie.

»Die Nippel sind bestimmt schön hart, daran würde ich jetzt gerne saugen.«

Saira gab erneut einen langen Stöhner von sich.

»Wo hast du deine Hände«, wollte sie wissen.

»Über der Decke und an meinem Schwanz.«

»Und was machst du an deinem Schwanz?«

»Ihn langsam wichsen…«, hauchte ich in den Hörer.

»Stell dir vor, wie ich ihn dir blase. Daran sauge…«

»Mhhhm«, stöhnte ich aufgegeilt.

»Mach es dir ein bisschen schneller. Stell dir vor, dass ich dich reite und ihn dabei in meine Pussy stoße.«

»Oh ja, das wäre richtig geil. Ich will, dass du dich fingerst.«

»Wie viele Finger?«

»Zwei Finger, und schön tief.«

Ihr Stöhnen wurde lauter und regelmäßiger. Ich hörte, wie sie schwerer atmete und das törnte mich zusätzlich an. Ich wichste mir meinen Schwanz schneller.

»Ich würde gerne, dass du mich von hinten nimmst«, stöhnte Saira.

»Schön von hinten in deine Lustgrotte stoßen und dir dabei auf den Arsch hauen«, ergänzte ich.

»Oh ja, immer schneller und schneller will ich deinen Schwanz spüren.«

Wir stöhnten einige Zeit nur noch, ohne unsere Anregungen weiter auszuführen, denn unser Kopfkino erledigte den Rest. Ich wichste meinen Schwanz mal schneller und mal langsamer, um noch nicht zu kommen.

»Stoß noch fester, ich komme gleich, Süßer«, stöhnte sie lauter.

Ich wichste meinen Schwanz noch fester und stöhnte mit ihr zusammen.

Dann kamen wir.

Zuerst Saira, die richtig laut wurde und ich ein paar Sekunden später.

Wir telefonierten darauf eine Zeit lang sehr regelmäßig, und es gab etliche Male Telefonsex. Leider kam es jedoch nie zu einem Treffen. Als der Kontakt abbrach, erfuhr ich irgendwann, dass sie einen Freund hatte und dachte mir, dass dieses bestimmt der Grund sei, warum ich gar nichts mehr von ihr hörte.

# ● Lucky Cat

Ich saß auf dem Sofa, vernahm ihren angenehmen Duft und erinnerte mich an den Chaosnachmittag vom Vortag. Ich überlegte die ganze Zeit, ob es ihr Parfüm war, welches mir zu Kopf stieg oder doch ihre Bodylotion. Gestern war ich noch enttäuscht darüber, wie das Date verlief.

Aber blicken wir zurück.

Ich hatte Sharleen über ein Forum kennengelernt. Wir trafen uns für einen DVD-Nachmittag bei mir. Da wir im Profil beide eindeutige Absichten angaben, dachte ich nicht, dass dieses zu einem Problem führen könnte. Sie wurde von ihrer Freundin gebracht, weil sie keinen Führerschein hatte.

Zuvor hatten wir noch mehrere Male telefoniert und mittlerweile hatte ich ein komisches Gefühl bei der Sache. Vielleicht hätte ich sogar abgesagt, wenn sie nicht schon losgefahren wären. Als ich durch das Fenster sah, wie sie zu meiner Haustür ging, stand ich auf und öffnete diese.

Wir begrüßten uns, schauten uns tief in die Augen und umarmten uns kurz. Sie ging an mir vorbei und hielt direkt aufs Wohnzimmer zu.

Ich musterte sie.

Sharleen hatte schon einige Tattoos. Die beiden Tatzen auf ihren Brüsten sprangen mir direkt ins Auge. Sie blickte mich mit ihren braunen Augen an und schaute schnell weg, als sich unsere Blicke trafen.

Sie war deutlich kleiner und hatte eine weibliche Figur. Wir redeten ein wenig und ich schenkte uns etwas zum Trinken ein. Dann entschieden wir uns für eine DVD.

Als wir zusammen auf dem Sofa lagen, kuschelte ich mich von hinten an sie. Ich neckte sie wiederholt, weil sie sich von mir abgewandt hatte und ich nur auf ihr Dekolleté schauen konnte.

»Schau doch auch den Film«, entgegnete sie knapp.

Eine leichte Verunsicherung kam auf.

»Ich sehe aber etwas Interessanteres vor mir«, rutschte es mir heraus.

»Meine Brüste, was?!«, antwortete sich keck.

»Deine Tatzen. Klingt doch viel netter, oder?!«

Sie musste lachen.

»Ja, da hast du recht«, meinte sie und schaute mich mit einem frivolen Blick an.

*War das alles doch nur gespielt?*

Es dauerte nicht lange, da drehte Sharleen sich doch zu mir und unser Spiel nahm rasant Fahrt auf.

Meine Hände fanden den Weg zu ihren Brüsten und kurze Zeit später massierte mein Bein ihre Vulva.

Das schien sie sichtlich anzutörnen. Ihr Atmen wurde schwerer. Sie beschloss, sich ihr schwarzes Hemd und das pinke Oberteil auszuziehen.

Ich starrte auf ihr Dekolleté und den BH im Leo-Look. Meine Liebkosungen begannen an ihrem Hals, bedeckt durch ihr blondes Haar. Während ich mit meinen Küssen immer tiefer wanderte, öffnete ich ihren BH. Die Träger rutschten von ihren Schultern.

Nun konnte ich ihre Brüste mit den Tattoos vollständig bewundern. Ein sehr hübscher Anblick. Ihre Nippel standen vor Erregung ab und ich saugte sie mit meinem Mund ein, um sie mit der Zunge zu liebkosen.

Sharleen gab einen langgezogenen Seufzer von sich.

Ich zog sie näher an mich und mein Oberschenkel rieb weiter ihre Pussy. Ein paar Minuten später entledigte ich mich meiner Oberteile und meiner Jeans. Sie zog ihre Leggings aus und spreizte ihre Beine, sodass ich ungehindert mit den Fingern ihre Perle massieren konnte.

Meine Finger erkundeten den Weg zu ihrer Lustgrotte und tauchten tief in sie ein. Ich rutschte nach unten, zwischen ihre Beine und ließ meine Zungenspitze über ihre Perle wandern.

Sharleen stöhnte leise auf.

Ich nahm meine Finger wieder dazu, begann sie zu ficken, während meine Zunge um ihre Klit kreiste. Ihre Hände spielten mit ihren harten Nippeln und zupften daran. Tief in ihre Vulva eintauchend saugte ich an der Klit, bis ich die Perle zwischen meinen Zähnen spürte.

Allmählich wurde sie unruhig und ich brach ab. Eigentlich hätte ich jetzt Protest erwartet. Stattdessen fand ihre Hand den Weg zu meinem Schwanz und wichste ihn zärtlich.

»Ziemlich feucht«, kommentierte sie.

Ja, ich war geil und wollte sie. Sharleen wichste ihn weiter und ich wollte zum Kondom greifen.

»Eigentlich hatte ich das nicht geplant«, bremste mich sie aus. »Außerdem bin ich gerade gar nicht mehr feucht.«

Ich nahm wieder zwischen ihren Beinen Platz und leckte ihre trockene Perle. Es brauchte nicht lange bis Sharleen wieder anfing zu stöhnen. Ich saugte an ihrer Klit und nahm einen Finger dazu, um ihre Pussy zu bearbeiten.

Mittlerweile war sie wieder feucht. Mit meiner anderen Hand hatte ich eine Brust in der Hand und knetete sie. Sie drehte ihren Kopf zur Seite und stöhnte noch lauter.

Ihre Hände vergruben sie in der roten Decke des Sofas. Ich ließ meine Zungenspitze weiter um ihre Perle kreisen und nahm beim Fingern noch einen weiteren Finger dazu. Ich fickte sie immer schneller damit und Sharleen presste mein Gesicht zwischen ihre Oberschenkel. Es gab noch einen lauten Stöhner und anschließend entspannte sich ihr Körper. Ich leckte noch einmal ihre Perle.

»Das kitzelt. Hör auf«, meinte sie lachend und entzog sich mir.

Ich nahm hinter ihren Platz und umarmte sie. Danach folgte eine Diskussion, die ich nun gar nicht verstand. Sharleen machte mir Vorwürfe, dass sie bei unserem DVD-Nachmittag nun gar nicht geplant hatte, Sex zu haben und dass sie nun sehr irritiert wäre.

*Schön zu wissen*, dachte ich und grunzte innerlich. Hatte ich sie doch gerade befriedigt und jetzt lag ich neben ihr, natürlich weiterhin geil.

Nach zehn Minuten weiterer Diskussion verging mir die Laune und wir schauten uns noch den zweiten Film an, bevor ich sie nach Hause brachte.

Einen Nachmittag, den man sich hätte sparen können. Auf der anderen Seite war er trotzdem interessant genug, um sich nicht darüber zu ärgern. Ich war Tage später noch irritiert und von Sharleen kam nichts mehr. Es vergingen einige Wochen und in diesen hatte ich noch meine heißen Telefonate mit Saira, die mir den Tag versüßten.

## ➤ Ihr Sklave

Was sich an diesem Abend abspielte, konnte ich vorher nicht erahnen. Hätte man mir vorher die Wahl gelassen, wäre ich nicht darauf eingestiegen. Im Nachhinein war mir damals klar: Ich war dominant und wollte den devoten Part nicht. Aber auch das würde sich noch ändern.

Die Erfahrung mit Marlene war sicherlich interessant, um mal etwas ganz Anderes zu erleben, worauf ich mich bislang nicht eingelassen hatte.

Es begann alles damit, dass ich für einen Geschäftstermin nach Baden-Württemberg musste. Ich reiste einen Abend vorher an und hatte mich auch gleich für den Abend im Hotel verabredet. Vor dem Treffen war ich noch in der Stadt italienisch essen. Von Marlene hatte ich ein paar hübsche Fotos erhalten. Sie war in meinem Alter, hatte eine traumhafte Figur und ich war sehr gespannt darauf, was passieren würde.

Mit dem Hotelzimmer hatte ich dieses Mal Pech, denn es war klein und das Bett reichte gerade für mich. Marlene würde das später für ihr Spiel nicht stören. Gefühlsmäßig hatte ich mich auf normalen Sex eingestellt, den ich vielleicht etwas anheizen konnte.

Um 21 Uhr klopfte es an der Tür und ich öffnete. Wir begrüßten uns und sie stimmte mir gleich zu, dass das Zimmer nicht das allergrößte sei. Ich wusste, dass sie sehr aufgeschlossen war und erwartete schon, dass wir nicht allzu viel Zeit verlieren würden. Nachdem wir uns aufs Bett gesetzt hatten, dauerte es nicht lange, dass sie nur noch in Unterwäsche und Strümpfen auf mir lag.

»Schönes Tattoo«, hatte ich kommentiert, als sie mir ihren Rücken zeigte.

Das Tattoo verlief von den Schulterblättern bis zum Po. Sie von hinten zu nehmen, wäre sicherlich ein schöner Anblick. Ihre Finger strichen über mein Hemd und knöpften einen Knopf nach dem anderen auf. Ich schlug ihr leicht auf den Po.

»Immer diese Knöpfe«, kommentierte sie die Situation.

Und es kamen noch mehr. Die Hose hatte sie auch noch vor sich. Ich half etwas nach, zog Hose und Strümpfe aus. Marlene grinste und setzte sich wieder auf mich. Ein paar Minuten später fiel der Verschluss ihres BHs meiner Hand zum Opfer.

»Mhhhmm, die zwei-Finger-Technik«, bemerkte sie amüsiert.

Kaum hatte sie das ausgesprochen, liebkoste ich schon ihre großen Nippel und biss zu.

»Ein bisschen zärtlicher bitte, ja«, kam es von ihr.

Ich war etwas irritiert, dass sie so 'empfindlich' war und ignorierte ganz, in welchem dominanten Ton sie mir die Aussage mitteilte. Sie lag auf der Seite und zog mir nun meine schwarze Boxershorts aus.

Ihre Hand verblieb in der Gegend und wichste mir meinen Schwanz schön hart. Ich knetete ihre Brüste, liebkoste sie etwas zärtlicher als vorher und gab ihr noch einen kleinen Klaps. Sie mochte das wohl gar nicht und drehte mir meine Brustwarze.

»Autsch«, rutschte es mir heraus.

»Setz dich mal aufs Bett.«

Sie ging zu ihrer Tasche und holte ihre schwarzen Overknees hervor. Sie hatte mir vorher ein Foto geschickt und ich hatte sie darum gebeten, sie doch mitzubringen. Nachdem sie diese angezogen hatte, blickte ich auf ihre langen Beine.

*Bei den Beinen ist der Anblick wirklich ein Traum.*

Sie kam wieder zum Bett und drückte mein Gesicht zwischen ihre Brüste. Ich bemerkte, dass sie mir einen Schal um den Kopf band, sodass ich nichts mehr sehen konnte.

*So sehe ich leider aber von den Overknees nichts mehr,* dachte ich und war etwas enttäuscht.

»Es tut nicht weh, vertrau mir«, kam es von ihr.

*Auf was hatte ich mich da eingelassen? Ich war etwas verwirrt.*

»Mach ruhig weiter, meine Brüste gefallen dir doch«, sagte sie sanft.

»Ja...«, meinte ich zaghaft.

»Aber nicht beißen«, stellte sie klar.

Ich küsste und leckte ihre Brüste, wie es mir gefiel. Dabei spürte ich ihre Hand erneut an meiner Brustwarze. Wieder ein Dreher.

*Von wegen, das tat weh!*

Sie drückte meinen Kopf noch fester an ihre Brüste, zog mich hoch, damit sie mir meinen Schwanz wichsen konnte.

Ich stöhnte auf.

Ihr fester Griff verfehlte seine Wirkung nicht. Mein Schwanz wurde hart und noch empfindlicher. Meine Hände hatte ich die ganze Zeit auf ihrem Po, damit ich mich etwas orientieren konnte. Dann spürte ich ihre Hände, die mich in die Mitte des Raumes führte.

»Komm, kümmere dich um meine Brüste, knete sie. Du willst doch, dass ich auch geil werde.«

Ich gehorchte, spürte ihre großen weichen Brüste durch meine Blindheit noch besser. Marlene wichste meinen Schwanz, zwirbelte erneut meine Brustwarzen, was mein Stöhnen noch lauter werden ließ. Sie hatte meine Eier in der Hand und zog daran. Ich knetete die Brüste noch heftiger.

»Nicht umschmeißen«, ermahnte sie mich, als ich kurzzeitig das Gleichgewicht verlor.

Sie drehte mich um, zog mich zu sich und ich spürte, wie ihre Hand meinen Schwanz massierte. Nach einer kurzen Pause umschloss etwas meinen Schwanz und meine Eier. Marlene schnürte meine Eier ein! Das Gefühl war in diesem Moment einfach nur geil. Es fühlte sich an, als wenn zwei Hände fest zugriffen und meine Bälle anschwellen ließen. Sie schnürte noch weiter, bis sie prall abstanden.

Es fühlte sich so geil an, dass ich nur laut aufstöhnen konnte.

»Na, das gefällt dir wohl«, kommentierte Marlene die Situation.

Ich spürte, dass sie sich etwas von mir entfernte, sie eine Hand aber noch an meinen Hoden hatte. Dann traf mich wieder ein stechender Schmerz an einer Brustwarze, der aber nicht abschwächte, sondern blieb.

Ich spürte, dass etwas herabhing und bekam das gleiche auf der anderen Seite ebenfalls zu spüren. Der Schmerz ging zwar leicht zurück, blieb aber dumpf.

*Nippelklammern*, schoss es mir durch den Kopf.

»Willst du mich lecken?«

»Ja, bitte«, bettelte ich unbewusst und wusste schon gleich, dass das ein Fehler war.

Sie schlug mir auf den Po und ein weiterer leichter Schlag erwischte meine Hoden. Das tat aber wesentlich mehr weh und ich schnappte kurz nach Luft.

»Knie dich hin.«

Ich gehorchte und wartete darauf, was sie vorhatte.

»Willst du mich?«, fragte sie scharf.

»Jaaaa«, keuchte ich, weil sie an den Klammern zog und es ganz schön weh tat.

Sie drückte meinen Kopf zwischen ihre Beine, ließ mich ihren String spüren und ihren Geruch aufnehmen.

»Willst du mich lecken, mach mich geil«, schnauzte sie mich an.

»Aufstehen«, kam es scharf und ich gehorchte.

»An die Wand!«

Sie drückte meinen Körper gegen die Hotelzimmerwand -
und die war kalt. Erneut spürte ich den Schmerz der Klammern. Eine Klammer rutschte ab. Marlene löste die andere Klammer auch.

»Fick mich«, hauchte sie mir von hinten ins Ohr und drückte mir ihren Körper an den Rücken. Sie begann mich von hinten zu rammeln.

»Dann fick ich dich halt!«

Sie umfasste wieder meinen Schwanz und wichste ihn richtig hat. Ihre Hand schlug dabei gegen meine Eier, die so empfindlich waren, dass nur das Streicheln schon erregend war. Sie drückte meinen Kopf gegen die Wand und ich spürte, wie sie mir zwei Finger in den Po schob.

Bedächtig fickte sie mich, bevor sie mich zum Bett zog und mich auf die Knie zwang.

»Leck meine Overknees. Stell dir vor es, es wäre meine Pussy.«

Ich schluckte. Sie zwirbelte einen meiner Brustwarzen. Das Lecken ihrer Lackstiefel war garantiert angenehmer. Ich gehorchte und begann damit den oberen Teil zu lecken.

»Unten anfangen«, fuhr sie mich an.

Ich tastete mich ganz nach unten mit der Zunge und leckte ihre Stiefelspitze.

»Die Absätze auch!«

Nachdem ich die Spitze benetzt hatte, machte ich mich daran ausgiebig ihre Absätze zu lecken.

»Du musst dir schon mehr Mühe geben, wenn du mich lecken willst«, fuhr sie mich erneut an.

Ich leckte weiter den glatten Lack ihrer Stiefel. Kurze Zeit später zog sie mich zu ihren festen Titten. Ich küsste und leckte sie.

»Gib dir mehr Mühe, Honey!«

Ich liebkoste ihre Nippel, die allmählich hart wurden.

»Ja, mach mich geil«, stöhnte sie.

Ich gab mir noch mehr Mühe, saugte an ihnen, küsste und leckte ihre Brüste erneut.

»Komm aufs Bett«, befahl sie mir.

Ich krabbelte etwas benommen und orientierungslos aufs Bett. Marlene fesselte mir beide Hände jeweils an die Bettpfosten. Ich spürte, dass sie dazu zwei feste Seile verwendete und meine Handgelenke wirklich straff ans Bett zog. Ich war einen Augenblick kurz davor Panik zu bekommen.

*Was wäre, wenn sie mich einfach liegen lassen würde? Wenn sie mich ausrauben würde?*

Im nächsten Moment spürte ich ihre Oberschenkel an meinem Gesicht.

»Komm, leck mich!«

Nichts lieber als das. Endlich etwas, was ich gerne tat. Meine Zungenspitze ertastete sich ihre Perle und ich massierte sie.

»Das geht besser«, motzte Marlene sogleich.

Ich verstärkte mein Druck beim Lecken und erhöhte die Zahl meiner Zungenschläge. Marlene ließ mich nicht lange gewähren und setzte sich danach auf meinen Schwanz, der unverändert vom Abbinden steif war. Sie zwirbelte wieder an meinen Brustwarzen. Das tat so weh, dass ich an den Fesseln zog, was auch nicht angenehmer war.

Endlich nahm sie mir die Augenbinde ab. Ich zwinkerte etwas, weil ich mich an das Licht gewöhnen musste, spürte aber wie sie meinen Schwanz mit ihrem Becken massierte.

»Willst du, dass ich dich ficke? Dann mach mich geil«, ermutigte sie mich und drehte sich um, sodass ich ihre Pussy wieder im Gesicht hatte. Dieses Mal konnte ich sie sehen. Ich leckte sie vorsichtig, während sie an meinem Schwanz saugte.

»Ist das alles? Mach mich geil, wenn ich dich ficken soll!«

Ich begann ihr Loch mit meiner Zunge zu ficken. Sie verstärkte mit ihrem Mund den Druck auf meinen Schwanz. Ich leckte wieder ihre Klit und wechselte das immer wieder, bis Marlene ihr Spiel unterbrach.

»Beine hoch«, kam es von ihr und ich hatte nichts anderes vor, als zu gehorchen.

*Wer weiß, was sie sonst mit mir machen würde.*

Ich spürte, wie sie meinen Arsch mit einem Dildo fickte und dabei meinen Schwanz mit der anderen Hand ohne Unterlass wichste. Sie setzte sich umgekehrt auf meinen Schwanz und ritt mich, ließ ihr Becken vor und zurückgleiten, während sie mich weiterfickte. Mein Stöhnen wurde lauter. Dann unterbrach sie ihr Spiel, ich spürte wieder ihre Hand an meinem Schwanz, die ihn bearbeitete.

Langsam spürte ich, wie ich mich dem Orgasmus näherte. Der harte Griff verfehlte seine Wirkung nicht und das anschwellende Glücksgefühl entlud sie plötzlich und sehr heftig.

Ich stöhnte laut auf.

»Will ich dich mal losbinden«, kommentierte sie trocken.

Ich war noch völlig außer Atem und musste mich erst einmal fangen. Ich rieb mir meine Handgelenke, als ich wieder vollständig befreit war.

»So hatte ich mir das aber nicht vorgestellt«, pustete ich.

»Ist doch mal ne neue Erfahrung für dich. Jetzt warst du mal der Devote. Hat's dir gefallen?«

»Das muss ich mir erst noch mal überlegen. Ich glaube aber eher nicht.«

Marlene beruhigte mich. Ich war total durcheinander nach dieser Erfahrung. Wir redeten ein wenig, sie massierte mir noch etwas den Rücken, konnte es aber nicht lassen, sich erneut an meinem Schwanz zu vergehen. Da das aber nicht klappte, bat sie mich, ihn zu wichsen.

Sie lag vor mir und rieb sich dabei ihre Pussy, während ich versuchte wieder geil zu werden. Das wollte aber nicht so, also ließ sie wieder ihre dominante Seite durchkommen. Auf dem Boden kniend, wichste ich mir weiter den Schwanz, während sie an meinen Eiern zog und mir einen Klaps auf den Arsch gab.

Es dauerte tatsächlich nicht lange und ich kam ein weiteres Mal.

*Wie hatte sie das nur geschafft?*

Ich beschloss das Date möglichst schnell zu beenden, brachte sie noch vor die Tür und rauchte mit ihr zusammen noch eine Zigarette. Danach saß ich bestimmt eine halbe Stunde verstört auf meinem Hotelbett und überlegte, was ich da gerade für eine neue Erfahrung gesammelt hatte. Es war keine, die für besonders ausbaufähig für mein künftiges Sexleben hielt, aber da sollte ich mich irren.

# ● Latinas wilder Ritt

Ein paar Wochen später lernte ich Lionella in einem Forum kennen. Wir schrieben uns alle paar Tage und irgendwann gingen wir dazu über, unsere Nummern auszutauschen und regelmäßig über WhatsApp schreiben.

Danach ging es sehr schnell.

Wir tauschten noch ein paar Fotos aus und verabredeten uns für das nächste Wochenende. Sie wohnte zwar in der Nähe, aber wir trafen uns trotzdem in einer größeren Stadt. Nachdem ich im Hotel eingecheckt hatte und ich meine Sachen aufs Zimmer gebracht hatte, ging ich zum Restaurant.

Das war unser Treffpunkt und ich erkannte sie bereits an der Eingangstür. Sie wartete dort und hielt gespannt Ausschau nach mir.

*Sollte ich sie etwas warten lassen und noch beobachten?*

Ich beschloss, mich erkennen zu geben. Wir begrüßten uns und traten ein. Dafür, dass es sonst immer sehr voll war, war an diesem Samstag erstaunlich wenig los.

Lionella dachte anscheinend das Gleiche, denn sie schaute mich ganz erstaunt an.

Wir suchten uns einen schönen Platz neben einem Olivenbaum und stellten uns danach an, um uns das Essen zu holen.

Ich musterte sie.

Mit ihren dunklen, langen Haaren und ihren großen Augen hatte sie genau meinen Geschmack getroffen. Während ich in der Pasta-Schlange stand, warf mir Lionella ständig heiße Blicke zu. Das bekamen auch einige Besucher mit. Sie hatte ihre Pizza schon bestellt und stellte sich extra frech an die Seite, um mit mir zu flirten. Der ein oder andere Gast fand das sicherlich etwas komisch.

Nach dem Essen gingen wir noch in eine Bar und tranken einen Cocktail. Die Bar war direkt neben dem Hotel. Es dauerte nicht lange und wir waren beim Thema Offenheit und Sex angelangt. Ich erzählte ihr von meiner Internetseite, von der sie bis dahin noch gar nichts wusste.

Sie hörte gespannt zu und stellte mir viele Fragen.

Sie sah mich mit einem Blick an, den ich nur zu gut kannte. Ich bezahlte unsere Drinks, nahm ihre Hand und wir verschwanden durch den Seitengang im Hotel.

Das Thema fand sie anscheinend so heiß, dass es hinter der Tür in meinem Zimmer sofort zur Sache ging. Ich ließ die Tür hinter mir ins Schloss fallen, während sie mich eindringlich mit ihren Augen anschaute.

*Italienische Verführung pur!*

Zu schade, dass sie nicht die ganze Nacht bleiben konnte, weil ihre kleine Tochter zu Hause wartete. Deswegen hatte ich auch ein Einzelzimmer gebucht. Das Bett war aber groß genug für uns zwei. Lionella ließ überhaupt keinen Zweifel daran, was sie vorhatte. Kaum war die Tür geschlossen, zog sie mich an sich und gab mir den ersten Kuss.

Mit diesem Kuss kam auch gleich ihr italienisches Temperament durch. Ihre langen, schlanken Finger erkundeten gierig meinen Körper, während ich in ihre dunkelgeschminkten Augen blickte.

*Das ist genau das was, was ich so mag.*

Keine fünf Minuten später lagen wir nackt auf dem Bett. Unsere Küsse wurden fordernder, vor allem Lionella mochte anscheinend besonders tiefe und feuchte Küsse. Ihre

Zunge stieß, ohne zu zögern tief in meinen Mund. Ich streichelte ihr währenddessen ihren Bauch, der von einem großen Tattoo verziert war. Meine Hände fanden erneut den Weg zu ihren großen Brüsten.

Ihre Knospen waren hart und standen vor Erregung senkrecht in die Höhe. Ich zog sie näher zu mir. Sie schaute mich an und küsste mich Sekunden später wieder. Ihr südländisches Feuer war deutlich zu spüren.

Meine Hände waren mit ihren Brüsten beschäftigt, während sie meinen Schwanz wichste, der bereits durch unsere Küsse zu voller Größe herangewachsen war. Ich biss ihr in die weichen Brüste, wichste sie mir doch gerade den Schwanz mit hartem Griff, sodass ich einen tiefen Seufzer abgeben musste. Ihre Küsse wurden noch wilder und sie saugte an meiner Zunge.

Ich ging ebenfalls einen Schritt weiter und zog mit meinen Zähnen an ihren Lippen. Mit der einen Hand hielt ich ihren Kopf. Ihre Augen funkelten mich vor Geilheit an. Meine andere Hand verschwand zwischen ihren Beinen und rieb ihre Perle.

Sie stöhnte leise auf.

Ich rutschte mit einem Finger in ihre feuchte Lustgrotte und fing an sie behutsam zu ficken. Sie saugte an meinen Lippen und biss dabei leicht zu. Ihre schwarzen Locken fielen in mein Gesicht und ich vernahm den süßlichen Duft ihres Shampoos. Ein betörender Geruch, den ich tief aufsaugte.

Sie hingegen öffnete ihre Schenkel und gab mir Platz für einen zweiten Finger, um sie tief zu ficken. Lionella konnte sich gar nicht zurückhalten mit ihren Küssen. Das führte dazu, dass ich sie noch härter fingerte, sodass die Handfläche auf ihre Vulva klatschte.

Lionellas Stöhnen erfüllte jetzt den ganzen Raum und ihr Griff zwischen meinen Beinen wurde noch fordernder. Ich zog ihre schwarze Mähne nach hinten, um ihr zu zeigen, dass sie sich etwas zurücknehmen sollte. Das tat sich auch im ersten Moment, setzte sich dann aber nach vorne gebeugt hin und ließ meinen Schwanz in ihrem Mund verschwinden.

*Sie legt es wirklich darauf an, dass es schnell geht. Wir haben doch Zeit.*

Ich versuchte mich zu kontrollieren. Sie saugte hingegen mit ihren weichen, großen Lippen an meinem harten Ständer, der allmählich auf eine Explosion zusteuerte.

Ihr Mund fickte ihn unermüdlich weiter und ich griff neben das Bett, um ein Kondom zu holen und ihr zu signalisieren, dass nun meine Zeit gekommen sei.

Ich zog sie an ihren lockigen Haaren zur Seite und rollte das Gummi über den Schwanz. Lionella hatte sich zwischenzeitlich auf den Rücken gelegt und die Beine weit gespreizt. Mein Schwanz fand ohne Probleme den Weg in ihre feuchte Pussy. Ich fickte ihre weichen Lippen zuerst langsam, bis sie ihre Beine noch weiter spreizte und ich immer tiefer und härter zustoßen konnte.

Ihr lautes Stöhnen trieb mich umso mehr an. Ich nahm sie noch schneller und konnte dabei erregt beobachten, wie ihren großen Brüsten im Takt wippten. In Trance griff sie mir mit einer Hand an meine Kehle. Ihre Laute wurden jetzt stoßweise lauter. Ihre temperamentvolle Art riss mich einfach mit und so brauchte es nicht lange. Ich kam laut stöhnend und stieß mit voller Wucht in ihre nasse Pussy.

Erschöpft legten wir uns nebeneinander und lächelten uns dabei an. Ich war etwas verwirrt, weil ihr hübsches Lächeln gar nicht mehr von ihrem Gesicht verschwinden wollte. Sie kuschelte sich an mich und ich nahm sie in den Arm.

Nach ein paar Minuten legte sich unser lautes Atmen und wurde ruhiger. Sie durchbrach die Stille und griff das Thema aus der Bar auf und wir diskutierten darüber, warum so viele Menschen ihr Sexleben nicht genießen konnten.

Irgendwann schaute ich ihr tief in die Augen und gab ihr einen Kuss. Das reichte, um ihre Lust wieder zu wecken. Sie überschüttete mich mit ihren tiefen und innigen Küssen. Da wir vollkommen nackt waren, ergriff sie gleich die Initiative und wichste mir meinen Schwanz.

Meine Finger glitten über ihre feuchte Vulva in sie hinein, um sie erneut zu ficken. Lionella hielt mir ihre Finger vor das Gesicht, die ich voller Geilheit ableckte, um mich anschließend mit ihren Nippeln zu beschäftigen.

Meine Nase saugte den Duft des Raumes auf. Es roch nach Sex, nach Begierde und ihrer Geilheit. Ihre weichen Brüste wurden Opfer meiner Hände. Ich knetete sie unnachgiebig, während wir uns küssten.

»Jetzt kannst du ja mal deine dominante Art zeigen«, meinte ich und forderte sie auf, auf mir zu thronen.

Ich holte ein Kondom, rollte es über meinen Schwanz und ließ sie aufsitzen.

*Mit ihrem Temperament ist sie sicherlich eine wilde Reiterin.*

Und mit diesem Gedanken sollte ich recht haben.

Zunächst ritt sie mich bedächtig, sie schob dabei ihr Becken nach vorne und ließ meinen Schwanz bis zum Anschlag in ihre feuchte Grotte ein. Das geilte mich noch mehr auf. Meine Finger kratzten ihren Po auf, sodass sie laut stöhnte und mich schneller ritt.

Mit meiner frechen Art langte ich kräftig zu und gab ihr einen ordentlichen Klaps auf den Po. Das spornte ihren Ritt weiter an und sie erhöhte die Geschwindigkeit.

Ich stöhnte leise auf, während ich diesen wilden Ritt genoss. Sie beugte sich nach vorne, sodass ich ihre Brüste kneten konnte. Ihr Ritt wurde dabei zögerlicher, mein Schwanz fand jedoch weiter schmatzend den Weg zwischen ihren feuchten Lippen.

Lionella ließ ihn immer wieder fast herausgleiten und stieß ihn bis zum Anschlag hinein. Das brachte mich fast um den Verstand.

Wenn ich etwas spürte, dann bei solchen Ritten. Und die machten mich wilder als alles andere.

Ich schlug ihr dabei einige Male auf den Po. Mit den Minuten, die vergingen, wurde mein Schwanz empfindlicher. Ihr Ritt war für mich kaum noch auszuhalten.

Ich zog sie zu mir herunter, um ihr Temperament etwas zu zügeln. Da hatte ich mich aber geirrt. Sie ließ sich nicht einfangen und wurde ohne Rücksicht zu nehmen schneller. Ich stöhnte noch lauter und schlug ihr erneut auf den Arsch. Lionella erlangte jetzt die totale Oberhand, indem sie mich weiter ritt und mir mit ihrer Hand das Gesicht zur Seite drückte.

Jetzt konnte sie sich richtig auslassen.

Meine Eichel schmerzte aber meine Geilheit war so groß, dass mir der Schmerz egal war. Dann kam sie laut stöhnend über mir und ließ etwas von mir ab.

Mein Verlangen war jedoch nicht gestillt und so fickte sie behutsam von unten weiter. Das Gefühl weiter in ihr zu sein, feuerte meine Geilheit an.

Ein paar Minuten später hatte sie sich gefangen und stimmte in dem gemeinsamen Ritt ein. Sie beugte sich nach vorne und brachte meinen Schwanz mit ihrer Lustgrotte fast zum Abspritzen.

Es war so ein geiles Gefühl, wenn mein Phallus fast herausrutschte. Lionella überreizte den Punkt aber und ich schaffte es nicht, noch ein weiteres Mal zu kommen.

Nach einiger Zeit stieg sie von mir und war genauso erschöpft, wie ich. Als wir auf die Uhr schauten, stellten wir fest, dass seit dem Beginn des Ritts schon zwei Stunden vergangen.

Es war spät in der Nacht und sie beschloss zu gehen, um sicher zu stellen, dass zu Hause alles in Ordnung sei. Wir verabschiedeten uns an der Zimmertür und ich legte mich ins Bett und schlief erschöpft ein.

Am nächsten Morgen genoss ich mein Frühstück in der Hotelbar und ließ den Abend in meinen Gedanken Revue passieren. Er war einfach aufregend, wild und animalisch. Mich reizte auch das Spiel zwischen der devoten und dominanten Seite. Ich wollte Lionella erneut treffen. Das stand fest.

Jedoch wartete zunächst ein anderes Date auf mich.

# ❥ Gefangen zwischen ihren langen Beinen

Ich hatte Latisha schon eine Woche vor dem richtigen Date getroffen. Das Treffen verlief nicht ganz so wie geplant, da ihr Babysitter abgesagt hatte und ihre Tochter mit Fieber im Bett lag. Eine Woche später sollte unser Sexdate wirklich stattfinden.

Sie hatte mir beim ersten Kontakt Fotos zur Verfügung gestellt und die begeisterten mich. Sie hatte lange, blonde Haare, lange Beine und sehr große braune Augen mit langen Wimpern. Das sah einfach umwerfend aus. Im realen Leben fand ich sie noch viel hübscher. Beim ersten Treffen stellte ich auch fest, dass sie eine ganz Liebe war, und das konnte ich gar nicht mit ihren Wünschen zusammenbringen.

Sie hatte geschrieben, dass sie gerne mal ihre dominante Seite zeigen wollte. Sie wollte einen Mann schlagen, beschimpfen, anspucken, mit einem Dildo ficken und ihm zeigen, wo es lang geht. Da ich beim letzten Date mit Lionella Geschmack an der dominanten Art gefunden hatte, wollte ich Latisha ihren Wunsch erfüllen. Mein Vorteil war, dass wir beide noch nicht so erfahren in unseren Rollen waren. Daher konnten wir alles sehr locker angehen. Mein Gefühl sagte mir jedoch, dass sie für ihre Rolle viel zu lieb war.

Nach dem ersten Treffen war ich mir sehr sicher, dass ich keine schlimmen Behandlungen zu befürchten hatte. Ich ließ mich einfach darauf ein und war gespannt. Sie bat mich darum, einige Dinge mitzubringen und ich packte eine ganze Tasche voll, sodass sie sich etwas aussuchen konnte.

Gegen Abend fuhr ich das zweite Mal zu ihr, suchte einen Parkplatz und machte mich auf den kurzen Fußweg zu ihrer Wohnung. Nachdem sie mich hineinließ, war sie bereits sehr neugierig und löcherte mich mit Fragen.

»Zeig mal, was du alles mitgebracht hast.«

Ich packte alles aus.

»Möchtest du was trinken?«, unterbrach sie die peinliche Stille, als sie gebannt auf die Sachen schaute.

Sie wirkte sehr schüchtern.

Nachdem sie uns eine Cola geholt hatte, erklärte ich ihr, was ich mitgebracht hatte. In der Tasche waren Handfesseln, zwei Halsbänder, Leine, Dildo, Strapon, eine Schnur, eine Gerte, ein Holzpaddel und die schwarzen Lack-Overknees.

Sie schaute mich etwas verunsichert an.

»Und jetzt, was machen wir jetzt?«

Ich musste etwas lachen.

*Das ist doch jetzt deine Rolle, das zu bestimmen,* dachte ich.

»Du wolltest hier doch neue Sachen ausprobieren?!«

»Ich weiß...«

»Dafür musst du aber noch einiges dominanter werden.«

Wieder diese Stille.

»Vielleicht sollte ich mich ausziehen«, schlug ich vor.

»Eine gute Idee. Los, zieh dich aus und komm her. Ich werde dir das Halsband anlegen. Oder machst du das normalerweise«, fragte sie und musste darüber lachen.

Ihre Stimme klang gar nicht böse, nicht dominant - sie war einfach eine Liebe und sie wäre eher diejenige gewesen, die der Arsch verhauen gehörte. Ich gehorchte ihr trotzdem und zog mich aus.

»Ich glaube, dir gehört eher auf den Arsch gehauen«, kommentierte ich die Situation, weil sie sehr hilflos aussah.

»Nein, ich lass mir nicht auf den Po schlagen. Ist das zu fest?«, fragte sie, während sie mir das Halsband anlegte.

»Ich mach es lieber wieder etwas lockerer«, schob sie gleich hinterher.

»Nein, nun sei mal etwas böse. Du musst es so fest machen, wie es geht. Und leg mir die Leine an und führ mich herum.«

»Dann mach Platz«, kicherte sie und ich musste mich bemühen ernst zu bleiben.

*Ist das wirklich die richtige Rolle für sie? Ich glaube nicht.*

Nachdem sie mir die Leine angelegt hatte, führte sie mich auf allen Vieren durch den Raum. Es war wirklich ein komisches Gefühl. Ich konnte wenigstens den Anblick ihrer langen Beine genießen.

»Und jetzt durch die ganze Wohnung...«, sagte sie grinsend. »... Und noch einmal durch das Badezimmer.«

Irgendwann kamen wir wieder im Schlafzimmer an.

»Mach Platz«, versuchte sie mit etwas Ernsthaftigkeit zu sagen.

Ich kniete mich hin und sie stellte sich vor mich.

»Und was machen wir jetzt?«

»Die Herrin könnte sich ja auch mal ausziehen«, meinte ich frech.

»Damit ich sie lecken kann. Sie wollte doch verwöhnt werden.«

Das war wohl frech genug für eine Strafe.

Sie überlegte.

»Du solltest mich bestrafen, wenn ich so frech werde«, gab ich ihr als Tipp.

Jetzt verstand sie und holte die Gerte, um mich damit auf den Po zu schlagen. Es klatschte nicht nur einmal, sondern gleich zwei weitere Male. Es tat nicht mal wirklich weh.

»Danke, Herrin.«

»Was machen wir jetzt?«

»Wie wäre es, wenn du dir die Overknees anziehst. Die sind zwar etwas größer als deine Füße, aber du müsstest drinstehen können.«

Latisha befestigte die Leine am Bett und holte die Stiefel aus der Verpackung. Sie setzte sich aufs Bett und zog sie an. Sie sah einfach geil darin aus.

Diese langen Beine passten perfekt in die engen Lackstiefel. Als hätte sie meine Gedanken lesen können, fragte sie:

»Soll ich dich jetzt in den Arsch ficken?«

»Vielleicht später Herrin, jetzt habe ich keine Lust«, sagte ich provozierend.

»Dann werde ich dich jetzt ficken.«

Sie holte den Umschnalldildo und das Gleitgel aus der Tasche.

»So, hoch mit dir aufs Bett. Ich habe keine Lust mich zu bücken.«

Ich gehorchte und positioniere mich auf allen Vieren, damit sie in mich eindringen konnte. Sie fickte mich erst bedächtig von hinten, während ich meinen Schwanz dabei wichste.

Ein Verbot dafür bekam ich nicht.

Dann rutschte der Dildo heraus, als sie mich weiterficken sollte. Sie führte ihn wieder ein und ließ mich weitermachen.

»Strafe?«, fragte ich.

»Ach, ja...«, kommentierte sie, kicherte und schlug mich mit der Gerte auf den Rücken.

Ich ließ ihn noch ein paar Mal herausrutschen und Latisha gab mir weitere Schläge dafür. Mit meinen Beinen umklammerte ich die Overknees und brachte sie fast zu Fall.

»Hey, pass auf, ich falle hier um. Böser Sklave«, sagte sie und kicherte wieder mädchenhaft.

Ich dachte an die Begegnung im Hotel zurück. Marlene hätte hart durchgegriffen, vielleicht etwas zu hart. Vermutlich wäre ich in dem Fall auch nicht so frech geworden.

Ich ließ mich noch etwas von ihr weiterficken, bis sie keine Lust mehr hat.

»Ich würde gerne die Pussy der Herrin lecken«, brachte ich hervor und war erst einmal sehr neugierig, wie sie aussah, da sie noch einen Stringtanga trug.

»Erst leckst du meine Stiefel«, trug sie mir auf und setzte sich aufs Bett.

*Ein wenig kommt sie doch in ihrer Rolle an.*

Die Leine war unverändert am Bettpfosten angebunden, aber ich hatte genug Platz niederzuknien und ihrer Aufforderung nachzukommen. Ich leckte den glatten Lack des rechten Stiefels und wanderte mit meiner Zunge zur Stiefelspitze, um dort weiterzumachen.

»Darf ich die Herrin lecken«, fragte ich provokant.

»Den anderen Stiefel auch«, sagte Latisha, ohne mir eine Bestrafung zukommen zu lassen.

*Zu lieb, viel zu lieb. Ich sollte ihr den Arsch versohlen.*

Ich leckte die andere Seite, begann mit der Spitze und bewegte mich weiter nach oben. Ich war fast an ihrem unbedeckten Teil des Oberschenkels angekommen, da bekam ich eine Verwarnung.

»Nein, nach unten.«

Latisha schlug mit der Gerte zu. Ich gehorchte und leckte weiter den schwarzen Lack. Nachdem ich das Spiel ein weiteres Mal wiederholt hatte und meine Strafe bekam, erlaubte sie mir ihre Pussy zu erkunden.

»Das reicht jetzt. Du darfst mich jetzt lecken.«

Sie stand auf, zog sich den Stringtanga und die Stiefel aus und legte sich aufs Bett, die Beine weit gespreizt. Ihre großen, äußeren Lippen ließen einen geraden Spalt entstehen. Sie war nicht ganz rasiert, einige Haare bedeckten ihren Venushügel. Meine Zunge drang in ihren Spalt ein, um von ihr zu kosten. Ihr süß-bitterer Saft benetzte meine Zungenspitze.

Ich zog mich zurück, kreiste mit meiner Zunge um ihre Perle und saugte daran. Unterdessen wanderte ich mit meinen Händen zu ihren kleinen Brüsten. Ich knetete sie, wobei meine Zunge jetzt ihre Lustgrotte fickte.

»Jetzt bist du mal dran«, sagte sie fordernd und beorderte mich aufs Bett.

Mit ihren Händen umschloss sie meinen Schwanz und wichste ihn mit drehenden Bewegungen. Wir knieten voreinander und ich schaute ihr dabei zu, wie sie meinen Phallus zärtlich wichste.

»Härter...«, stöhnte ich, »... und die Eier darfst du auch.«

Das ließ sie sich nicht zweimal sagen und griff härter zu, wobei sie mit der anderen Hand meine Hoden festhielt.

»Soll ich für die Herrin jetzt kommen oder später?«

»Ich möchte, dass du jetzt abspritzt.«

Sie wichste weiter meinen harten Schwanz und ich beobachtete sie dabei. Minuten vergingen.

»Komm endlich für mich«, fuhr sie mich an.

Sie wichste ihn noch härter und nahm die Gerte zu Hilfe.
*Jetzt ist es mit der freundlichen Art vorbei.*

»Spritz – endlich – ab!«

Mein Schwanz war zwar hart, aber Latisha hatte den Punkt noch nicht erreicht. Ich ließ sie zappeln.

»Ich würde lieber in der Herrin kommen.«

»Dann brauchen wir noch ein Kondom.«

Sie stand auf und kramte in ihrer Tasche. Sie kam wieder aufs Bett und zog mir das Gummi über. Ohne etwas zu sagen, kniete sie auf allen Vieren vor mir.

»Ich würde der Herrin aber gerne in die großen Augen schauen«, bettelte ich.

»Vielleicht später. Nimm mich jetzt von hinten«, sagte sie bestimmt.

Ich ließ mein Schwanz von hinten in sie eintauchen und nahm sie erst behutsam, dann schneller. Ihre Pobacken klatschten dabei laut. Mit jedem Stoß wackelten die beiden vor Freude. Latisha hatte ihr Gesicht im Kissen vergraben und hielt sich am Bett fest.

»Komm endlich, spritz ab«, stöhnte sie immer wieder.

Aber ich kam noch nicht zu meinem Orgasmus und fickte sie weiter. Ich spürte kaum etwas. Sie nahm die Sache noch einmal in die Hand und wichste ihn. Irgendwann gab sie erschöpft auf.

»Komm, wichs ihn dir«, befal sie mir und ich tat, was sie sagte.

Sie massierte mir nebenbei die Hoden, verließ danach aber das Bett und kam mit dem Umschnalldildo wieder.

»Dann werde ich dich wohl noch einmal ficken müssen.«

Latisha befestigte die Leine auf der anderen Seite vom Bett, sodass ich weiter nach oben rutschen konnte. Ich nahm die

Beine hoch und sie kniete sich direkt vor mir. Sie führte den Gummischwanz in meinen Anus ein und fickte mich achtsam, während ich meinen Schwanz wichste.

Dieses Mal dauerte es nicht lange.

Laut stöhnend kam ich und spritzte auf meinem Bauch ab.

»Möchtest du auch noch etwas trinken«, meinte sie etwas außer Atem.

»Oh, ja bitte.«

Sie kam nach kurzer Zeit mit einer Cola wieder und wir machten es uns noch im Bett gemütlich. Irgendwann klopfte die Babysitterin und teilte uns mit, dass sie wegmüsste. Ich zog mich an und machte mich auch auf den Heimweg.

Während der Autofahrt überlegte ich, wie Latisha sich im Laufe des Dates verändert hatte. War sie am Anfang einfach überfordert? Zum Schluss wurde sie sehr bestimmend, was mir gefiel. Trotzdem war ich mit dem Date nicht wirklich zufrieden, deswegen trafen wir uns nicht ein weiteres Mal.

Lionella hingegen ging mir nicht mehr aus dem Kopf. Bei dem Treffen hatte alles fast perfekt gematched. Hier versuchte ich den Kontakt aufrecht zu erhalten, der sehr spärlich war. Ein paar Wochen später teilte sie mir mit, dass sie nun wieder einen festen Freund hätte und wir uns nicht wiedersehen konnten.

*Schade*, dachte ich, *sie ist eine interessante Frau, mit der ich mir mehr vorstellen könnte.*

# ● Alles ausser gewoehnlich

Es dauerte nicht lange, da lernte ich bereits eine neue Frau kennen. Durch meinen Blog und die Erlebnisse bekam ich immer mehr Aufmerksamkeit. Und dieses Treffen, was sich dadurch ergab, war alles andere als gewöhnlich.

Außergewöhnlich - Die Bewerbung
Es fing bereits mit der Bewerbung an. Nach dem Bericht auf dem Blog von Beate Uhse erhielt ich eine Bewerbung von Kiara. Ich antwortete schnell, was sie sehr überraschte. Wir schrieben zuerst per E-Mail und danach über Facebook, wo ich auch einige Fotos von ihr sehen konnte. Kiara war eine sehr offene Frau, die bereits viel ausprobierte und erlebt hatte. Sie hatte bereits Kinder und war vor einigen Monaten nach Nordrhein-Westfalen gezogen. Da wir beide das Treffen wollten, einigten wir uns einen Monat vorher bereits auf einen festen Termin.
In der Zeit bis zum Treffen schrieben wir uns über das Handy. Ich hatte bereits Fotos von ihr gesehen, für sie war ich jedoch weiterhin der Unbekannte.
Da Kiara es aber reizte ein Blinddate zu haben, einigten uns darauf, dass unser Date mit verbundenen Augen stattfinden würde. Sie erhielt kein Foto von mir, würde an jenem Tag zu mir fahren und mit verbundenen Augen auf dem Flur warten.
Um noch eine genauere Vorstellung von ihr zu bekommen, telefonierten wir miteinander. Ich fand ihre Stimmung sehr sympathisch, musste aber auch feststellen, dass sie vermutlich noch mehr Erfahrungen hatte als ich.

Ich wollte ihr an dem Abend auch etwas Besonderes bieten und entschloss mich, ein paar Spielzeuge zu kaufen. Ein paar Tage vorher war ich schon etwas aufgeregt. Das legte sich aber zum Glück vor dem Wochenende.

Als Kiara am Samstagmittag unterwegs war, wurde ich wieder nervöser. Ich dachte mir jedoch, dass es ihr bestimmt nicht anders ging. Zu einem Fremden fahren, den man nicht kennt und sich die Augen verbinden lassen, in völlig fremder Umgebung, das war schon sehr außergewöhnlich. Sie würde mir völlig ausgeliefert sein.

### Außergewöhnlich - Das Treffen

Ich hatte am Morgen noch alles vorbereitet, weil ich am Tag zuvor Kopfschmerzen hatte und den Tag im Bett verbrachte. Kurz bevor sie auf den Hof fuhr, öffnete ich die Haustür einen Spalt Als das Auto vor der Tür stand, schrieb ich ihr übers Smartphone »Willkommen! Die Tür ist offen. Du kannst einfach reinkommen.«

Ich schrieb ihr noch, wo sie das Bad fände, damit sie sich frisch machen konnte. Dann trug ich ihr auf, sich zu melden, wenn sie die Augenbinde trug, damit ich sie abholen konnte. Ich hatte etwas Musik an, damit es keine Totenstillen im Haus gab.

Auf einem Stuhl wartend zog ich mich aus dem Sichtbereich zurück und wartete. Ich hörte die Haustür und vernahm das Klacken ihrer Absätze. Ich tippte auf Highheels. Sie hatte dieses schließlich in der Bewerbung angegeben.

Kiara ging ins Badezimmer und ich hörte, wie sie die Tür schloss. Dann geschah einige Minuten nichts und ich vernahm nur die Musik. Sie öffnete die Tür und ich hörte ihre vorsichtigen Schritte auf der Flur. Ich hörte ihre weibliche Stimme.

»Ich bin fertig.«

*So sexy, wie am Telefon*, dachte ich.

»Die Augenbinde auf?«, fragte ich.

»Ja, habe ich.«

Ich stand auf und ging ihr entgegen. Bis jetzt verlief alles nach Plan.

Außergewöhnlich - Die Panne

Ich begegnete ihr auf dem Flur. Sie kam aus dem Bad und versuchte sich mit den Händen zu orientieren. Sie trug ihre langen, roten Haare offen, dazu ein schwarzes Kleid und schwarze Highheels. Ich trat ihr gegenüber und musterte den Rest ihres Gesichts, welches nicht verdeckt war. Die Sommersprossen um ihre Nase herum sahen sehr sexy aus.

»Hey«, flüsterte ich und umarmte sie.

Kiara versuchte mich zu ertasten. Ich ließ es zu. Dann nahm ich ihre Hände und führte sie ins Wohnzimmer zu meiner Spielwiese.

»Du darfst dich setzen.«

Sie tastete mit ihren Händen das Sofa ab und setzte sie. Ich nahm neben ihren Platz und hielt ihre Hände. Ihre Hände gingen weiter auf Erkundungstour.

»Lange Finger...«, flüsterte sie.

»Ja«, musste ich lachend gestehen.

Ich spürte, wie ich noch nervöser wurde.

*Was hält sie wohl von mir?* Diesen Gedanken schob ich schnell beiseite.

Ich zog sie zu mir und gab ihr einen zarten Kuss. Dann umarmte ich sie und küsste sie erneut.

Ein weiteres Mal, dieses Mal mit Zunge.

Ihre sehr freche und kräftige Zunge spielte mit. Ich ließ Kiara rücksichtsvoll auf dem Rücken nieder, bis sie auf dem Sofa lag.

»Hast aber eine schöne Spielwiese.«

»Die ist noch viel größer«, meinte ich, um ihr die Angst vor eventuellen Stürzen zu nehmen, weil sie nichts sehen konnte.

Sie tastete mich weiter ab.

Zuerst den Körper, danach die Arme und mein Gesicht. Es folgten weitere Küsse und ich küsste ihren Hals entlang, bis ich bei ihrem Dekolleté ankam. Mit einer Hand öffnete ich die Schleife ihres Kleids auf der Schulter und bedeckte sie mit weiteren Küssen. Ich kniete mich vor das Sofa und zog ihre schwarzen Highheels aus, damit sie weiter auf die Spielwiese rutschen konnte. Ich setzte mich auf sie, führte ihre Hände zu meinem Hemd, damit sie es aufknöpfen konnte.

»Hast du etwas zu tun«, kommentierte ich, während sie anfing, die Knöpfe zu öffnen.

»Das nimmt ja kein Ende.«

»Ein Knopf noch.«

Trotz ihrer zarten Hände wurde ich nicht geil. Ich war einfach zu nervös. Kiara küsste mich weiter und hielt sich an mir fest. Sie hob den Po hoch, sodass ich ihr das Kleid ausziehen konnte.

»Du kannst noch weiter hochrutschen. Die Spielwiese ist noch größer.«

Während sie sich mit den Händen orientierte und auf dem Sofa positionierte, entledigte ich mich meiner Jeans. Ich legte mich neben sie und schaute mir ihre Dessous an. Ein rotes Hemd mit Strasssteinen und das passende Höschen. Ich zog sie an mich, umfasste ihren Po und griff zu. Kiara gab einen leichten Stöhner ab.

»Jetzt hast du die Arbeit«, meinte sie und grinste.

Ich löste jeden Haken ihres Hemdes und blieb ausgerechnet beim letzten hängen. Nach drei Versuchen hatte ich es doch geschafft und konnte ihre Brüste liebkosen. Ihre Brüste knetend und den harten Nippeln lutschend, ließ ich mich langsam auf das Erlebnis ein.

Sie stöhnte dabei auf und wanderte mit ihrer Hand zu meinem Schwanz unter die Boxershorts. Nachdem sie diese ausgezogen hatte, begann sie meinen Schwanz zu wichsen. Dann rutschte sie nach unten, küsste dabei meine Brustwarzen und den Bauchnabel. Ihre kräftigen Zungenschläge verwöhnten meinen Schwanz.

Trotz ihrer Augenbinde konnte Kiara sich sehr gut orientieren und rutschte noch etwas tiefer, um meine Hoden mit ihrer Zunge zu bearbeiten. Ihre Hand kümmerte sich derweil um meinen Schwanz. Da sie mir ihren Po entgegenstreckte, konnte ich es nicht lassen, ihr einen ordentlichen Klaps zu geben, bevor ich ihr das Höschen auszog. Sie legte sich vorsichtig auf den Rücken und ich konnte mit den Fingern ihre Vulva erkunden.

Als sie feucht war, begann ich sie zu fingern. Meine Zunge erkundete den Weg über den Venushügel und tauchte in ihre Lustgrotte ein. Kiara stöhnte leise auf, als ich ihren Kitzler fand und ihn massierte.

Mit kreisenden Bewegungen übte ich Druck auf ihre Perle aus. Ich konnte es nicht lassen, dabei ihre weichen Brüste zu kneten. Nach einiger Zeit bewegte ich mich nach oben und saugte an ihren harten Nippeln, während ich sie weiter fingerte. Ich hatte unabänderlich den süß bitteren Geschmack ihrer Pussy auf der Zunge und tauchte noch einmal ab, um sie zu genießen.

Sie versuchte unterdessen meinen Schwanz hart zu wichsen, aber ich war zu aufgeregt, sodass sie ihn selbst mit ihren Brüsten nicht hart bekam. Das machte mich nur noch nervöser. Kiara hingegen schien total entspannt.

Außergewöhnlich - Die Frau
»Ich glaube, wir gönnen ihm eine Pause.«
Diese Aussage beruhigte mich nicht, im Gegenteil. Ich versuchte mich zu entspannen und wir kuschelten etwas miteinander.

»Wollen wir das Geheimnis lüften?«
»Kannst du.«
Eigentlich wollte ich das nicht, denn ich wollte sie vorher ficken. Ich entschied mich jedoch ihr die Augenbinde abzunehmen.

Kiara zwinkerte und musste sich erst einmal an die Umgebung gewöhnen. Sie schien zumindest nicht sichtlich enttäuscht und ich konnte ihr endlich in die Augen schauen. Ihre Finger ließen nicht von mir ab. Das beruhigte mich. Sie streichelte erneut meine Arme und Finger.

Ich schaute sie verwirrt an.

»Die Haut ist so schön weich«, schwärmte sie.

Ach ja, das kannte ich doch irgendwoher. Es erinnerte mich an Saskia, was mir ein Lächeln auf die Lippen zauberte. Ich zog mir meine Boxershorts an und Kiara zog sich auch etwas über. Sie hatte noch nichts gegessen, deswegen brachte ich ihr einen Salat und holte uns etwas trinken.

Wir redeten, kuschelten und lagen auf dem Sofa, wo ich allmählich meine Nervosität ablegte. Ich begann sie fordernd zu küssen, umarmte sie von hinten und knetete ihre Brüste. Kiara trennte sich von ihrem Oberteil und genoss es, wie ich ihre Brüste verwöhnte.

Dann ging alles sehr schnell.

Sie zog ihre Hose aus, während meine Finger sie noch von hinten erkundeten. Erst waren die Brüste mein Ziel, danach wanderte ich zu ihrer Pussy. Ich begann sie fingern und sie wichste meinen Schwanz, der dieses Mal bereits hart war. Ich zog die Boxershorts aus, sodass sie sich mit ihrer Zunge an meinem Schwanz vergehen konnte. Ich kramte nach einem weiteren Kondom, was ich aufzog, während sie mich dabei beobachtete und grinste.

»Dein Schwanz ist einer von denen, die wirklich keine Gummis mögen.«

Dieses Mal würde er aber hart genug sein. Sie legte sich breitbeinig auf das Sofa. Mein Schwanz drang sehr leicht in ihre Pussy ein und ich fickte sie. Zuerst spürte ich nicht sehr viel.

Die Augen geschlossen, hielt sie sich mit den Händen im Kissen fest und stöhnte dabei leise.

Ich nahm sie schneller und härter, spürte wie ihr Lustgrotte mich nicht mehr losließ.

»Mach weiter, ich komme gleich«, stöhnte sie.

Ich fickte sie schneller, sodass es laut klatsche, wenn ich wieder zustieß. Wie in Trance stöhnte Kiara, die Augen unverändert geschlossen. Es dauerte keine Minute und ich bemerkte, dass sie laut stöhnend einen Orgasmus bekam. Ich nahm sie noch härter, dieses Mal war ich direkt über ihr.

Sie ließ mich mehr von ihrer Pussy spüren. Ihre Beine auf meinen Rücken nahm ich so tief ich sie nur nehmen konnte.

Es dauerte nicht, denn sie wusste, was zu tun war, um mich zum Kommen zu bringen.

»Mhmmm, jaaaaa«, stöhnte ich und kam in ihr.

Erschöpft legte ich mich neben sie und sie kuschelte sich in meine Arme. Ich überlegte kurz und kam zum Entschluss, dass sie alles gesteuert hatte.

Ihre lächelnden Augen verrieten es.

Erst hatte ich sie zum Kommen gebracht und nun ließ sie mich kommen. Eine reife Frau, die mit ihrem Körper umzugehen wusste. Wir unterhielten uns über ihre Erfahrungen. Sie erzählte mir von Swinger- und Sexparties und ich war etwas schockiert. Das war wohl doch etwas zu viel. Ich erzählte ihr, dass ich mir mal wieder einen Dreier wünschen würde - nicht ahnend, dass sich zwei Tage später dafür zwei Freundinnen bei mir bewerben. Wir zogen uns an und gingen nach draußen, um uns bei dem schönen Abend am Teich zu unterhalten. Danach kochte ich uns etwas zu Essen, bevor mich Kiara verließ. Ein sehr außergewöhnliches Erlebnis, welches ich aufgrund der öffentlichen Medien erleben durfte.

# ❥ Nasty Virgin

Emma kuschelte sich an mich, ihr nackter Körper schmiegte sich an meinen und sie war noch immer etwas außer Atem. Ich strich durch ihre Haare und überlegte, wie es zu diesem Treffen gekommen war.

Sie hatte sich über meine Internetseite beworben. Auf den ersten Blick war die Bewerbung sehr unvollständig. Ich hatte sie schon fast gelöscht, weil ich dachte, dass sich jemand einen Scherz erlaubt hatte.

Dann stolperte ich über ihren Text.

»Hi! Ich bin hier über die Seite gestolpert und fand die Geschichten alle ziemlich gut! Jetzt hab ich gesehen, dass du noch Kontakte suchst und wollte dir einfach mal schreiben. Ich selbst bin noch Jungfrau, aber würde gern einiges ausprobieren. Würde mich über eine Mail freuen.«

*Keinerlei Erfahrung und noch Jungfrau.*

Sie wirkte etwas schüchtern.

Ich antwortete und musste nach der zweiten E-Mail feststellen, dass sie weder in irgendwelchen sozialen Netzwerken anzutreffen war, noch gab es weitere Informationen zu ihrer E-Mail. Ich stutzte etwas und hielt mich zurück. Aber Emma antwortete wieder und so hatte ich bald ihre Handynummer.

Sie war nur durch Zufall auf meine Seite gestoßen und hatte sich gleich beworben. Ich bot ihr an, mich für ein ganzes Wochenende zu besuchen. Die lange Anreise aus Hessen nahm sie ohne nachzufragen in Kauf.

Wir schrieben regelmäßig übers Handy und hatten auch schon ein Wochenende ins Auge gefasst. Ich konnte aber förmlich ihre Ungeduld zwischen den Zeilen lesen. Sie konnte es kaum erwarten. Mir ging es aber ähnlich, denn vor jedem Treffen mit einer Frau, die ich noch nicht kannte, war ich auch sehr neugierig. Ich war gespannt darauf, wie sie küsste, wie sich ihre Haut anfühlte und wie sie schmeckte.

Ein paar Tage vor dem Treffen kaufte ich in unserem Supermarkt noch einige Dinge für das Wochenende ein. Ich hatte Emma zwar gefragt, was sie zu essen und trinken mochte, jedoch war es ihr nicht so wichtig.

Das Wetter war zum Glück recht sommerlich und so plante ich damit, auch einen Abend an meinem Teich zu verbringen. Ja, für diesen Abend plante ich wieder meinen legendären Nudelauflauf. Die letzten beiden Tage hatte ich noch so viel auf der Arbeit zu tun, dass ich zu Hause nicht hinterherkam.

Sie schrieb mir am Freitag von unterwegs, dass sie gerade in einem Stau stünde und es später als 8 Uhr werden würde. Ich war nicht böse. Ich schaffte es sogar noch, im Garten meinen neuen Brunnen anzuschließen, der normalerweise schon seit Anfang der Woche bei mir sein sollte. Die Spedition hatte Probleme mit der Zustellung.

Mein Nachbar erwischte mich im Garten und meinte: »Don, wir grillen heute Abend auf der Terrasse. Komm doch vorbei!« Ich lehnte dankend ab und erklärte ihm, dass es etwas kurzfristig wäre. Ich konnte Emma ja schlecht mit zum Grillen mitbringen, wir hätten uns eine komplette Geschichte ausdenken müssen.

*»Woher kennt ihr euch noch mal?«*

*»Ich habe ihm eine Bewerbung über seine Internetseite geschickt.«*

Ich grunzte laut beim Gedanken an die Situation, mein

Nachbar war zum Glück schon verschwunden und bekam davon nichts mehr mit.

Eine weitere Nachricht von ihr.

»Ich stehe im nächsten Stau, aber in 40 Minuten dürfte ich wohl da sein.«

Es wurde jedoch eine Stunde später. Ich sah, wie sie an der Straße parkte und ausstieg. Ich nahm meinen Schlüssel, der auf dem Wohnzimmertisch lag mit und ging ihr entgegen.

»Hey, hast du es ja geschafft. Willkommen!«, begrüßte ich sie und lotste sie durch den Flur ins Wohnzimmer.

In der Küche wartete schon unsere Pizza im Ofen, die ich zehn Minuten zuvor hineingeschoben hatte. Wir hatten beide seit Mittag nichts mehr gegessen und warteten sehnsüchtig auf das Essen. Während wir uns ein wenig erzählten, deckte ich den Esstisch. Emma kam mir sehr schüchtern vor.

Als wir aßen, schien es ein klein wenig besser zu werden. Ich hatte extra den Fernseher angelassen, damit keine Stille herrschte.

Nach dem Essen setzten wir uns aufs Sofa und schauten TV.

Es lief Jumper.

Sie blieb stetig auf Distanz.

»Du kannst ruhig zu mir kommen«, sagte ich und schaute ihr dabei direkt in die Augen.

Sie reagierte und kam etwas näher. Ich legte meinen Arm um sie. Nach ein paar Minuten kuschelte sie sich an mich und wir kamen uns das erste Mal so nah, dass sich unsere Lippen berührten. Ein sehr vorsichtiger und zaghafter Kuss krönte diesen Moment.

Beim zweiten Kuss erkannte ich, dass Emma gar nicht so schüchtern war, wie mein erster Eindruck es mir weis machen wollte.

Ich spürte, wie sie es wollte. Genau jetzt und nicht erst in einer Stunde. Ich schob mein Bein zwischen ihre und massierte damit ihre Vulva. Eine Minute später spürte ich Emmas Hand bereits an meiner Hose. Dann ging alles sehr schnell. Meine Hose und meine Boxershorts waren schnell ausgezogen und ihre Hand hatte den Weg zu meinem Schwanz gefunden, den sie fordernd wichste.

*Du bist wirklich noch Jungfrau?*

Ich zog sie etwas zu mir, um ihr das Hemd und das Oberteil auszuziehen. Küssend zog ich sie weiter an mich und öffnete den Verschluss ihres BHs. Die Träger rutschten über ihre Arme und gaben ihre Brüste frei. Instinktiv griff ich zu ihren weichen Brüsten und knetete sie. Emma schien das sehr zu gefallen, denn sie stieß einen Seufzer aus, der sich zu einem regelmäßigen Stöhnen steigerte.

Ihren Hals küssend wanderte ich zu ihren großen Brustwarzen, um daran zu lutschen. Ihr Stöhnen wurde lauter und ihr Druck auf meinen Schwanz verstärkte sich. Ich ließ mit meinem Mund von ihr ab, um einen Seufzer auszustoßen. Wie sie meinen Schwanz bearbeitete, sorgte dafür, dass ich in den nächsten Minuten kommen würde.

Ich öffnete ihre Hose und strich mit meiner Hand über ihren Venushügel. Ich wollte sie jetzt auch spüren, ihre jungfräuliche Pussy berühren. Nachdem die Hose ausgezogen war, folgten gleich ihr String und mein T-Shirt.

Emma lag mit glänzender Pussy vor mir und ich ließ meine Finger über ihre Vulva gleiten, um sie dabei zu massieren. Ihre feuchten Lippen forderten jedoch mehr und ich begann, sie vorsichtig zu fingern. Sie schaute dabei fasziniert zu und genoss es.

Als meine Zunge ihren Kitzler berührte, stöhnte sie laut auf. Mit einigen Zungenschlägen nahm ich das erste Mal ihren süßen Geschmack auf. Ich verwöhnte sie weiter mit der Zunge, ihre Hand drückte meinen Kopf leicht in Richtung Lustgrotte.

Ein paar Minuten verharrte ich so, ließ sie meine Zunge in kreisenden Bewegungen spüren. Dann konnte ich mich nicht mehr zurückhalten. Ich wollte sie endlich spüren, ihr zeigen, wie schön Sex sein konnte.

Es zog mich wieder zu ihrem Mund und nach einem innigen Zungenkuss, zog ich ein Gummi über meinen Schwanz. Emma wichste ihn ohne Unterlass. Ich führte ihre Hände weiter nach unten. Dann kniete ich vor ihr und ließ meinen prallen Schwanz bedächtig in ihre nasse Lustgrotte gleiten.

Emma verzog das Gesicht und brachte ein »Ah... ah...« hervor.

Ich stoppte.

»Alles okay?«, fragte ich besorgt.

»Ja, mach weiter«, sagte sie lächelnd.

Ich ließ meinen Schwanz vorsichtig ein weiteres Stück eintauchen.

»Ooooh...«, kam es erneut von ihr.

Dieses Mal stieß ich aber weiter zu und fickte sie ganz langsam. Mein Schwanz war noch nicht bis zum Anschlag eingedrungen. Ich gab Emma ein wenig Gewöhnungszeit. Als sie jedoch die Beine anwinkelte und mir freie Bahn ermöglichte, stieß ich bis zum Anschlag in sie hinein.

Emma stöhnte laut auf.

Ich fickte sie weiterhin liebevoll, aber ihre Pussy war so eng, dass ich mich arg zusammennehmen musste.

»Oh ja, das fühlt sich gut an, mehr davon!«, stöhnte sie wieder.

Ich drang nun schneller in sie ein, ermutigt durch ihr Stöhnen. Ich fickte sie so, dass es bei jedem Stoß klatschte.

»Mehr davon, das fühlt sich so gut an«, keuchte Emma erneut.

Ich kam stöhnend, fickte ihre nasse Pussy mit meinem Schwanz aber trotzdem weiter, weil Emma nicht von mir abließ. Irgendwann ging es nicht mehr. Ich zog mich zurück und legte mich neben sie.

Wir lagen erschöpft auf dem Sofa, Emma hatte sich angekuschelt und ihre Hand macht sich bereits erneut auf den Weg zu meinem Schwanz.

*Da kann wohl jemand nach dem ersten Mal nicht genug bekommen.*

Sie wichste ihn sanft und beobachtete ihn dabei, wie er allmählich an Größe gewann. Wir küssten uns und meine Hand tastete sich zu ihrer Brust vor, um sie zu kneten. Sie hauchte mir einen Stöhner ins Ohr und zeigte mir damit, dass sie das unwahrscheinlich mochte.

Mein Phallus war hart und während ich noch ihre breiten Nippel liebkoste, gab sie mir zu verstehen, dass sie ihn erneut spüren wollte.

Ein Gummi übergerollt ließ ich meinen Schwanz wieder in ihrer schmatzende Pussy gleiten. Emma umarmte mich, und winkelte ihre Beine an, damit ich tief in sie eindringen konnte.

Mit meinem Lustschwert spießte ich sie auf und gab ihr, wonach sie verlangte. Immer schneller und härter eroberte ich sie.

»Mhm, fühlt sich das gut an«, hauchte sie mir voller Sehnsucht nach mehr ins Ohr.

Über sie kniend ließ ich nicht von ihr ab. Ihre tiefe Lustgrotte und die Enge brachte mich nach kurzer Zeit zum nächsten Höhepunkt. Ich konnte es kaum glauben, dass sie mich so anheizte. Bis mein Schwanz aus ihrer nassen Grotte rutschte nahm ich sie weiter und sank danach erschöpft in Emmas Arme.

»Wollen wir rausgehen? Das Wetter ist noch so schön«, fragte ich, nachdem wir uns etwas ausgeruht hatten.

Wir zogen uns beide etwas an und setzten uns auf die Terrasse, um die warme Luft zu genießen. Emma kuschelte sich ganz fest an mich und wir scherzten über die Nachbarn, die jetzt auch sahen, dass wir draußen waren.

»Oder möchtest du doch noch rüber?«, scherzte ich.

»Nein, das lassen wir besser«, meinte sie und grinste mich an. »Ich habe den Don noch lieber etwas für mich.«

Nach einer Stunde wurde es draußen spürbar kühler und wir wechselten wieder ins Wohnzimmer.

Emma kam sogleich ihre Aussage nach und wurde frech, was mir natürlich gefiel. Auf dem Sofa küsste sie mich und öffnete den Kopf meiner Hose, um nach meinem Schwanz zu tasten. Mit ihren Küssen und ihrer frechen Art hatte sie mich sofort gefangen. Es dauerte nicht lange und wir waren erneut nackt.

Ich liebkoste ihre Brüste, während sie genüsslich meinen Schwanz bearbeitete. Mit der Zeit rutschte sie weiter nach unten, bis ihre Lippen an meinem Schwanz angekommen waren. Sie leckte liebevoll meine Eichel, verwöhnte sie mit einzelnen Zungenschlägen. Ihre Hand wichste meinen Phallus unterdessen weiter.

Irgendwann hatte sie den oberen Teil im Mund und ihre Lippen verwöhnten ihn noch sehr zaghaft. Ich war sehr erregt und wollte ihre enge Pussy unbedingt noch einmal spüren. Ich suchte ein Kondom und rollte es über.

»Komm her, jetzt darfst du mal nach oben und dich austoben, wenn du schon so frech bist«, meinte ich grinsend.

Breitbeinig setzte sie sich auf mich und ließ meinen Phallus behaglich in sich eindringen. Ich sah in ihrem Gesichtsausdruck, dass sie bemerkte, dass es so deutlich tiefer war und musste innerlich grinsen.

Sie begann, mich sachte zu reiten. Ihre feuchte Lustgrotte gab Geräusche von sich, während Emma das Tempo erhöhte und dabei laut stöhnte. Ich holte mit der rechten Hand aus und gab ihr einen Klaps auf den Arsch.

Daraufhin wurde sie noch wilder und ihr Becken kreiste auf meinem Phallus. Ich gab ihr noch einen Klaps auf den Arsch.

»Mhmmmm...«, stöhnte sie auf und ritt mich weiter.

Ein paar Minuten später rutschte mein Schwanz aus ihrer Lustgrotte. Sie kuschelte sich an mich und wir beschlossen, das Schlafzimmer aufzusuchen, um dort aneinander gekuschelt einzuschlafen.

Am nächsten Morgen im Bett war Emma schon etwas eher wach und konnte ihre Finger nicht bei sich behalten. Ich spürte, wie sie bedächtig meinen Schwanz bearbeitete.

*So früh am Morgen und schon geil?!*

Ich drehte mich zu ihr und ließ meinen Oberschenkel ihre weiche Pussy massieren. Das reichte aus, um sie weiter aufzugeilen. Sie wichste meinen Schwanz, kroch unter die Decke und fing an, ihn zärtlich zu blasen. Ich genoss ihre Zunge an meinem Phallus, der nun richtig hart war.

Nach ein paar Minuten kam sie wieder unter der Decke hervor, ich schlug diese zur Seite und ließ Emma dabei zusehen, wie ich meinen Schwanz wichste. Sie streichelte mir dabei den Bauch, während ich meinen Phallus immer schneller bearbeitete. Es dauerte nicht lange und ich spritzte ab.

Sie grinste amüsiert.

»Ein sehr schöner Anblick, wenn du kommst«, kommentierte sie das Geschehene.

Wir blieben ein paar Minuten liegen und duschten anschließend. Nach dem Frühstück landeten wir wieder auf dem Sofa. Wir küssten uns und waren innerhalb weniger Minuten nackt. Ihre Hand hatte wieder ihren Lieblingsplatz an meinem Schwanz gefunden.

Da sie mit ihrem Kopf ganz in der Nähe war, drückte ich sie in die richtige Richtung. Während ihre Zunge sich mit meiner Eichel beschäftigte, zog ich den BH aus. Sie legte sich auf den Rücken und zeigte mir ohne Scham ihre Vulva.

Ich nahm ihre Einladung an und ließ meinen Schwanz in ihre Lustgrotte eintauchen. Ich stieß bis zum Anschlag zu und fickte sie umsichtig. Emma rieb sich dabei achtsam ihre Perle.

»Ah, ja mach weiter, ich komme gleich…«

Ich fickte sich noch schneller und sie zog mich mit ihren Beinen noch näher an sich.

»Mhmmm, mhmmm, jaaaaahhh«, brachte sie nur noch heraus.

Zwei Stöße später kam ich auch und beugte mich über sie, um ihr einen langen Kuss aufzudrücken. Emma hielt mich fest, ließ mich nicht mehr los und genoss sichtbar, dass wir gemeinsam gekommen waren.

Nach einiger Zeit zog es uns doch nach draußen, weil das Wetter so schön war. Wir gingen zum Teich und kuschelten uns dort auf die Lounge, während die Nachmittagssonne schien. Aber auch da konnte Emma ihre Finger nicht bei sich lassen. Sie wurde wieder frech und musste mir den Schwanz durch die Hose massieren.

Irgendwann nahm ich ihre Hände und zog sich zurück ins Haus. Dort gingen wir ins Wohnzimmer und überfielen uns voller Geilheit auf das große Sofa. Ich zog ihr als erstes ihr Oberteil aus. Die Kleidungsstücke fielen im Sekundentakt auf die Erde, bis wir völlig nackt waren.

Emma liebkoste meinen Phallus, während ich ihre Perle massierte und sie anschließend mit drei Fingern fickte. Ich leckte über ihre harten Knospen, die sich bei ihrer Handmassage leicht bewegten. Sie schob meinen Kopf noch mehr auf ihre Brüste und genoss es sichtlich, wie ich sie verwöhnte.

Ich rutschte etwas nach oben, sodass mein Schwanz beim Wichsen auf ihre Brüste zielte. Emma rieb sich ihre Perle und ich übernahm ihren Part und wichste meinen Schwanz weiter. Ich konnte meine Geilheit nicht mehr im Zaum halten, weil ich sah, wie ihre Brüste wippten und sie leise stöhnte.

Laut stöhnend kam ich und meine Sahne landete auf ihren Brüsten. Noch ein paar weitere Stöße und ihren Titten war nass. Emma grinste, wobei ihr das Sperma die Brüste herunterlief.

Amüsiert holte ihr etwas zum Abputzen. Mittlerweile war es fast Abend und so kümmerte ich mich um das Essen. Uns zog es erneut nach draußen und wir aßen bei dem schönen Wetter am Teich. Zu zweit hatten wir alles mitbekommen und machten es uns am Tisch gemütlich. Von der Straße beobachteten uns einige Leute, die uns neidisch auf die Teller schauten. Nach dem Essen gab es noch ein wenig zu Trinken und wir kuschelten uns angeschwipst unter die Decke auf die Lounge. Es war schön mit ihr die Aussicht zu genießen, auch wenn es bereits dämmerte.

Es wurde bald dunkel und kühler. Wir nahmen noch eine weitere Decke dazu, damit wir nicht froren. Da die Nacht klar war, konnten wir den Sternenhimmel beobachten. Es war keine Wolke am Himmel. Verträumt kuschelten wir uns mittlerweile komplett unter die Decken, um die Wärme zu sammeln. Als es Mitternacht war, nahmen wir unsere Sachen und nahmen eilig den Weg zum Haus, weil es uns zu kalt wurde.

Am nächsten Morgen duschten wir gemeinsam und frühstückten danach. Emma aß wie jeden Morgen nicht so viel, sie beobachtete mich lieber beim Essen. Nachdem wir den Tisch abgeräumt hatten, zog sie mich zum Sofa und begann mich wild zu küssen. Ihre Küsse wurden fordernder.

*So früh am Morgen und sie hat nur eines im Sinn. Okay, eigentlich ist es schon Mittag.*

Es war schon eine ganze Zeit vergangen, als sie die Knöpfe meiner Hose öffnete und sie vorsichtig auszog. Dafür, dass sie an diesem Wochenende ihr erstes Mal hatte, war sie schon ganz schön frech. Ich hatte anscheinend eine noch größere Lust in ihr geweckt.

Ein paar Minuten später lagen wir nackt auf dem Sofa und Emma tat das, was sie am liebsten machte. Sie wichste meinen Schwanz mit harten Bewegungen. Damit brachte sie mich fast aus dem Konzept, weil ich mich um ihre Pussy kümmerte und kaum noch einen klaren Gedanken fassen konnte.

»Hmmmmm...«, stöhnte ich.

Ihre Lippen nahmen Kontakt mit meinem Schwanz auf. Ich spürte, wie die Zungenspitze über meine Eichel wanderte und verwöhnte diese einige Minuten lang. Aber es reichte nicht aus, um meinen Phallus so zu stärken, dass ich sie ficken konnte. Sie setzte noch einmal nach und fickte ihn nun mit dem Mund, während sie meine Eier nach unten zog.

Das reichte aus, um mich richtig geil zu bekommen. Ich zog ein Gummi über und Emma lag schon lächelnd mit gespreizten Beinen vor mir.

Ihre Vulva glänzte, weil sie meinen Phallus erwartete. Ich schob ihn zwischen die Lippen.

»Tiefer, Don. Es ist alles okay«, meinte sie stöhnend.

Ich kam ihrem Wunsch nach und schob die Beine noch weiter auseinander, um sie bis zum Anschlag ficken zu können. Ihre weichen Brüste wippten mit jedem Stoß auf und ab. Ich nahm sie immer schneller und ihr Stöhnen wurde noch lauter. Mit einer Hand vergriff ich mich an ihre Brust und knetete sie.

Ich erwartete jeden Moment, dass ich kommen würde und stieß noch fester zu, weil ich es nicht erwarten konnte. Ein paar Sekunden später kam ich laut stöhnend in ihrer engen

Pussy.

Ihr einen Kuss gebend rutschte ich anschließend nach unten, zwischen ihre Beine und ließ sie erahnen, was ich vorhatte. Sie schaute mich mit großen Augen an, bevor ich damit anfing, ihre Perle mit meiner Zungenspitze zu bearbeiten.

Ihr Stöhnen wurde lauter und ich spürte ihre Hand auf meinem Kopf. Mit kreisenden Bewegungen ließ ich sie mehr spüren und ließ sie mein Ziel wissen:

Sie sollte kommen.

Heftig kommen.

Ich nahm meine Finger dazu, die zeitgleich ihre feuchte Grotte fickten. Meine Bewegungen wurden schneller und ich nahm sie fordernder. Dann folgte eine kleine Pause, in der ich ihre Perle in meinen Mund sog.

Sie stöhnte laut auf. Ich kreiste weiter mit der Zungenspitze und fingerte sie wieder schneller.

»Mach weiter, ich komme gleich«, keuchte Emma völlig außer Atem.

Ich hielt sie weiter hin und gab ihr mit heftigen Zungenschlägen das grandiose Finale. Sie kam laut und zitterte dabei. Sie brauchte ein wenig Zeit, um wieder herunterzukommen. In der Zeit kuschelten wir nackt auf dem Sofa und bereiteten uns darauf vor, dass unsere Wege uns hier gleich trennten.

Emma wollte schon längst auf der Autobahn sein. Sie war zu mir gekommen, um ihre Jungfräulichkeit zu verlieren und würde jetzt wieder verschwinden. Ob sie es so toll fand, dass sie noch einmal zu mir kommen würde?

Ich würde es erst später erfahren.

# ● Gefesselt und genommen

Es vergingen ein paar Tage, jedoch schrieben wir uns weiterhin und der Kontakt riss nicht ab. Im Gegenteil, Emma wollte noch ein Wochenende zu Besuch kommen, da es ihr sehr gefallen hatte.

Ich hatte nur angedeutet, dass ich nichts dagegen hätte, ein weiteres Wochenende mit ihr zu verbringen. Weil die Fahrt doch etwas lang war, entschloss sie sich dieses Mal mit dem Zug zukommen.

Emma blickte mich schon während der Autofahrt mit ihren braunen Augen gierig an, als ich sie vom Bahnhof abholte. In meinem Kopf spielten sich die Ereignisse des letzten Treffens ab.

Ja, ich konnte mir sicher sein, dieses Mal würde sie genauso aushungert sein.

Als wir bei mir ankamen und ihre Sachen aus dem Auto geholt hatten, kümmerte ich mich um das Essen. Es war abends und ich hatte alles für den Nudelauflauf vorbereitet. Den hatte sie sich gewünscht, weil sie ihn anscheinend sehr mochte. Nachdem der Nudelauflauf fertig und im Ofen war, konnten wir uns nicht mehr beherrschen.

Es passierte genau das, was mir mein Gefühl vorhersagte.

Als ich mich zu ihr auf das Sofa setzte, dauerte es keine zehn Minuten, da waren wir nackt und sie brachte mich schon zum ersten Höhepunkt.

Nach dem Essen kuschelten wir uns aufs Sofa und schauten TV. Zwischendurch verschwand sie im Badezimmer und ich ahnte schon etwas, als es länger dauerte.

Ich hatte ihr ein wenig Wäsche hingelegt und wartete gespannt darauf, was sie sich wohl anziehen würde. Die Tür des Badezimmers öffnete sich und wenig später stand sie im Wohnzimmer vor mir.

Sie hatte die schwarzen Dessous genommen. Ich lächelte.

Ich hatte mir innerlich gewünscht, sie daran zu sehen. Emma zu mir aufs Sofa ziehend strich ich ihr sogleich das Hemd von den Schultern, damit ich die Dessous bewundern konnte.

Mit meinem Finger öffnete ich die beiden kleinen Knöpfe des BHs auf der Vorderseite. Ich brauchte einige Zeit, weil die Knöpfe und die Löcher so klein waren, dass ich das Gummiband, welches darum lag, gar nicht um den Knopf bekam. Als ich es endlich geschafft hatte, schob sich ihr erregter Nippel durch den Schlitz des BHs und ich saugte genüsslich daran.

Emma war derweil dabei, meine Hose auszuziehen und wollte mir meinen Schwanz wichsen. Ich zog den BH zur Seite, griff mit meiner Hand zu ihren Brüsten, um sie zu liebkosen. Meinen Phallus in der Hand, hatte sie ihr Ziel erreicht.

Meine Hand wanderte durch den geöffneten Tanga bis zu ihrer Lustgrotte. Zwei meiner Finger glitten in ihre feuchte Pussy und fickten sie. Sie stöhnte laut auf und verstärkte ihren Druck auf meinen Schwanz.

Wir warteten nicht lange, sie war unter mir und ich stieß mit meinem harten Schwanz durch den Schlitz im Tanga in ihr Allerheiligstes. Ich nahm sie hart und tief, sodass ich schon nach kurzer Zeit kam.

Am nächsten Tag wartete eine Überraschung auf Emma. Als wir wieder auf dem Sofa übereinander herfielen, hatte ich schon vorgesorgt und einige Dinge hinter dem Sofa platziert. Sie ahnte nichts davon. Wir waren nach kurzer

Zeit nackt und ich nahm ihre beiden Hände zusammen, um sie unter ihren ängstlichen Augen zu fesseln.

»Was hast du mit mir vor?«, fragte sie.

»Lass dich überraschen und vertrau mir«, flüsterte ich und schaute sie dabei an.

Sie rutschte etwas nervös auf dem Sofa hin und her.

Nun holte ich die Augenbinde hervor und legte sie ihr an. Emma ließ einen Seufzer los.

Ich lag schon zwischen ihren Beinen und erkundete mit meinen Fingern ihre Vulva. Zuerst fanden zwei meiner Finger ihre Lustgrotte, danach nahm ich noch zwei weitere dazu. Emma gab mit jedem Stoß ein deutlich hörbaren Stöhner ab.

Als ich mit meiner Zungenspitze ihre Perle massierte, wurde ihr Stöhnen regelmäßiger, rhythmischer.

Ich holte meine erste Überraschung aus dem Versteck, ohne das sie davon etwas mitbekommen konnte. Die Vakuumpumpe legte sich über ihre warme Pussy und ich begann damit, die Luft abzupumpen.

Emma stöhnte laut auf.

Ich ließ wieder etwas Luft hinein, sodass sich ihre Haut wieder absenkte. Dann pumpte ich wieder etwas Luft ab. Dieses Mal war es deutlich mehr und ihre Lustgrotte erhob sich in der Glocke, bis sie im oberen Drittel war.

Emma schnappte nach Luft.

»Was machst du nur mit mir?«, fragte sie erregt.

»Dreh dich um«, forderte ich sie auf, ohne auch nur etwas Luft in die Glocke zu lassen.

Sie gehorchte und kniete auf allen Vieren vor mir. Ich holte den Umschnalldildo aus dem Versteck, legte ihn an und feuchtete mit etwas Gleitgel meine Finger an. Langsam drang ich mit meinen Fingern in ihren Po ein und weitete ihn.

»Was hast du nur mit mir vor?«, stöhnte Emma leise.

Die Glocke der Vakuumpumpe fiel auf das Sofa und ich massierte mit meinen Fingern ihre Perle. Meine Finger kreisten in Emmas Lustgrotte, was ausreichte, um sie noch lauter stöhnen zu lassen.

Ich weitete ihren engen Anus mit einem weiteren Finger, bevor ich mit dem Gummischwanz in sie eindrang. Es war ihr erstes Mal anal.

Sie stöhnte noch lauter, als sie meinen Schwanz zusätzlich in ihrer Pussy spürte. Ich ließ den Umschnalldildo erneut in ihren Po eindringen, um ihn noch mehr zu weiten.

Emma keuchte vor Wollust.

Meine Stöße wurden härter und schneller. Ihre Finger krallten sich im Sofa fest. Ich zog den Dildo wieder heraus, kniete mich neben sie und nahm eine Hand von ihr.

»Wichs meinen Schwanz, damit ich dich gleich in den Arsch ficken kann, du kleine Drecksau.«

Das brauchte ich ihr nicht zweimal sagen. Mit ihrem festen Griff brachte sie meinen Schwanz zu voller Größe. Emma kniete sich wieder vor mir und mein Schwanz schob sich durch ihren engen Hintereingang bis zum Anschlag hinein.

»Mhnmmmmm …«, stöhnte sie und biss sich dabei auf die Lippen.

Ich ließ meinen Schwanz immer wieder in ihr enges Loch tauchen und nahm sie bestimmt fünf Minuten so. Dann rollte ich ein neues Gummi über tauchte in ihre Pussy ein. Ihre Pussy war viel feuchter und weiter, sodass ich Emma nach kurzer Zeit drehte und ich oben war. So spürte ich bei ihr deutlich mehr.

Ihre Titten wippten, während ich immer schneller zustieß.
Ein paar tiefe Stöße später kam ich in ihr.
Emma war völlig fertig und zitterte.
Ich nahm ihr die Augenbinde und die Fesseln ab. Sie blinzelte mich an, zog mich zu ihr herunter und gab mir einen Kuss.
»Was machst du nur mit mir? Aber es war wirklich geil.«
»Können wir das wohl öfters machen?«
»Ab und zu vielleicht. So als i-Tüpfelchen für zwischendurch«, erwiderte sie grinsend.
Ich legte mich zu ihr, nahm sie in die Arme und sie kuschelte sich an mich.

# ● Ein Traum in Lack

Kurz vor meinem Geburtstag kam mich Luciana besuchen. Ich wusste, dass mich ein paar Überraschungen erwarten sollten, denn sie hatte ein paar Wochen vorher eingekauft. Ich holte sie direkt nach der Arbeit vom Bahnhof ab. Wir fuhren ohne Umwege zu mir und ich half ihr dabei ihre Sachen ins Haus zu bringen.
Wie schon beim letzten Mal, legte ich ihr zuerst im Flur das Halsband an und wir gingen danach ins Wohnzimmer. Wir erzählten uns kurz etwas und rauchten zusammen eine Zigarette, bevor sie sich ins Badezimmer entschuldigte.
Nach ein paar Minuten kam sie wieder zurück und trug ein schwarzes Negligé, unter dem ich die neue Unterwäsche erkennen konnte.

*Sie hat tatsächlich die Lack-Corsage gekauft,* dachte ich und grinste innerlich.

Ich zog sie ohne lange zu warten auf das Sofa und wir küssten uns sogleich. Voller Geilheit streichelte ich über ihre Brüste und spürte den glatten Lack auf meiner Haut. Luciana geilte mich mit ihren Bewegungen noch mehr auf und es dauerte nicht lange, da fiel das Negligé meinem Angriff zum Opfer. Jetzt konnte ich die schwarze Corsage und den Lack-Tanga voll und ganz sehen.

»Komm her, meine kleine Schlampe«, hauchte ich und zog sie am Halsband zu mir, um sie zu küssen.

Ich genoss es, sie über mir zu haben und das Lackoberteil mit meinen Fingern zu erkunden.

»Das gefällt dem Herrn wohl«, entgegnete sie frech und bekam dafür auch gleich einen ordentlichen Klaps auf den Allerwertesten.

Ich angelte die Leine vom Tisch und legte ihre diese an. Wir küssten uns und meine Hände blieben am glatten Lack hängen. Ich zog sie noch ein Stück weiter nach oben, um mit meinem Gesicht in ihren großen Brüsten einzutauchen und in ihr weiches Fleisch zu beißen.

»Mhmmm«, stöhnte sie auf.

Ihre Brüste aus dem Oberteil hebend saugte ich an ihren Nippeln, während ich die Haken auf der Rückseite öffnete.

»Zieh meine Hose aus«, fuhr ich sie an.

Sie kam der Aufforderung nach und nahm als nächstes die Boxershorts ins Visier. Luciana hatte schon ein klares Ziel vor Augen und ich hatte nicht vor, sie davon abzubringen.

Nachdem ich nackt vor ihr lag, begann sie ihr Lieblingsspielzeug zu wichsen. Ich stöhnte auf. Sie war so gierig auf meinen Schwanz, denn ihr Griff war fest und fordernd. Am liebsten hätte sie ihn geblasen und direkt ausgesaugt.

*Die kleine geile Schlampe braucht es wohl wieder sehr dringend,* dachte ich bei mir und drückte ihr den Kopf langsam auf meinen Schwanz.

»Tiefer, fester«, befahl ich ihr.

Ihre Lippen umschlossen meinen Schwanz noch fester und sie versuchte ihn noch tiefer aufzunehmen.

»Bis zum Anschlag...«, sagte ich ärgerlich und schob ihren Kopf noch tiefer, bis sie anfing zu würgen.

»Hat die kleine Drecksau etwa nicht geübt?«, fragte ich und bekam als Antwort nur ein kurzes Lächeln von ihr zu sehen.

Dann folgte Luciana ihrem Verlangen, wichste meinen Schwanz und massierte mir die Eier, während ihr Fickmaul unaufhörlich über meinen Schaft fuhr.

»Dreh dich um, auf allen Vieren«, sagte ich scharf und gab ihr einen Klaps auf den Arsch.

Sie drehte sich, sodass ihre Pussy genau über meinem Mund war. Ich spürte, wie abermals gierig an meinem Schwanz saugte, während ich den Lack-Tanga zur Seite schob, um ihre nasse Lustgrotte zu lecken.

Ihre Lippen glänzten vor Geilheit. Meine Zungenspitze zwischen ihren zarten Lippen hindurchgleiten nahm ich ihren süßen Geschmack auf. Dieses Mal schmeckte sie besonders gut. Ich bohrte meine Zunge in ihre Lustgrotte und fickte sie damit.

Mein ganzes Gesicht nahm nun ihren Saft auf, bevor ich mich mit meiner Zungenspitze ausgiebig ihrer Perle widmete. Ich nahm meine Finger und begann sie damit zu ficken.

Von der anderen Seite hörte ich ein leises Keuchen, wenn Luciana nicht gerade ihre Mund voll hatte.

Ich nahm weitere Finger dazu, bis ich sie schließlich mit vier Fingern verwöhnte und bemerkte, dass sie sich gar nicht mehr aufs Blasen konzentrieren konnte. Ihr Stöhnen hallte durch den ganzen Raum, während meine Zungenspitze ihre Perle rieb. Irgendwann hatte ich alle vier Finger bis zum Anschlag in ihrer Pussy. Mit der anderen Hand knetete ich ihre großen Brüste.

Luciana wurde noch lauter, sie hatte noch eine Hand an meinem Schwanz, brachte es aber nicht fertig, ihn ordentlich zu wichsen.

»Dreh dich um, meine kleine Schlampe!«

Sie war völlig außer Atem, folgte aber meiner Aufforderung, während ich nach einem Gummi griff und es überrollte.

Ich ließ meinen Phallus von hinten in ihre Lustgrotte eintauchen und gab ihr mit starken Stößen die Richtung vor. Der Lacktanga rieb mit jedem Stoß an meinem Schwanz und geilte mich noch mehr auf. Ich blickte auf die Reihe der Schnüre, die die Corsage zusammenhielt. Ihr lustvolles Stöhnen trieb mich an. Ich wollte mehr sehen, als nur ihren prallen Arsch.

»Dreh dich um, damit ich deine Titten sehen kann.«

Ich zog an der Leine, um meiner Aufforderung Nachdruck zu verleihen. Sie legte sich auf den Rücken und spreizte ihre Beine. Den Tanga zur Seite schiebend stieß ich mit meinem Schwanz in ihre glänzende Pussy. Ihre Brüste lagen frei und wippten bei jedem Stoß mit. In dieser Position spürte ich ihre Pussy immer besonders. Der Anblick geilte mich so auf, dass ich ein paar Minuten später in ihr kam.

»Das hat dem Herrn wohl gefallen«, sagte sie und grinste dabei frech.

»Ja, das stimmt. Sehr sogar«, stimmte ich völlig außer Atem zu, während sie sich eine Zigarette anzündete.

Ich zog mir etwas an und kümmerte mich danach um das Essen. Es gab Pute mit Gemüse und Kartoffeln. Wir aßen am Tisch, Luciana hatte weiterhin ihre Corsage an, deren Anblick mich verzückte.

Da sie mir gegenübersaß, schaute ich mehr auf sie als auf mein Essen. Danach machten wir es uns auf dem Sofa bequem. Wir verbrachten den Abend damit, TV zu schauen.

Allerdings dauerte es nicht lange, dass die kleine Schlampe frech wurde.

Ich hätte mir das schon vorher denken können. Wie immer kratzte und biss sie. Ich versuchte mich dagegen zu wehren, hielt ihr die Hände zusammen und als sie stetig keine Ruhe gab, holte ich ein Seil hervor und fesselte sie.

Luciana protestierte lautstark, was ihr aber nichts brachte.

Nachdem ich das Seil festgezurrt hatte, versuchte sie erst einmal den Anfang zu finden, um sich davon zu befreien. Ein paar Minuten später hatte sie es gelöst und wurde sofort frech.

»Auf den Fußboden, meine kleine Schlampe«, sagte ich streng und etwas genervt.

»Nicht schon wieder«, jammerte sie.

»Das hast du dir selbst zuzuschreiben. Jetzt bleibst du fünf Minuten auf dem Fell.«

Ich schaute weiter TV und ignorierte sie.

»Darf ich rauchen?«

»Nein!«, antwortete ich und würdigte sie keines Blickes.

Nach fünf Minuten zog ich sie an der Leine aufs Sofa. Luciana kuschelte sich an mich und eh ich mich versah, spürte ich wieder ihre Nägel. Dieses Mal schaffte sie es aber, mich mit ihren Küssen und dem Kratzen geil zu machen. Ihre freche Hand war schon in meiner Shorts verschwunden, um nach dem Rechten zu sehen.

Ich spürte, wie ihre warmen Hände meinen Schwanz zärtlich wichsten. Ein paar Sekunden später war meine Boxershorts heruntergezogen und ihre Küsse wanderten über meine Brust zu ihrem Lieblingsziel. Ich schloss die Augen und spürte ihre fordernden Lippen an meinem Phallus, die ihn langsam fickten. Da sie wieder nur den oberen Teil verwöhnte, drückte ich ihren Kopf nach unten.

Luciana hatte in ihrer Position neben mir Platz genommen, wie sie es gelehrt hatte: Nach vorne gebeugt und den Arsch zu mir. Die Einladung nahm ich gerne an und schlug ihr mit Wucht auf den Po.

»Das geht besser. Lass mich deine Zähne spüren, kleine Schlampe.«

Luciana tat, was ich ihr befohlen hatte. Ihr Saugen wurde fester und ihre Zähne glitten über meine Haut, das konnte ich deutlich spüren. Ich stöhnte leise auf und drückte ihren Kopf wieder tief hinab, sodass mein Schwanz ihren Mund ausfüllte. Luciana würgte.

»Das üben wir jetzt mal. Umdrehen und auf den Rücken«, sagte ich, weil ich es leid war.

Jetzt würde sie schon sehen, dass mein Schwanz noch ein weiteres Stück in ihrem Mund gelangte.

Ich stieg vom Sofa herunter, sie hatte sich schon auf dem Sofa umgedreht und schaute mich erwartungsvoll mit großen Augen an. Ich beugte mich über sie, wobei ihr Kopf schon vom Sofa hing.

»Jetzt wirst du schon sehen, was du davon hast«, ließ ich böse verlauten und rammte ihr meinen Phallus tief in den Mund.

Ich fickte sie hart in den Mund. Luciana hatte Mühe zu atmen, zudem füllte mein Schwanz ihren Mund sehr aus. Nach ein paar Mal zog ich heraus und ließ sie meine Eier lecken. Ein weiteres Mal stieß ich in ihren Mund und sie würgte wieder. Ich fickte sie mit ein paar Stößen weiter, bis sie hustete.

»Die kleine Schlampe ist aber ganz schön gierig.«

Bei der Bemerkung huschte ein Grinsen über ihr Gesicht.

Ich zog meinen Schwanz heraus und drückte ihr erneut meine Eier ins Gesicht. Dann kehrten wir aufs Sofa zurück. Sie durfte meinen Schwanz wichsen, während sie darüber kniete. Es dauerte nicht lange und ich kam. Kurz vorher drückte ich ihren Kopf auf meinen Schwanz.

»Schluck, meine kleine Drecksau«, brachte ich nur noch stöhnend heraus, wobei Luciana schon gierig meinen Saft aufnahm. Weil es ihr so gut schmeckte, ließ sie kein bisschen davon an meinem Schwanz zurück. Alles leckte sie ab und grinste mich danach zufrieden an. Am nächsten Tag würde sie dafür etwas leiden müssen.

## ● Seine Putzfee

Am nächsten Tag wurde Luciana zu meiner persönlichen Putzfee. Ich hatte beim Putzen in der letzten Woche extra einige Stellen in jedem Raum meiner Wohnung ausgelassen. Nach dem gemeinsamen Frühstück, welches mich die ganze Zeit innerlich grinsen ließ, trug ich ihr auf, die Putzkleidung anzulegen.

Ich hatte ihr ein hübsches Kleidchen und einen dazu passenden String gekauft. Da sie schon wusste, dass sie auf dem Boden kriechen musste, hatte Luciana sich alte Strümpfe mitgebracht. Ihre Freude mir wieder auf allen Vieren zu dienen, hielt sich jedoch in Grenzen. Sie trug zwar gerne ihr Halsband und hatte nichts dagegen, vor ihrem Herrn zu knien, allerdings konnte ich sie für das Kriechen nicht begeistern.

Luciana verschwand im Bad und zog sich um. Ich überlegte, ob ich alles bedacht hatte und kam zum Entschluss, dass ich nicht besser vorbereitet sein könnte.

Ein paar Minuten später stand sie im Wohnzimmer. Sie hatte das "Zimmermädchendress" an und sah darin richtig bezaubernd aus. Nur ihre Strümpfe passten farblich nicht ganz zum Outfit. Sie ging vor mir auf die Knie.

»So, ist die kleine Schlampe bereit?«, fragte ich sie, während ich ihr das schwarze Halsband anlegte.

»Ja, mein Herr«, kam es brav von ihr zurück.

Die Leine rastete am Halsband ein und ich zog sie hinter mir her. Es ging über die kalten Fliesen des Flurs zum Badezimmer. Luciana schaute mich mit ihren blauen Augen an. Ich konnte ihre Neugierde und ihre Geilheit darauf, endlich eine Strafe zu erhalten, förmlich spüren.

Aber da musste sie noch etwas warten.

»Der Herr hat es nicht so mit dem Staubwischen. Das heißt, die kleine Schlampe putzt jetzt mal die Regalböden des Badezimmerschrankes.«

»Ja, mein Herr.«

Sie nahm den Putzlappen und begann mit der Arbeit, während ich ihr dabei auf die Finger schaute. Sie lächelte mich dabei an und ich ahnte schon, dass ihr wieder irgendetwas Freches auf der Zunge lag.

»Da oben komme ich aber nicht ran«, ließ sie verlauten.

»Dann muss sich die kleine Schlampe mal etwas strecken«, sagte ich und schlug ihr mit voller Wucht auf den Po.

Das half zwar für das mittlere Fach aber nicht für das Fach ganz oben. Ich seufzte.

»Der Herr schaut mal, ob er einen Tritt für das obere Fach findet.«

Sie bedankte sich und ich musste innerlich zugeben, dass ich wohl doch nicht an alles gedacht hatte. Das Fräulein war schon etwas kleiner. Kurze Zeit später kam ich mit einer kleinen Trittleiter wieder. Ich schaute weiter zu, wie sie putzte und fand hier und da immer ein paar Kleinigkeiten, die ich zu beanstanden hatte.

Als sie fertig war, ließ ich sie über den Tritt beugen. Ich hatte eine Idee. Es war ja nicht so, dass ich nicht spontan sein konnte.

»Was hat der Herr vor?«, fragte sie besorgt und biss sich auf die Unterlippe.

»Das wird du schon sehen. Spreiz die Beine, meine kleine Schlampe.«

Sie tat, was ich sagte, schaute sich aber dennoch besorgt um. Mit meiner Hand strich ich über ihren Po und zog ihr Höschen runter. Dann schlug ich das zweite Mal mit Schwung auf ihren Po.

Es klatschte laut und Luciana zuckte dabei kurz. Meine Hand glitt zwischen ihre Beine und ich spürte, wie erregt sie war. Ich rutschte mit meinen Fingern direkt in ihre Pussy und fingerte sie langsam.

Sie war nass.

Luciana stöhnte leise auf, als ich sie mit meinen Fingern fickte. Ich zog einen Vibrator aus der Tasche und ließ ihn in ihre nasse Pussy gleiten, um sie damit zu ficken. Sie wurde lauter.

»Habe ich dich um deine Meinung gebeten?«, fuhr ich sie an.

»Nein, Herr.«

»Setz dich auf die Toilette, meine kleine Schlampe.«

Sie tat, was ich sagte, hob die Beine und ich fickte sie weiter, während sie sich auf die Lippen biss, um keinen Ton zu verlieren.

»Komm mal mit, jetzt geht's ins Schlafzimmer. Der Vibrator bleibt aber in deiner Pussy. Wehe, du verlierst ihn«, drohte ich ihr.

»Ja, mein Herr.«

Aufgegeilt und erwartungsvoll blickte sie mich an.

Sie konnte es kaum erwarten, richtig gefickt zu werden. Oder wollte sie wieder blasen?

Das war egal, schließlich würde ich bestimmen, was sie macht. Sie folgte mir auf allen Vieren.

»Komm aufs Bett und spreiz die Beine, damit ich deine Pussy sehen kann.«

Luciana tat, was ich sagte, und ich zog ihr den Vibrator aus ihrer Lustgrotte. Dafür durfte sie jetzt meinen Schwanz spüren, der schon die ganze Zeit voller Erwartung in meiner Boxershorts pochte. Ich stieß tief in ihre Pussy hinein und sie stöhnte auf. Mein Schwanz folgte dem Weg ihrer

Lustgrotte bis zum Anschlag. Ich nahm sie noch härter und schneller, bis ich schließlich in ihr kam.

Die kleine Schlampe bekam jedoch keine Pause. Ich zog sie am Halsband zu Boden und präsentierte ihr die nächste Aufgabe.

Sie hatte den Schlafzimmerboden mit einem Handfeger zu reinigen. Das musste sie auf allen Vieren erledigen. Sie durfte vorne anfangen und ich versprach ihr, sie würde am Ende noch eine nette Überraschung vorfinden. Luciana begann mit ihrer Aufgabe und fegte sorgfältig den Staub aus den Ecken zu einem Häufchen zusammen.

Ich schaute ihr dabei zu und folgte ihr, bis wir das Bett umrundet hatten. Sollte sie sich wirklich auf ihre Überraschung freuen und denken, dass es ähnlich schön würde, wie die letzten beiden, würde es eher böse enden. Unter dem Bett lag das hölzerne Paddel und das mochte sie gar nicht. Ich wartete gespannt.

»Unter dem Bett auch, meine kleine Schlampe.«

»Ja, mein Herr.«

Sie holte noch zwei Mal aus und hatte bei der letzten Armbewegung das Paddel vorm Handfeger.

Luciana schluckte.

»Na, hat die kleine Schlampe die Überraschung ja gefunden«, meinte ich belustigt.

Ich zog sie an der Leine aufs Bett.

»So, meine kleine Schlampe. Du weißt ja, dass von den 104 Schlägen noch ein paar übrig sind. Du darfst jetzt zwischen 30 Schläge sofort mit dem Paddel wählen oder du bekommst noch mal 104 Schläge.«

»Dann nehme ich die 104 Schläge, mein Herr.«

»Das war mir schon klar. Dann bekommst du jetzt 10 Schläge mit dem Paddel.«

Luciana warf mir einen bösen Blick zu, ich jedoch konnte mir ein dreckiges Grinsen nicht verkneifen.

*Hatte sie etwa gedacht, das Paddel bliebe ihr erspart?*

Ich zog sie am Halsband noch etwas weiter aufs Bett, bis sie mir ihren Arsch angemessen präsentierte. Ich holte mit dem Paddel aus und schlug zwei Mal etwas leichter auf die linke Pobacke. Der nächste Schlag wurde etwas lauter. Ihm folgten noch zwei weitere und sie rang nach Luft.

»Danke, mein Herr«, japste sie.

»Und jetzt die andere Seite«, verkündigte ich feierlich.

Es folgte das gleiche Prozedere. Die ersten Schläge etwas sanfter, dafür die letzten Schläge umso härter. Ihr Po färbte sich langsam in einen schönen Rotton.

»Danke, mein Herr.«

Nach einer kleinen Pause ging es für Luciana auf den Flur. Sie durfte die Holztreppe mit einem feuchten Lappen von unten nach oben putzen. Ich setzte mich ein paar Stufen höher, um sie dabei zu beobachten. Sie machte ihre Arbeit wirklich gut, wischte Stufe für Stufe und war nach 10 Minuten oben angekommen. Ich zog sie mit der Leine etwas weiter.

»Und nun, mein Herr?«

»Weil du deine Arbeit so gut gemacht hast, bekommst du jetzt eine richtige Belohnung, meine Drecksau.«

Im ersten Stock wartete ein großer Sessel auf uns. Ich zog meine Hose aus und setzte mich hinein. Luciana schien schon zu wissen, was sie erwartete. Sie kniete sich vor mir und schaute mich mit aufgerissenen Augen an.

»Die kleine Schlampe darf jetzt ihrer Lieblingsbeschäftigung nachgehen.«

Ich zog sie noch näher zu mir und zog mir die Boxershorts aus.

»Vielen Dank mein Herr.«

Sie nahm unterdessen meinen Schwanz in die Hand und begann ihn zu wichsen. Ich setzte mich noch breitbeiniger hin und zog sie zu meinem Schwanz. Darauf hatte sie den ganzen Morgen gewartet. Mit leuchtenden Augen begann sie ihn fest und fordernd zu saugen. Ich genoss das Gefühl, griff ihr in die schwarzen Haare und half etwas nach.

Luciana fuhr ihre Krallen aus und hinterließ Spuren auf dem Oberschenkel. Ich zog sie beiseite und schlug ihr den Schwanz mehrere Male ins Gesicht. Sie versuchte ihn erneut aufzunehmen. Irgendwann bekam sie ihn zu packen und ich stieß ihren Mund wieder hinunter. Nach einigen heftigen Fickversuchen, zog ich sie beiseite.

»Die Eier auch.«

»Ja, mein Herr.«

Sie saugte an meinen Eiern, während ich meinen Schwanz bis zum Höhepunkt wichste. Als ich bemerkte, dass ich kurz davor war, ließ ich Luciana wieder meinen Schwanz lutschen.

Keine fünf Sekunden später kam ich und meine kleine Schlampe schluckte brav jeden Tropfen und leckte mir genüsslich den Schwanz sauber.

Mit einem dreckigem Grinsen quittierte sie mir ihr Dankbarkeit.

Danach ging es zurück ins Wohnzimmer, wo sie ihre letzte Aufgabe in der Küche erwartete. Sie musste den Abwasch des letzten Tages erledigen. Nachdem das vollbracht war, führte ich sie vor den Küchentisch und schob ihren Kopf nach vorne.

»Die Hände auf den Rücken, meine kleine Schlampe.«

Ich legte beide Handgelenke über Kreuz und Luciana bekam von mir Handschellen angelegt. Dann führte ich sie vor das Sofa. Sie musste sich hinknien und so verharren. Ich verließ kurz den Raum und kam mit einem kleinen Glas zurück. Dieses stellte ich ihr vor die Nase.

»Wenn du dich jetzt fragst, was das ist. Der Schlüssel ist im Eis und du darfst jetzt so lange hier knien, bis das Eis aufgetaut ist.«

»Das meint der Herr nicht wirklich ernst?«, fragte sie ungläubig.

»Doch, meine kleine Schlampe«, sagte ich frech und setzte mich aufs Sofa, um sie dabei zu beobachten.

Es dauerte keine zwei Minuten, da fing sie an zu jammern.

»Möchtest du noch länger warten?«

»Nein, mein Herr.«

»Dann sei still.«

Fünf Minuten später hielt sie es nicht mehr aus. Ich stellte das Glas in die Mikrowelle.

»Wie lange soll ich einstellen.«

»Drei Minuten.«

Ich erfüllte ihr den Wunsch und nahm das Glas vorsichtig in die Hand, wusste ich doch, dass das Wasser bei drei Minuten fast kochen würde.

»Jetzt ist das Wasser heiß und die kleine Schlampe muss trotzdem warten.«

Nach fünf Minuten war es endlich so weit, ich erlöste sie von den Handschellen und zog sie aufs Sofa. Luciana konnte die Finger nicht von mir lassen und hatte mich nach ein paar Minuten bereits wieder aufgegeilt und nackt vor sich. Ihr kleines Fickmaul verwöhnte meinen Schwanz erneut und sie konnte es nicht lassen, mich bis auf den letzten Tropfen auszusaugen.

Das Wochenende war für uns mehr als aufregend und so dauerte es auch nicht lange, bis unser nächstes Treffen feststand. Am Osterwochenende fuhr ich zu Luciana, um mit ihr erneut einige außergewöhnliche Stunden zu erleben. Dieses Mal erhielt sie die Aufgabe, über das Wochenende zu schreiben.

# ● Prickelnde Lust

'2 Stunden - du und ich', so hieß es in der Bewerbung von Ariana. Es war eine Bewerbung, die zu meinem Ostereintrag auf der Website kam. Ostern hatte ich aber eigentlich schon verplant.

Am Osterwochenende sollte es zu Luciana gehen und wie ich meine kleine Schlampe kannte, würde sie mich vollends erledigen. Der Reiz, zwei Osterhäschen haben zu können, ließ mich erweichen und ich forderte mir Fotos an.

Ariana schrieb, dass sie Ostermontag alleine sei und am Nachmittag Zeit hätte. Am späten Nachmittag wollte sie jedoch mit ihrer besten Freundin ins Kino. Ich sah mir ihre Fotos an, die sie mir im Anhang mitschickte. Okay, sie war wirklich heiß. Das betraf nicht nur ihren Körper. Für mich ist das Gesicht am wichtigsten. Sie hatte ein schmales

Gesicht, eine Nase mit einem kleinen Hügel und ausdrucksstarke Augen.

Ich überlegte und kam zum Entschluss, wenn ich um 15 Uhr bei Luciana losfahren würde, könnte ich auf dem Rückweg bei Ariana vorbeischauen, was tatsächlich keinen Umweg für mich bedeutete.

Es war Ostermontag und ich befand mich auf dem Weg zu Ariana. Endlich schien die Sonne und es waren nicht mehr 0 Grad. Ich konnte sogar das Fenster auf der Fahrt herunterlassen.

*Sightseeing im Ruhrgebiet*, dachte ich mir, während ich gemütlich über die Autobahn fuhr.

Zeit hatte ich ja, auch wenn Luciana mich nicht wirklich gehen lassen wollte. Aber ich hatte ihr ja schon vorhergesagt, dass ich pünktlich losmusste.

Ich parkte den Wagen vor der Haustür und ging zum Hauseingang. Zehn Namen und ich musste erst einmal hinschauen, bis ich sie fand. Ich klingelte und ging die Treppen herauf, bis ich im Dachgeschoss vor drei Türen stand.

*Und jetzt?*

Ich hörte aus der einen Wohnung Geräusche.

»Mist...«, hallte mir ein Fluchen entgegen.

*Da ist jemand etwas aufgeregt?*

Ich konnte mir ein Grinsen nicht verkneifen und vernahm das Klacken von Absätzen. Das war also der Grund, sie hatte sich noch schön gemacht und die Highheels angezogen. Vermutlich würde sie mir leicht bekleidet die Tür öffnen. Ich musste dreckig grinsen.

*Leider wird dir diese Überraschung nicht mehr gelingen, liebe Ariana.*

Die Tür öffnete sich einen Spalt, bevor Ariana vollständig Einblick gab.

Ich hatte recht - und lächelte.

Wir küssten uns zur Begrüßung auf die Wange.

»Komm rein.«

Eine wirklich nette Überraschung. Hatte ich die doch gestern auch schon bei Luciana genossen. Sie trug Unterwäsche und darüber ein leichtes Kleid mit sehr viel Einblick. Die schlichten schwarzen Highheels sollten nicht unerwähnt bleiben. Ich folgte ihr.

»Geradeaus ist mein Zimmer. Ich wohne hier mit meiner besten Freundin.«

»Ihr habt es aber echt schön«, kommentierte ich meinen Eindruck zur Wohnung.

Sie ließ mir den Vortritt. Ich spürte gleich warum. Sie gab mir einen ordentlichen Klaps auf den Arsch. Ich drehte mich um und schaute sie streng an.

Sie lächelte, ließ mich aber trotzdem ihre dominante Seite spüren.

*Nicht schon wieder,* dachte ich bei mir. Auf der anderen Seite: *Du warst ja das ganze Wochenende dominant genug.*

»Das kannst du schön vergessen«, sagte ich frech.

»Ich wollte nur mal schauen, ob du wirklich so dominant bist, wie du immer schreibst«, meinte sie, während wir uns auf das Sofa setzten.

»Auf jeden Fall nicht nur devot«, stellte ich sarkastisch fest.

»Das bin ich auch nicht«, meinte Ariana.

»Hätte ich jetzt gar nicht bemerkt«, kommentierte ich die Situation neckisch.

Sie wechselte den Platz, kam zu mir aufs Sofa und gab mir einen Kuss.

»Aber ich kann auch zärtlich sein.«

*Zärtlich dominant*, neckte ich innerlich und genoss den Anblick, der sich mir bot.

Sie kommt auf jeden Fall schnell zur Sache, stellte ich fest und blickte in ihren stahlgrauen Augen. Mit meiner Hand über die Wange streichend gab ich ihr noch einen Kuss.

Ihre schmalen Lippen öffneten sich leicht und während wir uns küssten, trennte sie mich ungestüm von meinem Hemd, meinem T-Shirt und meiner Hose.

*Oh ja, sie hat es sehr eilig.*

Nachdem ich ihr das Kleid ausgezogen hatte, zog sie mich aufs Bett - zärtlich dominant versteht sich. Es dauerte keine weiteren zwei Minuten, da lag alle Unterwäsche auf dem Boden und Arianas Hand strich über meinen Bauch. Ich knetete langsam ihre schönen Brüste, bedeckte sie mit Küssen und genoss es, wie sie meinen Schwanz wichste.

Frech, wie sie war, bekamen meine Brustwarzen auch ihren Teil ab. Sie rieb mir mit ihren Schenkeln meinen Schwanz und biss mir in die Brustwarze.

Für meinen Protest erntete aber nur ein hämisches Grinsen, was wenig später zu ihrem Fick-mich-Blick wechselte. Ich gab Ariana einen Kuss, strich mit einem Finger über die Nase und meinte nur: »Ich find diesen kleinen Hügel auf deiner Nase wirklich sexy.«

Ariana bekam einen Lachanfall. Ich hatte sie etwas aus dem Konzept gebracht, nutzte jedoch die Gelegenheit aus und fiel über sie her. Ihre großen Nippel faszinierten mich am meisten.

Ich lutschte daran und biss zärtlich zu.

»Das gibt's nicht!«, entgegnete sie mir scharf und griff mir fest an meine Kronjuwelen.

Ich blickte sie irritiert an. Dominant schön und gut, aber ich wollte hier auch etwas Spaß haben.

Vorsichtig gab ich ihrem Nippel ein paar Küsse und sie löste ihren Griff.

*Fällt eindeutig in die Heiß-Irre-Skala*, dachte ich mir.

Als wenn sie meine Gedanken gehört hatte, rutschte sie nach unten und kommentierte dieses mit einem »ich tauche mal ab«.

Ihren Po massierend traute ich mich aber nicht, ihr einen Klaps zu geben. Ariana öffnete ihre Schenkel und ich blickte auf ihre Lustgrotte. Ich sah ihr Intimpiercing an der Klitoris. Davon hatte sie gar nichts erwähnt. Sie umschloss meinen Schwanz noch fester mit ihrer Hand und riss mich aus den Gedanken.

Dann bekam ich ihre Zungenspitze auf meiner Eichel zu spüren. Ich stöhnte laut auf.

Ariana begann ihn jetzt richtig zu blasen und griff mir dabei erneut fest an die Eier. Meine Hand über ihre Brüste schiebend knetete ich sie, während sie weiter mit meinem Schwanz beschäftigt war.

Ich spürte wieder ihre Hand, jetzt mit einem noch härteren Griff. Sie wichste ihn schnell, mein Stöhnen stimmte dazu mitein. Durch ihre Brüste, die bei den Bewegungen mitwippten, sah hinab durch die geöffneten Schenkel und konnte mich nicht mehr zurückhalten. Ich spritzte ihr mit lautem Stöhnen über ihre Hand und in ihr Gesicht.

*Ein schöner Anblick*, dachte ich und verkniff mir mein Grinsen.

Ariana schien darüber aber nicht ganz so erfreut und entschuldigte sich kurz, um das Bad aufzusuchen.

Als sie wieder kam, rauchten wir zusammen eine Zigarette und unterhielten uns. Eigentlich schien sie eine ganz Nette zu sein.

*Ich kann hier öfters hinfahren oder vielleicht kommt sie ein Wochenende zu mir,* grübelte ich. *Aber zu dominant, das wird so verrückt wie mit Vivien,* warnte mich eine andere Stimme in meinem Kopf. *Und was ist mit Luciana?*

Ariana kam in meine Arme.

»Was grübelst du denn?«, fragte sie.

»Nichts, schon okay. Seit wann hast du dein Piercing? Davon hast du mir gar nichts erzählt«, fragte ich und deutete zwischen ihre Beine.

»Seit einer Woche. Ist aber noch sehr empfindlich«, sagte sie lächelnd.

»Ich würde dich trotzdem gerne mal lecken«, äußerte ich mich interessiert.

»Dann rutsche mal weiter herunter. Aber kein beißen, saugen oder ziehen. Ganz vorsichtig«, ermahnte sie mich.

Ich rutschte nach unten und sie kniete auf allen Vieren über mir und schob mir ihre Pussy über das Gesicht. Ich starrte auf die offenen Lippen und das Piercing, welches etwas herausstand. Mit meiner Zungenspitze berührte ich ihr Piercing und ließ meine Zunge darum kreisen.

Ariana stöhnte leise auf.

Anstatt daran zu saugen, gab ich ihr einen Kuss und nahm ihren süß-bitteren Saft auf, der meine Lippen benetzte. Der machte mich nur noch neugieriger, weil er ganz nach meinem Geschmack war.

Ich umkreiste das Piercing weiter, dieses Mal so tief, wie ich mit der Zunge eindringen konnte. Mit meinen Händen umfasste ich ihre Brüste, knetete sie und zog nur ganz leicht an ihren harten Nippel. Sie bekam erneut ein paar Küsse aufgedrückt. Ich spürte, wie sie mit ihrer Hand nach meinem Schwanz tastete und ihn aufnahm.

Ihre zarten Finger streichelten ihn und sie begann damit, ihn zärtlich zu wichsen. Wollte sie mich damit jetzt wahnsinnig machen? Ich genoss das Gefühl, wie das Piercing über meine Zunge sprang, leckte ihre Klitoris etwas wilder und verirrte mich in ihrer Pussy.

Ariana spürte, wie ich jetzt ihre Pussy mit der Zunge fickte und stöhnte lauter. Ich rutschte heraus und bedeckte ihre Klit mit einigen Küssen. Sie hob ihren Po etwas an und so musste ich mich strecken, um wieder an ihr Piercing zu gelangen. Dann ließ sie ihren Po erneut herab, als sie merkte, dass ich mit der Zungenspitze ihr Piercing berührte.

Beim Lecken ihrer Klitoris wurde ihr Stöhnen lustvoller. Das Wichsen meines Schwanzes fiel ihr sichtlich schwer. Irgendwann setzte sie aus und genoss es, wie ich sie leckte. Ihr Stöhnen wurde lauter, bis sie zitternd zum Orgasmus kam und von mir stieg.

»Das habe ich heute Nachmittag gebraucht«, keuchte sie außer Atem und drückte mir einen Kuss auf die Lippen.

»1:1«, meinte ich vergnügt.

»Wie spät haben wir es?«, fragte sie.

»16:45 Uhr«, antwortete ich, nachdem ich auf die Uhr geschaut hatte.

»Dann bleibt es wohl nur heute beim 1:1. Ich muss mich noch anziehen und schminken. Um 17:30 Uhr treffe ich mich mit meiner Freundin. Beim Anziehen kannst du meinetwegen noch zuschauen.«

»Ist das die nette Art von: Ich muss dich rausschmeißen«, fragte ich und lachte laut.

»Genau«, kicherte Ariana und war schon dabei ihre Sachen zusammenzusuchen.

Ich folgte ihrem Beispiel und zog mich ebenfalls an. Sie hüpfte etwas wild durch die Gegend und ich schaute ihr dabei amüsiert zu.

*Ja, sie ist wirklich süß, heiß und crazy. Würde ich den Kontakt aufrechterhalten?*

Auf dem Heimweg schossen mir viele Fragen durch den Kopf. Dieses Wochenende war mehr als aufregend gewesen, ich traf zwei Frauen, die völlig gegensätzlich waren. Ich fühlte mich zu beiden hingezogen, denn beide waren auf ihre Art aufregend, geheimnisvoll, lustvoll und ließen Spielraum für mehr. Luciana war mehr devot, Ariana mehr dominant. Mir kam das erste Mal bewusst der Gedanke, ich könnte ein Switch sein.

Je nachdem auf welche Frau ich traf, ergab sich die Rolle. Viele trafen sich mit mir, um dominiert zu werden und sie verhielten sich entsprechend. Dann gab es diese wenigen Treffen, bei denen ich mich fallenlassen konnte und nichts vorbereiten, bestimmen und organisieren musste. Es war ein Stück befreiend, diese Position einnehmen zu können.

Und nun hatte ich diese zwei Frauen, die meine Lust in beiden Aspekten ausfüllten.

Aber es gab noch viele weitere Kontakte, die neu dazukamen. Mit Luciana hatte ich jedoch eine Frau gefunden, mit der ich über alles sprechen konnte.

# ❥ Die Ueberraschung

In der darauffolgenden Woche schrieben Luciana und ich über WhatsApp.

»Mein Herr, ich bin grade ein bissel am Tippern. Was hat dem Herrn am Sex am besten gefallen?«

»Was mir am besten gefallen hat???«

»Ja, der Herr ist beim Blasen ziemlich abgegangen aber beim Reiten z.B. auch.«

»Wenn ich ziemlich abgegangen bin, hat es dem Herrn besonders gefallen, weil es sehr intensiv, und eng war.«

»Hmm, und was würde der Herr so sagen, was ist dir besonders im Kopf geblieben? Beim Reiten hast du Sachen gesagt wie z.B. 'wie ich es liebe', aber beim Blasen so Sachen wie 'du Drecksau'.«

»Dass die kleine Schlampe auf allen Vieren an der Leine gekrochen ist«, meinte ich und musste beim Schreiben grinsen.

»Das war so klar, aber ich meine ja beim Sex selbst, mein Herr.«

»Ja, als du wohl mit den Zähnen und den Mund fester zugefasst hast. Das war besonders geil. Und beim Reiten habe ich am meisten gespürt, wenn es fast komplett raus und wieder reinging.«

»Okay, damit kann ich etwas anfangen. Auf jeden Fall hat es dem Herrn gefallen. Bin jetzt einfach mal so eingebildet xD«

»Ach, kennst du das? Du lernst wen kennen, findest den total interessant und dann schickst du Fotos und du denkst, jetzt kommt aber viel weniger zurück als vorher. Der mag mich bestimmt nicht.«

»Ja, das kenne ich wieso?«, fragte sie.

»Hatte ich gerade. und die fand ich schon länger nett. Endlich ist es dazu bekommen, dass wir über WhatsApp schreiben. aber sie findet sich halt auch nicht toll.«

»Ja, das kenn ich nur zu gut. Man fühlt sich schnell abgeschrieben, das ist die menschliche Natur. Geht mir auch manchmal so. Obwohl es quatsch ist. Ist der Herr grummelig?«

»Ich weiß gerade nicht, was ich von der Geschichte halten soll.«

»Was macht der Herr denn sonst so?«

»Der Herr schreibt aufm iPad. Mache gerade eine Pause.«

»I know, du willst ja an deinem E-Books arbeiten.«

»Ja, ich habe jetzt übrigens der ersten Titel: Unerwartete Lust. Aber den Untertitel für alle Bücher habe ich noch nicht.«

»Das klingt doch schon mal gut. Mhmm, schwer.«

»Und wenn du einfach 'Dons erotische Geschichten' nimmst, passt doch mit der Seite und so gut zusammen hatte ich auch überlegt. Ich fände das gut. Woran schreibst du denn gerade?«

»Ich schreibe im Moment nix Erotisches: Als ein Gast dann über die Tanzfläche brüllte 'Nehmt euch gefälligst ein Zimmer' und Anne diese trocken mit 'Mein Kerl hat wenigstens einen Grund dafür sich ein Zimmer nehmen' kommentierte, entschloss ich mich, dass es Zeit war zu gehen. Meine kleine Zicke sah das allerdings anders.

'Iiisch will noch hierbleiben... isssscht doch lustig. Der Typ da hinten hat bestimmt noch nicht mal Titten angefasst.', lallte Anne und hielt sich an mir fest.

'Schatz, wir gehen wirklich besser. Du kannst ja kaum noch stehen.'

Mein bester Freund kam ebenfalls dazu.

'Was ist mit ihr?'

'Sie ist betrunken', kommentierte ich die Situation.

'Nein, bin isch gar niiisch...", protestierte Anne. 'Der Typ da hat nur gemeint, wir sollen uns nen Zimmer nehmen. Guck dir den mal an. Als wenn der das beuuuurteilen kann.'«

»Ah, okay. Heute ist irgendwie nicht mein Tag.«

»Warum?«, fragte ich.

»Nix funktioniert, so wie es soll. Und dann bin ich noch auf der Couch eingenickt und hatte Albträume. Das hatte ich letzte Nacht erst so schlimm.«

»Ooh, du hast Albträume? Das ist ja etwas Neues.«

»Ja, die letzten zwei Nächte und es wird nicht besser. Und weißt du, was das Schlimmste am Ganzen ist?«

»Nein?!«

»Selbst in meinen Albträumen spielt der Herr eine Rolle.«

»Was macht der Herr denn da so für Sachen?«

»Vorhin hat der Herr mich mit einem Psychoblick angesehen, ein Messer gehoben und gesagt 'Dann wollen wir mal sehen, wie die kleine Schlampe von innen aussieht.'«

»Na, du hast ja Träume!«

»Schlimm, oder?! Ich weiß auch nicht, was los ist. Da sind mir die heißen Träume lieber. Aber irgendwie kommen die Albträume echter rüber.«

»Der Herr träumt ja nur son Scheiss.«

»Ich weiß, das ist schlimm. So, ich habe was Schickes gefunden, wenn der Herr nächsten Monat kommt. Das wird eine schöne Überraschung.«

Das nächste Treffen war natürlich schon geplant, aber es kam anders als gedacht. Luciana schrieb mich zwei Wochen später an, ob ich Zeit zum Telefonieren hätte. Ich bejahte dieses und das Telefon klingelte danach.

»Hi Don.«

*So förmlich? Sonst sagt sich doch 'mein Herr'. Da ist etwas im Busch,* dachte ich.

»Hi Luci.«

»Ich wollte dir das lieber persönlich am Telefon sagen. Wir können uns nicht mehr treffen. Ich habe seit gestern wieder einen festen Freund.«

*Also doch, meine Vorahnung ist bestätigt.*

Ich war total baff. Wir waren kein Paar und hatten nur eine Affäre, eine Freundschaft plus, aber es überrollte mich. Mir standen die Tränen in den Augen. Da hatte ich doch noch vor wenigen Wochen gedacht, Luci ist eine tolle Frau und wir könnten ganz zwagslos noch einige tolle Treffen haben und dabei eine tiefe Freundschaft entwickeln.

*Es ist doch alles so unkompliziert und toll.*

Ich malte mir die Auswirkungen aus.

*Kein Sex mehr mit ihr – okay.*

*Keine Treffen mehr – okay.*

*Kein Telefonieren mehr – bestimmt.*

*Kein Schreiben mehr – vermutlich, ich bin die Ex-Affäre.*

*Es fühlt sich an, als würde sie Schluss machen.*

»Don, bist du noch dran?«, fragte Luciana.

Ich rang um Fassung.

»Ja, bin hier. Das kommt nur sehr überraschend. Ich weiß, wir haben gesagt, wenn jemand von uns mal eine interessante Person kennenlernt, dann wird es vorbei sein.«

»Aber du hast nicht erwartet, dass es so schnell geht?«, nahm sie mir die Worte aus dem Mund.

»Ja, das ist einfach ein Schock.«

»Es tut mir leid für dich. Du hast das bestimmt nicht verdient. Aber bei mir ging das alles so schnell, dass ich es auch nicht begreifen kann. Und nun muss ich dir das auch sagen, ich kann damit nicht noch ein paar Tage warten. Ich bin selbst mehr als überrascht.«

*Immer dieses "Du hast so etwas nicht verdient." Sind wir in einer Beziehung? Und warum sagen Frauen das immer in einer Beziehung oder bei einer Trennung. Ja, du bist super und hast es nicht verdient – aber ich tue es dir halt trotzdem an.*

»Hm, ich verstehe das und freue mich, dass es dich so erwischt hat. Es hätte mir ja auch passieren können.«

*Irgendwie bin ich aber immer auf der anderen Seite,* schoss es durch meinen Kopf.

»Tut mir echt leid.«

»Ich muss mich erst einmal sammeln. Verstehe nicht, warum mir das nun passiert«, stotterte ich unter Tränen, weil ich kaum die richtigen Worte fand.

»Sorry Don, ich wollte dir damit bestimmt nicht wehtun. Und du wirst bestimmt noch eine Frau finden, die nicht nur Freundschaft plus ist. Da bin ich mir sicher.«

»Ist wohl besser, wenn wir jetzt aufhören zu telefonieren«, brach ich das Gespräch ab.

In den nächsten Tagen war ich sehr traurig und fragte mich, ob da mehr war, als nur diese Affäre. Ich hatte sie lieb aber hatte ich sie sogar geliebt? Den Gedanken konnte ich auch getrost zur Seite wischen, denn das war nun egal. Aufstehen und weitergehen.

Es würde noch etwas zu erleben geben.

Wir schrieben noch ein paar Mal und irgendwann fragte ich nach ihren Notizen vom Osterwochenende. Diese hatte ich aber nie bekommen, daher gibt es dazu auch kein Kapitel in diesem Buch.

Und Ariana, die ich doch erst kennengelernt hatte, meldete sich auch nicht mehr. Es war, wie sie es sich gewünscht hat: 'Nur 2 Stunden du und ich'. Damit war alles gesagt.

Natürlich bahnten sich wieder neue Treffen an, aber in diesen Wochen stand ich etwas neben mir. Zum Glück gab es ein paar Wochen später wieder ein aufregendes Treffen.

# ❥ Ein guter Seemann

Es war schon kurios. Vor einigen Monaten lernte ich Antje in einem Forum kennen. Wir verstanden uns gleich gut und unsere Interessen waren durch das Forum schon abgesteckt.

Sie gefiel mir auch optisch sehr gut, jedoch kam sie aus Bayern und es war für mich abzusehen, dass ich in den nächsten Monaten, vielleicht sogar in den nächsten Jahren nicht nach Bayern fahren würde. Bis zu dem Tag, als mich ein Kunde unserer Firma ganz überraschend zu einem Besuch nach Bayern einlud.

Um nicht ganz bis nach München fahren zu müssen, schlug er vor, uns in einer Niederlassung zu treffen, die in

Franken lag. Nachdem der Geschäftstermin endgültig festgezurrt war und ich mich um das Hotel gekümmert hatte, fiel mir etwas auf. Die Stadt, in der wir uns trafen, lag nicht weit von Antje entfernt.

Ich schlug ihr also vor, dass wir uns am Abend nach meinem Geschäftstermin im Hotel treffen könnten. Antje willigte schnell ein, erklärte ich doch, dass das auf lange Zeit die einzige Möglichkeit für ein Treffen wäre.

Einen Tag vor dem Treffen schrieben wir uns noch einmal und Antje war genauso aufgeregt, wie ich. Durch das Forum wusste ich, dass es jedoch nicht ihr erstes Treffen war, und ich fand es sehr spannend, eine kleine Nymphomanin in meinem Hotelzimmer zu treffen.

Sie warnte mich vor, dass sie eventuell ihre Tage bekommen könnte. Mich störte das jedoch nicht, weil meine erste Freundin mir damals schon beigebracht hatte, dass es 'normal' sei, auch in dieser Zeit Sex zu haben.

Am nächsten Abend war es soweit. Ich hatte den Geschäftstermin mit anschließendem Essen und Weihnachtsmarktbesuch hinter mich gebracht und war auf dem Weg zurück in das Hotel. Die Luft war eisig aber die weihnachtliche Stimmung mit allen Lichtern war einfach wundervoll.

Ich dachte an die letzten Stunden zurück und an die Betreuung meiner Ansprechpartnerin nach dem Gespräch. Sie hatte sich mit der Planung des Essens und des Weihnachtsmarktbesuchs sehr viel Mühe gegeben.

Wir hatten in einem gutbürgerlichen Restaurant in der Altstadt gegessen und ich bemerkte, wie ihr Blick wieder an mir klebte, als wollte sie mich etwas fragen. Sie war eine hübsche Dame, die sicherlich in mein Beuteschema passte.

Jedoch trennte ich das private Vergnügen mit meiner beruflichen Arbeit.

Mittlerweile war ich im Hotel angekommen und fuhr mit dem Aufzug auf meine Etage. Hier war es schon mal deutlich wärmer. Als ich mein Zimmer betrat, schlug mir eine unsichtbare Wand warmer Luft entgegen. Gut, wenn Antje in einer halben Stunde kommen würde, könnte die Temperatur so bleiben. Schließlich würden wir relativ schnell nichts mehr anhaben, vermutete ich.

Ich schaltete den Fernseher ein und ging noch einmal ins Badezimmer, um mich frisch zu machen. Die letzten 20 Minuten verflogen schnell und so klopfte es bald an der Tür.

Ich ging zur Tür, öffnete sie und bat Antje herein.

»Hey, komm herein«, meinte ich und lotste sie an mir vorbei.

»Der Flur ist etwas schmal«, kommentierte ich.

Sie schaute sich im Zimmer um.

»Dafür ist das Bett riesig«, bemerkte sie und wir mussten beide lachen.

Sie stellte ihre Tasche ab und legte den Mantel über den Stuhl. Ich setzte mich aufs Bett, während sie gegenüber am Tisch lehnte. Wir unterhielten uns ein paar Minuten.

»Du bist real aber schüchtern«, meinte Antje irgendwann.

»Meinst du?«, fragte ich und stand auf, um ihr gegenüberzutreten.

Ich zog sie an mich, schaute ihr in die braunen Augen und gab ihr einen Kuss.

Ein weiterer Kuss folgte, bevor ich Antje am Halsband auf das große, höher gelegene Bett zog.

»Immer noch schüchtern?«, fragte ich provokant.

»Nicht mehr ganz so...«, sagte sie und blinzelte mich an.

Es folgten die nächsten Küsse, die uns noch näher zusammenbrachten. Das Bett war wirklich sehr bequem und groß. Nichtsdestotrotz zog ich sie relativ schnell auf mich und hatte ihre große Oberweite vor Augen. Ein paar Küsse später zog ich ihr das Oberteil über den Kopf, was zu meinem Entzücken einen noch tieferen Einblick in ihr Dekolleté ermöglichte.

Ich bedeckte ihren Hals mit weiteren Küssen, während ich mein Bein zwischen ihre schob. Als ich damit begann, sanft ihre Vulva zu massieren, gab Antje die ersten Stöhner von sich. Meine Hand wanderte auf ihren Rücken und schnell hatte ich die drei Haken ihres BHs geöffnet, der aufs Bett glitt. Ihre großen Brüste wurden gleich Ziel meiner Lippen.

Ich ließ meine Zungenspitze über ihre großen Vorhöfe wandern und saugte ihre Nippel hart, bis sie abstanden. Antje zog mich zu sich, gab mir einen weiteren Kuss und ließ mich das erste Mal ihr Zungenpiercing spüren. Ich entledigte mich meines Oberteils, während sie die Zeit nutzte, um ihre Hose auszuziehen. Mit einem Blick musterte ich ihren Körper. Sie hatte an vielen Stellen Muttermale. Auch ihre Brüste gehörten dazu. Wieder erhielt ich ein paar aufregende Zungenküsse. Antje wusste ihr Piercing gekonnt einzusetzen.

»Eine interessante Stelle fürs Piercing, das spürt man sehr gut.«

»Ich habe da noch eine andere interessante Stelle mit Piercing«, antwortete sie keck.

»Das klingt gut, da werde ich gleich mal suchen gehen«, grinste ich.

Meine Hand wanderte unter ihren Tanga und machte sich auf den Weg über den Venushügel ihre Pussy zu erkunden. Sie folgte meinem Beispiel und vergrub ihre Hand in meiner Hose. Um es ihr einfach zu machen, zog ich die Hose aus.

»Danke«, lächelte sie.

Sie war wirklich sehr devot und zurückhaltend. Also ging ich in die Offensive. Ich zog sie am Halsband zu meinem Schwanz und sie wusste, was sie zu tun hatte. Ich spürte ihre Hand, die zaghaft Zugriff und ihn vorsichtig wichste.

»Härter, meine Liebe. Ich spüre nichts«, sagte ich scharf.

Sie umfasste meinen Schwanz fester und jetzt spürte ich auch den Druck. Mein Phallus wuchs Zentimeter um Zentimeter. Ich zog Antjes Tanga über den Po und griff von hinten zwischen ihre Beine, um ihre Perle zu massieren.

Weil sie noch zu weit weg war, zog ich sie am Halsband Richtung Schwanz, bis ihre Lippen an meiner Eichel angekommen war. Während sie meinen Phallus mit dem Mund aufnahm, massierte ich ihre Perle. Ich spürte ihr Intimpiercing und das machte mich noch neugieriger.

Antje zeigte mir unterdessen, was sie unter einem Mundfick verstand. Ich konnte mich kaum konzentrieren, weil sie ihn so hart und fest blies, dass ich kurz davor war wegzutreten.

»Mhhhm, mhmm, oar...«, brachte ich nur stoßweise heraus.

Sie schaffte es auch ohne Probleme, meinen Schwanz bis zum Anschlag aufzunehmen.

*Eine Nymphe hat schon Erfahrung,* schoss es durch meinen Kopf.

Ich griff zum Nachttisch, um dem Ganzen ein Ende zu bereiten und holte ein Kondom hervor. Schließlich wollte ich sie noch ficken. So wie sie mich aussaugte, wäre ich in der nächsten Minute gekommen. Das Gummi rollte ich über meinen Schwanz. Inzwischen legte sie sich mit weit gespreizten Schenkeln aufs Bett, um mich zu empfangen.

Diese Einladung nahm ich an und versank mit meinem Phallus in ihrer Vulva. Während ich zustieß, wippten ihre weiche Titten auf und ab. Mir gefiel dieser Anblick, zusammen mit ihrem lasziven Blick. Ich nahm sie schneller und es dauerte nicht lange, dass ich laut stöhnend in ihr kam.

Von meiner Geilheit eingenommen, rutschte ich gleich nach unten und leckte ihre Perle. Ich saugte an ihrem Piercing, ließ es an meinen Zähnen klacken, um es einzufangen und daran zu ziehen. Antje stöhnte lauter und ich setzte noch etwas nach. Zwei Finger zur Hilfe nehmend begann ich sie damit zu ficken. Sie wurde jetzt noch lauter. Ich sog ihre Perle komplett in meinen Mund und bearbeitete sie mit der Zungenspitze.

Antje kam laut stöhnend vor mir.

Zufrieden zog ich meine Finger aus ihrer Pussy, stützte mich auf dem weißen Lacken ab und wollte aufstehen, da bemerkte ich unsere kleine Schweinerei. Das Laken war an mehreren Stellen rot von ihrem Blut.

»Hupps...«, rutschte es mir heraus und ich musste lachen. »Etwas dreckig.«

Jetzt mussten wir beide lachen.

»Warum muss Bettwäsche im Hotel auch immer weiß sein?«, bemängelte sie die Situation.

Ich ging ins Badezimmer und wusch mir die Hände. Dann kehrte ich auf das geräumige Bett zurück.

»Musst du wohl nachher die Bettwäsche drehen«, lächelte Antje.

Das Gesprächsthema brachte uns auf unsere gemeinsamen Erfahrungen und wir erzählten und lachten über so einiges. Irgendwann wurden wir jedoch wieder geil. Wir küssten uns und ich knetete dabei ihre weichen Titten, von denen ich einfach nicht lassen konnte.

Antje hatte den Weg zu meinem Schwanz gefunden, wichste ihn hart und fordernd, sodass es nicht lange dauerte, bis wir mehr wollten. Ich kramte auf dem Nachttisch nach einem Kondom, was sie zum Kichern brachte.

Mit meinen Fingern lag ich nur wenige Zentimeter daneben und musste mich tatsächlich noch aufrichten, um nachzuschauen. Sie fand das sehr amüsant. Aber das Lachen würde ihr noch vergehen. Ich packte das Gummi aus und rollte es über meinen Schwanz. Ich schaute sie an.

»Komm her und reite mich«, wies ich sie an.

»Ich hasse reiten«, beschwerte sie sich.

Aber das half alles nichts. Ich hatte das Sagen und zog Antje am Halsband auf mich. Zufrieden grinste ich, als sie auf mir saß und mich ritt. Ihre Brüste wippten dabei im Takt. Das war genau das, was mir gefiel. Der Anblick war wundervoll und ich ließ gleich als Krönung ein paar Schläge auf ihren Po sausen.

Als sie ihr Becken kreisen ließ, gelang es mir noch einen ordentlichen Klaps zu platzieren. Antje stöhnte laut auf, ließ sich nach hinten fallen und schob meinen Schwanz so erneut in ihre Pussy. Ich knetete dabei ihre weichen Brüste und zupfte an ihren Nippeln. Sie bog meinen Schwanz so nach hinten, dass er irgendwann herausrutschte.

Wir tauschten noch einmal und ich stieß von oben mit meinem Schwanz in ihre nasse, rote Pussy. Dieses Mal fickte ich sie ohne Pause, ihre Lustgrotte gab dabei schmatzende Laute von sich, während Antje ihre Beine auf meinem Rücken verschränkte.

Ihr Stöhnen wurde so laut, dass man ihre Pussy gar nicht mehr hörte. Irgendwann waren wir beide so außer Atem, dass wir uns erschöpft nebeneinanderlegten, uns noch etwas küssten und zusammen kuschelten.

Die Zeit war so schnell verflogen. Antje musste sich dann wohl oder übel verabschieden, weil sie am nächsten Tag auch arbeiten musste. Sie hatte noch die Heimfahrt vor sich und nachdem sie sich angezogen hatte, brachte ich sie bis zur Tür, wo wir uns verabschiedeten.

Am nächsten Tag hatte ich auf der Heimfahrt viel Zeit zum Nachdenken. Es war nun Ende 2013, ein Jahr nach dem 'Weltuntergang'.

In dieser Zeit hatte ich viel Aufregendes erlebt, Luciana kennengelernt, Luciana verloren und festgestellt, dass es viel mehr als Vanillasex und dominant gab.

Die große Liebe hatte ich in all diesen Jahren nicht gefunden, es war immer ein Leben zwischen Liebe und Lust.

### Zwischen Liebe und Lust.

Das war der pefekte Buchtitel der Serie.

Aber gab es 'die große Liebe' überhaupt?

Was ich zudem Zeitpunkt natürlich nicht wusste – die nächsten drei Jahren würden ebenfalls aufregend werden. Und am Ende sollte mich eine eher unscheinbare Frau aus diesem aufregenden Singledasein entführen und mir alles geben, was ich mir je erträumt hatte.

Klingt nach einem Happy End?

Könnte sein – oder auch nicht.

Das Ende des Treffens mit Denise möchte ich euch natürlich nicht vorenthalten.

Es war der 21. Dezember 2012.

## ▶ Epilog - Unerwartete Lust

Bevor ich mich abends zur Weihnachtsfeier unserer Firma aufmachte, legte ich Denise ihr Halsband an. Sie wartete auf meinem Sofa und ihre mit dem Halsband verbundene Leine erlaubte es ihr, sich vom Sofa bis zum Bad zu bewegen.

Ich hatte ihr ein weiches, rotes Weihnachtskleid mit Handschuhen gekauft und machte es ihr zur Aufgabe, es zu tragen, wenn ich zurückkäme. Außerdem hatte ich ihr aufgetragen, mir regelmäßig Fotos zu schicken. Damit wollte ich nicht nur kontrollieren, dass sie ihr Halsband trug - nein, es würde mir bestimmt den Abend versüßen.

Wir waren auf dem Weg zum Restaurant und ich bekam die ersten Fotos von ihr. Sie hatte das Kleid schon angezogen und sah damit wirklich sehr hinreißend aus. Mein Kopfkino sorgte gleich für die passende

Unterhaltung. Ich konnte sehen, wie sie nachts vor mir kniete, angekettet und voller Erwartung, was ich nun alles mit ihr anstellen würde.

Ich musste unverschämt grinsen und hoffte, meine Arbeitskollegen würden sich nicht wundern, warum ich gerade heute so gute Laune hätte. Es war aber schon ein wirklich geiles Gefühl, zu wissen, dass eine Frau 'angekettet' zu Hause auf einen wartet.

Als wir im Restaurant angekommen waren, bemerkte ich, dass der Handyempfang schlecht war. Die Fotos und Nachrichten bekam ich nur, wenn ich nach draußen zum Rauchen ging. Im Keller gab anschließend gar kein Empfang mehr und als wir um 3 Uhr nach Hause fuhren, bekam ich alle Nachrichten und auch noch mal ein Foto.

Für ein Austausch von regelmäßigen heißen Nachrichten, um sich für die Nacht in Stimmung zu bringen, war es nun zu spät. Das hatte ich anders geplant.

Denise war beim Zähneputzen im Badezimmer. Sie hatte schon versucht zu schlafen, das Sofa war ihr aber zu unangenehm und letzten Endes war sie noch wach, als ich angetrunken nach Hause kam.

Das hatte ich mir alles anders vorgestellt. Ich wollte kurz unter die Dusche springen und mich anschließend um sie kümmern.

Jetzt war sie wach und angesäuert, so hatte ich das Gefühl.

Als ich zu Hause eintraf, war alles dunkel. Ich ging leise ins Wohnzimmer.

»Ich bin wach«, kam es vom Sofa.

Ich schloss das Schlafzimmer auf und ging ins Bad. Bei der heißen Dusche dachte ich nach und seufzte. Ich beschloss sie zu fragen, ob sie schlafen wollte, kannte die Antwort aber bereits. Es war alles anders gelaufen als geplant.

Nicht nur das der Wodka Energy mich wachhielt, ich kam auch aus dem Grübeln nicht mehr heraus. Sie war ja zum Glück noch einen Tag bei mir. Ich hatte nicht mal geschaut, ob sie das Halsband noch trug.

Fakt war, sie trug es nicht mehr. Ich hatte sie auch nicht von der Leine entbunden. Sie hatte alles selbst getan. Eine Strafe wäre da angebracht gewesen.

Aber der Alkohol hatte mir wohl so die Sinne vernebelt, dass ich daran gar nicht mehr gedacht hatte. Ich schlief nur eine Stunde. Den Rest der Zeit lag ich wach. Als es hell wurde drehte ich mich zu ihr und beobachtete Denise, wie sie schlief. Die Bettdecke hob und senkte sich im gleichmäßigen Rhythmus. Ihre braunen Haarsträhnen lagen auf ihrem Gesicht.

Irgendwann wurde sie wach. Es war noch früh. Sie blinzelte mich an und drehte sich um. Frauen hassen es einfach, wenn man sie beim Schlafen beobachtet. Nachdem wir die ersten Worte gesprochen hatten, kuschelte ich mich an sie und umarmte sie von hinten.

»Ich bin hellwach und gar nicht müde«, meinte ich.

Ein paar Sekunden Stille.

»... und ich bin geil«, schob ich hinterher.

Meinen Ständer hatte sie vermutlich schon beim Kuscheln wahrgenommen. Jetzt presste ich ihn richtig an ihren Po. Denise begann mit ihrem Becken meinen Schwanz massieren. Das Zeichen reichte mir aus. Meine Hand fand unter der Decke ihren Weg zu ihren Brüsten.

Ich strich darüber und knetete sie liebevoll. Mein Zeigefinger massierte ihren großen Vorhof. Ich presste meinen Körper noch fester an sie. Die Hand wanderte über ihren Bauchnabel und den Venushügel zu ihrer Klit. Ich rieb nur vorsichtig daran, spürte ihr Piercing und das törnte mich noch mehr an.

Wenn wir später wieder im Wohnzimmer wären und auf dem Sofa mehr Platz hätten, würde ich ihr die Handfesseln anlegen und ihre Klit mit dem Piercing würden nur noch mir und meiner Zunge gehören. Sie könnte nichts dagegen tun, würde sich vor Geilheit aufbäumen und ich würde genau dann aufhören.

Ich massierte ihre Perle bei dem Gedanken daran fester und ließ ein Finger in ihre Lustgrotte eintauchen. Sie fing an schwerer zu atmen und ihre Pussy wurde feucht. Ich nahm einen weiteren Finger dazu, fickte sie jetzt hastiger.

Ich wollte sie erneut.

Der Quickie vor der Weihnachtsfeier am Tag zuvor war nichts.

Denise zog meine Hand aus ihrem Tanga und zog ihn aus. Ich folgte ihrem Beispiel und presste meinen harten Phallus jetzt direkt an ihren nackten Po. Meine Hand war schon wieder an ihrer Klit. Dieses Piercing ließ mir keine Ruhe. Ihre Hand schob sich zu meinem Schwanz vor und umschloss ihn. Sie griff besonders fest zu und wichste ihn

»Hast du Kondome hier?«, fragte sie mit einem leichten Stöhnen in ihrer Stimme.

Ich bejahte, griff hinter mich und holte ein Kondom.

Sie wichste meinen Schwanz noch härter. Zwischendurch ließ sie ihre langen, rot lackierten Nägel über meinen Oberkörper fahren. Ich musste leise aufstöhnen und bekam es kaum hin, das Gummi aufzuziehen.

Denise setzte sich auf meinen Schwanz und ließ diesen achtsam in ihre enge Lustgrotte gleiten. Ich stöhnte auf, konnte ich doch jeden Millimeter von ihr spüren. Sich zurücklehnend verwöhnte sie meinen Ständer mit ihren harten Stößen. Ich konnte mich nicht mehr zurückhalten, stöhnte und beobachtete sie. Ihren festen Brüsten, die mit jedem Stoß ein klein wenig wippten, ihre Lippen, deren immer wieder ein Stöhnen entwich. Aufrecht thronte sie auf mir, kreiste mit ihrem Becken und vergriff sich mit ihren Fingernägeln an meinen Eiern und Oberschenkeln.

Ich spürte, wie sich ihren Nägeln durch mein Fleisch zogen und stöhnte laut auf.

Jetzt ein Halsband, um die Katze zu bändigen.

Aber das lag im Wohnzimmer. Zusammen mit der Leine.

Ich knetete mit der einen Hand ihre festen Brüste und hatte die andere an ihrer Pussy. Während sie mich ritt, kreiste ein Finger über ihrer Perle und ihrem Piercing. Ich konnte mich kaum noch zurückhalten. Ihre Nägel verabreichten mir die nächsten Striemen. Ich hielt inne mit dem Massieren. Aber Denise ließ das nicht zu. Sie zog meine Hand wieder zu ihrer Klit und ich machte weiter.

*Wer hatte hier gerade die Hosen an, lieber Don? Du hast die Abfahrt verpasst und sie ist die Dominante.*

Ich schob den Gedanken beiseite.

Es war gerade zu geil. Sie beugte sich nach vorne und ich griff ihr an den Po, um sie zu kratzen.

*Wirst du schon gleichsehen, meine Katze.*

Ich holte aus und es klatschte auf ihren Arsch. Und ein zweites Mal.

Sie war frech.

Sie war viel zu frech.

Ich wollte Denise zu mir herunterziehen und sie küssen, hatte ich doch gestern bemerkt, dass ihr das sehr gefallen hatte. Sie ließ mich nicht.

*Wer hat hier heute Morgen die Hosen an?*

Ich holte erneut aus und meine Hand sauste auf ihren wohlgeformten Po nieder.

»Wenn ich gemein wäre, würde ich aufhören«, provozierte sie mich.

*Sie hat heute Morgen die Hosen an und du kannst es nicht mehr ändern*, hörte ich eine Stimme in mir.

Noch einen Klaps auf den Arsch.

*Glaubst du, das ändert es jetzt?*

Denise setzte sich wieder aufrecht hin und ritt mich mit einem Grinsen weiter.

*Du Teufelchen...*

Ich konnte gar nicht mehr weiterdenken, weil sie mich nun richtig ritt. Immer wieder stieß sie mit voller Wucht meinen Schwanz in ihre Pussy. Das war zu intensiv. Ich war kurz davor und hatte den Punkt überwunden.

Am Ziel vorbei.

Denise beugte sie wieder zu mir herunter.

»Bist du gekommen?«

»Nein«, gab ich mit einem enttäuschenden Klang in meiner Stimme zu verstehen.

Ich erwartete einen weiteren Ritt, aber sie ließ meinen harten Schwanz einfach aus ihrer Pussy gleiten und legte sich grinsend neben mich.

*Du Teufel!*

Sie drehte mir den Rücken zu und ignorierte mich einfach. Ich presste mich wieder an ihren Körper, ließ sie spüren, dass ich sie noch begehrte, sie spüren wollte. Ich führte ihre

Hand zu meinem Schwanz. Denise ließ sich darauf ein und wichste ihn wieder mit ihrem festen Griff, dass er sofort stand. Sie hatte mich eine Minute wieder geil gemacht und ließ mich nun wieder fallen.

»Ich habe keine Lust mehr«, gab sie trocken als Kommentar von sich, während sie mir den Rücken zudrehte.

Jetzt wollte sie es aber wissen. Ich drehte sie auf den Rücken und beugte mich über sie. Denise öffnete ihre Schenkel und zeigte mir ihre gepiercte Vulva.

*Dann nehme ich mir halt, was ich will,* mein Teufel.

Ich stieß mit meinem Schwanz in ihre Pussy und Denise zog ihre Beine etwas an.

*Ich habe keine Lust geht aber anders,* grinste ich innerlich.

*Das ist alles ein Spiel und sie will, dass ich mir nehme, was ich möchte.*

Mit meinem Phallus stieß ich immer wieder in ihr enges Loch und wurde allmählich schneller. Das Bett gab seine Geräusche dazu und als ich sie noch schneller fickte, vernahm ich auch das Klatschen unserer nackten Haut wahr.

Zwischendurch ein leises Stöhnen von ihr, die nun etwas schwerer atmete.

Ich wurde etwas langsamer, gab Denise einen Kuss und stieß unterdessen so tief ich konnte in ihr Allerheiligstes. Sie war einfach wundervoll. Ich konnte bei dem intensiven Gefühl kaum noch zurückhalten und kam wenig später mit lautem Stöhnen.

Völlig außer Atem legte ich mich neben Denise und musste mich erst einmal beruhigen. Sie schein sehr amüsiert darüber und wir redeten aneinander gekuschelt noch über dies und das.

Dann kam sie mit ihrer Aussage um die Ecke, dass sie später bereits fahren müsste. Dass der Grund, den sie anführte, wahrscheinlich erfunden war, war mir sofort klar. Und ich wusste auch, was sie störte. Ich war ihr gegenüber nicht dominant genug.

Ich glaubte aber das Ganze noch kippen zu können, denn nach dem Duschen würde sie bestimmt noch bis Mittag bleiben. Aber auch hier hatte ich mich getäuscht. Ich sah, dass sie sofort aufbrechen wollte und war beleidigt. Es war nicht möglich, sie umzustimmen. Ihre Entscheidung stand fest.

Am größten war meine Enttäuschung darüber, dass sie mir nicht einfach ins Gesicht sagen konnte, dass sie sich es anders vorgestellt hatte. Wir kannten uns so viele Jahre. Ich hatte mir dieses Wochenende so perfekt vorgestellt und alles kam anders. Ich ärgerte mich noch Tage später darüber, aber ich konnte nichts daran ändern.

Dieses Erlebnis war ein idealer Rahmen für alles Erlebte: Mal aufregend, mal lustvoll, mal überraschend, mal devot, mal dominant und am Ende doch aufs Neue alleine.

Ob sich das in Zukunft noch ändern würde?

*to be continued ...*